O CONCORRENTE

STEPHEN KING

sob o pseudônimo de

RICHARD BACHMAN

OS LIVROS DE BACHMAN

O CONCORRENTE

TRADUÇÃO
Vera Ribeiro

Grafia atualizada segundo o Acordo Ortográfico da Língua Portuguesa de 1990, que entrou em vigor no Brasil em 2009.

Título original
The Running Man

Capa
Estúdio Nono

Imagem de capa
Grandfailure/ Adobe Stock

Preparação
Angélica Andrade

Revisão
Nestor Turano Jr.
Ingrid Romão

Dados Internacionais de Catalogação na Publicação (CIP)
(Câmara Brasileira do Livro, SP, Brasil)

Bachman, Richard
    O concorrente / Stephen King sob o pseudônimo
de Richard Bachman ; tradução Vera Ribeiro. — 2ª ed.
— Rio de Janeiro : Suma, 2025.

    Título original : The Running Man.
    ISBN 978-85-5651-232-1

    1. Ficção de suspense 2. Ficção norte-americana
I. Título.

25-269175   CDD-813

Índice para catálogo sistemático:
1. Ficção de suspense : Literatura norte-americana   813

Cibele Maria Dias – Bibliotecária – CRB-8/9427

Todos os direitos desta edição reservados à
EDITORA SCHWARCZ S.A.
Praça Floriano, 19, sala 3001 — Cinelândia
20031-050 — Rio de Janeiro — RJ
Telefone: (21) 3993-7510
www.companhiadasletras.com.br
www.blogdacompanhia.com.br
facebook.com/editorasuma
instagram.com/editorasuma
x.com/editorasuma

OS LIVROS DE BACHMAN

O CONCORRENTE

... MENOS 100

E A CONTAGEM CONTINUA...

Ela semicerrava os olhos para o termômetro, sob a luz branca que vinha da janela. Lá fora, na chuva fina, os outros prédios da Co-Op City erguiam-se como os torreões cinzentos de uma penitenciária. Abaixo, no poço de ventilação, balançavam cordas com trapos de roupas lavadas. Ratos e gatos gordos das vielas circulavam pelo lixo.

Ela olhou para o marido. O homem estava sentado à mesa, os olhos fixos na GratuiTV, com uma concentração vaga e inalterável. Fazia semanas que se plantava na frente da TV. Não era do feitio dele. Detestava-a, sempre a detestara. Claro, todos os apartamentos do conjunto habitacional tinham uma — era a lei —, mas ainda era legalmente permitido desligá-la. A Lei de Benefícios Compulsórios de 2021 não obtivera a maioria necessária de dois terços, por uma diferença de seis votos. Em geral, os dois nunca assistiam à televisão, mas, desde que Cathy adoecera, ele vinha acompanhando os programas que ofereciam grandes prêmios. Aquilo lhe provocava um medo aflitivo.

Ao fundo da gritaria maníaca do locutor do intervalo, que narrava as últimas notícias, os gemidos de Cathy, enrouquecidos pela gripe, prosseguiam sem parar.

— Ela está muito mal? — perguntou Richards.

— Nem tanto.

— Não vem com essa.

— Quarenta graus.

O homem esmurrou a mesa com os dois punhos. Um prato de plástico saltou no ar e despencou com um estrondo.

— Vamos arranjar um médico. Não precisa se preocupar tanto. Olha só...

Ela começou a tagarelar freneticamente para distraí-lo; o marido virara para o outro lado e estava de novo assistindo à GratuiTV. O intervalo havia acabado e o programa voltara ao ar. Não era um dos grandes, óbvio, apenas um chamariz diurno barato, chamado *Esteira para a Grana*. Só aceitava pacientes crônicos, com doenças cardíacas, hepáticas ou pulmonares, às vezes incluindo de lambuja um aleijado, para dar um certo alívio cômico. A cada minuto que conseguisse permanecer na esteira (mantendo uma conversa ininterrupta com o apresentador), o concorrente ganhava dez dólares. A cada dois minutos, era feita uma pergunta premiada na categoria do concorrente (o desse momento, um cara com um sopro no coração, vindo de Hackensack, era fã de história norte-americana), que valia cinquenta dólares. Se o concorrente, zonzo, ofegante e com o coração dando fantásticos saltos acrobáticos, errasse a resposta, abatiam-se cinquenta dólares do valor acumulado e a esteira era acelerada.

— Nós vamos dar um jeito, Ben. Vamos, sim. De verdade. Eu... eu vou...

— Vai o quê? — disse Ben, lançando um olhar brutal à esposa. — Rodar a bolsinha? Chega, Sheila. Ela precisa de um médico de verdade. Chega da parteira do Bloco, com aquelas mãos imundas e aquele bafo de uísque. Todo o equipamento moderno. Eu vou providenciar.

Ben atravessou o cômodo, hipnotizado pela GratuiTV presa na parede descascada, acima da pia. Tirou sua jaqueta barata do cabide e a vestiu com gestos impacientes.

— Não! Não, eu não vou... não vou deixá-lo sair. Você não vai...

— Por que não? Na pior das hipóteses, você recebe uns dólares velhos por ser chefe de uma família sem pai. De um jeito ou de outro, você vai ter que ajudá-la a passar por isso.

Sheila nunca fora de fato uma mulher bonita e, nos anos decorridos desde que o marido ficara desempregado, tornara-se esquelética, mas naquele momento parecia bela... imperiosa.

— Eu não vou aceitar. Prefiro dar o rabo pro cara do governo por dois dólares quando ele bater na porta do que receber esse dinheiro sujo de sangue. Você acha que vou aceitar uma recompensa pela morte do meu homem?

Ben se voltou contra ela, abatido e mal-humorado, agarrando-se a alguma coisa que o distinguia, algo invisível com que a Rede contava de modo implacável. Ele era um dinossauro nessa época. Não dos grandes, mas, mesmo assim, um retrocesso, uma vergonha. Talvez um perigo. As nuvens grandes se condensam em torno de partículas pequenas.

Ele gesticulou para o quarto.

— E que tal ela numa sepultura de indigente, sem identificação? Isso agrada você?

A pergunta deixou-a apenas com o argumento da tristeza insensata. Seu rosto abateu-se e se desfez em lágrimas.

— Ben, é isso mesmo que eles querem, que gente como nós, como você…

— Talvez não me aceitem — disse ele, abrindo a porta. — Talvez eu não tenha seja lá o que for que eles procuram.

— Se você for agora, vão matá-lo. E eu vou ter que ficar aqui assistindo. Quer que eu assista a isso com ela no quarto ao lado?

Sheila mal conseguia ser coerente em meio às lágrimas.

— Quero que ela continue viva — disse Ben.

Ele tentou fechar a porta, mas a mulher bloqueou o caminho com o corpo.

— Então me dê um beijo, antes de ir.

Ele a beijou. No corredor, a sra. Jenner abriu a porta e deu uma espiada no lado de fora. O cheiro penetrante de carne curada com repolho, tentador, enlouquecedor, vagou pelo ar. Ela vivia bem — era ajudante na drogaria popular local e tinha um olho quase sobrenatural para os portadores de cartões ilegais.

— Você vai receber o dinheiro? — perguntou Richards. — Não vai fazer nenhuma idiotice?

— Vou — murmurou Sheila. — Você sabe que eu vou.

Ele a abraçou meio sem jeito e se afastou depressa, sem piedade, depois irrompeu pela escada torta e mal iluminada.

Sheila ficou parada na porta, sendo sacudida por soluços mudos, até ouvir o som oco da porta batendo, cinco andares abaixo, e então cobriu o rosto com o avental. Ainda segurava o termômetro que havia usado para medir a temperatura da bebê.

A sra. Jenner se aproximou de mansinho e puxou o avental.

— Benzinho — sussurrou ela —, eu posso pôr você no mercado clandestino de penicilina quando o dinheiro chegar… bem baratinho… boa qualidade…

— Sai daqui! — gritou Sheila.

A sra. Jenner recuou, o lábio superior retraindo-se instintivamente, revelando os tocos escurecidos dos dentes.

— Só estava tentando ajudar — resmungou ela, e correu para seu quarto.

Mal abafados pelas paredes finas de madeira plástica, os gemidos de Cathy continuaram. A GratuiTV da sra. Jenner berrava e apupava. O concorrente no *Esteira para a Grana* acabara de errar uma pergunta premiada e tivera um ataque cardíaco simultâneo. Foi retirado numa maca de borracha, sob aplausos da plateia.

Com o lábio superior subindo e descendo feito um metrônomo, a sra. Jenner escreveu o nome de Sheila Richards em seu caderno de notas.

— Veremos — disse, sem se dirigir a ninguém. — Nós veremos, dona Cheirinho Gostoso.

Fechou a caderneta com um estalo perverso e se acomodou para assistir à próxima rodada.

... MENOS 99

E A CONTAGEM CONTINUA...

A garoa havia engrossado e se tornara uma chuva contínua quando Richards chegou à rua. O enorme termômetro do painel que anunciava "Fume um Juana e alucine a semana", do outro lado da calçada, indicava dez graus centígrados. (*A temperatura certa para acender um Juana — É uma viagem ao enésimo grau!*) Isso talvez equivalesse a uns quinze graus no apartamento. E Cathy estava com influenza.

Um rato asqueroso passou preguiçosamente pelo cimento rachado e encaroçado da rua. Do outro lado, o esqueleto antigo e enferrujado de um Humber 2013 se erguia sobre os eixos decrépitos. Fora depenado, a ponto de terem levado os mancais e o suporte do motor, mas os guardas não o haviam retirado. Exceto em raras ocasiões, a polícia já não se aventurava ao sul do Canal. A Co-Op City ficava num vasto ninho de ratos formado por estacionamentos, lojas abandonadas, centros urbanos e praças pavimentadas. Ali, as gangues de motoqueiros eram a lei, e todas aquelas notícias sobre a intrépida Polícia do Bloco de South City não passavam de um monte de merda. As ruas eram fantasmagóricas, silenciosas. Quando um sujeito saía, ou pegava o pneumo-ônibus, ou carregava um cilindro de gás.

Ben andou depressa, sem olhar em volta e sem pensar. O ar era sulfuroso e denso. Quatro motos passaram roncando, e alguém atirou um pedaço solto de asfalto da pavimentação. Richards não teve dificuldade para se abaixar. Dois pneumo-ônibus passaram por ele, fustigando-o com ar, mas ele não fez sinal. Os vinte dólares semanais do auxílio-desemprego (dólares velhos) já tinham sido gastos. Não havia dinheiro para comprar o bilhete. Ele supôs que as gangues que circulavam por ali intuíam sua pobreza. Ninguém o incomodou.

Cortiços, conjuntos habitacionais, cercas de arame e estacionamentos vazios, a não ser por veículos abandonados e depenados, com obscenidades rabiscadas a giz no chão, já borradas pela chuva. Janelas quebradas, ratos e sacos de lixo molhados, espalhados pelas calçadas e sarjetas. Pichações rabiscadas em letras tortas sobre muros decrépitos e cinzentos. BRANCO-AZEDO, NÃO DEIXA ELES TE APAGAR, PORRA. A TURMA BACANA FUMA JUANA. SUA MÃE É TESUDA. AFOGA O GANSO. TOMMY TÁ FORÇANDO A BARRA. HITLER ERA MANEIRO. MARY. SID. MORTE A TODA A JUDIARIA. As antigas lâmpadas de vapor de sódio da GA, instaladas na década de 1970, tinham sido arrebentadas a pedradas e por pedaços de asfalto. Nenhum técnico iria trocá-las; eles andavam ligados era no novo dólar-crédito. Tecno é só nos bairros nobres, baby. Os bairros nobres são maneiros. Tudo estava em silêncio, exceto pelo zunido do sobe e desce dos pneumo-ônibus e pelo eco das passadas de Richards. Esse campo de batalha só se acende à noite. De dia, é um silêncio deserto e cinzento, onde não há movimento, exceto pelos gatos e ratos e pelas bicheiras gordas e brancas que rolam pelo lixo. Nenhum aroma, a não ser o fedor decadente desse bravo ano de 2025. Os cabos da GratuiTV ficam enterrados em segurança sob as ruas, e ninguém, a não ser um idiota ou um revolucionário, iria querer vandalizá-los. A GratuiTV é o material do sonho, o pão da vida. Um pino de cocaína custa doze dólares velhos, um comprimido de Embalo Frisco sai por vinte, mas a GratuiTV faz a gente pirar de graça. Mais adiante, do outro lado do Canal, a máquina de sonhos funciona vinte e quatro horas por dia… mas funciona com dólares novos, e só quem está empregado os tem. Há outros quatro milhões, quase todos desempregados, ao sul do Canal, na Co-Op City.

Richards andou cinco quilômetros e as esparsas lojas de bebidas e tabacarias, a princípio fortemente gradeadas, tornaram-se mais numerosas. Depois vieram as lojas pornô (*!!Vinte e quatro Taras — Conte as vinte e quatro!!)*, as lojas de penhores, os empórios de sangue. Chicanos sentados em motos em cada esquina, sarjetas cobertas por montanhas de baratas. Gente com Grana Fuma Juana.

Ele havia passado a ver os arranha-céus que chegavam até as nuvens, altos e limpos. O mais alto de todos era o edifício da Rede de Jogos: cem andares, com a metade superior encoberta por nuvens e poluição. Fixou os olhos nele e andou mais um quilômetro e meio. Vieram os cinemas mais caros e mais tabacarias, estas sem grades (mas com seguranças particulares do lado de fora, com seus cassetetes elétricos pendurados nos cintos Sam Browne). Um guarda municipal em cada esquina. O Parque Popular do Chafariz. Ingresso: setenta e cinco centavos. Mães bem vestidas, vigiando os filhos que brincavam na grama sintética, atrás das cercas de arame. Um policial de cada lado do portão. Um vislumbre minúsculo, ridículo, do chafariz.

Richards atravessou o Canal.

À medida que se aproximava da Rede de Jogos, o prédio ia ficando mais alto, mais e mais improvável, com suas fileiras impessoais de janelas ascendentes de escritórios e o revestimento de pedra polida. Policiais o vigiavam, prontos para empurrá-lo adiante ou dominá-lo se ele tentasse vadiar. Na área nobre da cidade, só havia um propósito para um homem de calças cinzentas folgadas, corte de cabelo barato e olhos encovados. Esse propósito eram os Jogos.

Os testes de admissão começavam ao meio-dia em ponto e, quando Ben Richards parou atrás do último homem da fila, ficou quase na sombra do edifício. Mas o prédio ainda estava a nove quarteirões e a mais de um quilômetro e meio de distância. A fila se prolongava à frente dele como uma cobra infinita. Logo depois, outros postaram-se às suas costas. Os policiais os vigiavam, com as mãos na coronha dos revólveres ou nos cassetetes elétricos. Davam sorrisos anônimos, desdenhosos.

— Aquele ali não parece um abestalhado, Frank? Pra mim, parece.

— Um cara lá na frente me perguntou se tinha um lugar pra ele ir ao banheiro. Acredita?

— Os filhos da puta não…

— Matam a própria mãe por um…

— Fedia como se não tomasse banho há...

— Não tem nada melhor do que um show de aberrações, eu sempre...

Baixando a cabeça para se protegerem da chuva, eles arrastavam os pés sem nenhum propósito e, depois de algum tempo, a fila começou a andar.

... MENOS 98

E A CONTAGEM CONTINUA...

Passava das quatro quando Ben Richards chegou ao balcão principal e foi encaminhado ao guichê 9 (letras Q-R). A mulher sentada junto à perfuradora de cartões tinha um ar cansado, cruel e impessoal. Olhou para ele, mas não viu ninguém.

— Nome, sobrenome-prenome-intermediário.

— Richards, Benjamin Stuart.

Os dedos dela correram sobre o teclado. *Clique-clique-clique*, fez a máquina.

— Idade-altura-peso.

— 28, 1,88, 75.

Clique-clique-clique.

O saguão imenso era um túmulo ecoante, repercutindo o som. Perguntas formuladas e respondidas. Gente sendo encaminhada para a saída, em prantos. Gente atirada do lado de fora. Vozes roucas erguidas em protesto. Um ou outro grito. Perguntas. Sempre as perguntas.

— Última escola frequentada?

— Ofícios manuais.

— Você se formou?

— Não.

— Quantos anos cursou e com que idade saiu?

— Dois anos. Aos dezesseis.

— Razões da saída?

— Eu me casei.

Clique-clique-clique.

— Nome e idade da esposa, se houver.

— Sheila Catherine Richards, vinte e seis anos.

— Nome e idade dos filhos, se houver.

— Catherine Sarah Richards, um ano e meio.

Clique-clique-clique.

— Última pergunta, senhor. Não se dê ao trabalho de mentir; eles descobrem no exame clínico e o desclassificam na hora. Alguma vez já usou heroína ou o alucinógeno de anfetamina sintética chamado San Francisco Push?

— Não.

Clique.

Saiu um cartão da máquina, que a mulher entregou a Richards.

— Não perca isto, grandão. Se perder, vai ter que recomeçar do zero na próxima semana.

Estava olhando para ele agora, vendo seu rosto, o olhar raivoso, o corpo magricela. Não era feio. Ao menos alguma inteligência. Bons dados estatísticos.

Ela pegou o cartão de volta, abruptamente, e perfurou o canto superior direito, dando-lhe uma curiosa aparência serrilhada.

— Para que foi isso?

— Deixa pra lá. Alguém vai explicar pra você depois. Talvez.

Apontou por cima do ombro de Richards para um corredor comprido, que levava a uma fileira de elevadores. Dezenas de homens, recém-saídos dos guichês, eram parados, mostravam seus cartões de identidade plastificados e eram encaminhados para a próxima etapa. Enquanto ele observava, um viciado em Push, trêmulo e de rosto macilento, foi detido por um policial e conduzido à porta. Começou a chorar. Mas foi embora.

— O mundo é duro, grandão — disse a mulher atrás do guichê, sem nenhuma solidariedade. — Vá andando.

Richards foi andando. Atrás dele, a ladainha já recomeçava.

... MENOS 97

E A CONTAGEM CONTINUA...

No fim do corredor, para lá dos guichês, uma mão calosa e pesada bateu no ombro dele.

— Cartão, parceiro.

Richards o mostrou. O policial ficou mais relaxado, com uma expressão sutil e intrigada de decepção.

— Você gosta de mandá-los embora, não é? — perguntou Richards. — Te dá um barato, não dá?

— Quer ir para a central, bostinha?

Richards passou por ele, e o policial não se mexeu. Parou a meio caminho da fileira de elevadores e olhou para trás.

— Ei, policial!

O homem o olhou com ar truculento.

— Tem família? Pode ser você na semana que vem.

— Vai andando! — gritou o policial, furioso.

Com um sorriso, Richards seguiu em frente.

Havia uma fila de uns vinte candidatos, em média, esperando junto aos elevadores. Richards mostrou seu cartão a um dos policiais, que o pegou e examinou de perto.

— Você é durão, garoto?

— Bastante — respondeu Richards, dando uma risadinha.

O policial devolveu o cartão.

— Vão te fazer ficar mole rapidinho. Vamos ver se você vai bancar o esperto quando tiver umas balas na cabeça, não é mesmo?

— Vou continuar tão esperto quanto você, falando sem esse revólver na perna e com as calças arriadas até os tornozelos — respondeu Richards, ainda sorridente. — Quer experimentar?

Por um instante, ele achou que o homem fosse esmurrá-lo.

— Eles vão dar um jeito em você — disse o policial. — Vai andar um bocado de joelhos antes de terminar.

O funcionário se voltou com ar arrogante para outros três recém-chegados e pediu para ver seus cartões.

O homem à frente de Richards se virou para trás. Tinha um rosto nervoso e infeliz, e cabelos ondulados que formavam um bico-de-viúva.

— Olha, cara, é melhor não os contrariar. Eles têm uma rede secreta de informantes.

— É mesmo? — perguntou Richards, dando-lhe um sorriso brando.

O homem lhe deu as costas.

De repente, as portas do elevador se abriram com um estalo. Um policial negro com uma barriga enorme protegia a fileira de botões de controle. Um outro estava sentado num banquinho, lendo uma edição da revista *Taras em 3-D*, num pequeno cubículo à prova de balas, do tamanho de uma cabine telefônica, ao fundo do enorme elevador. Uma escopeta de cano serrado descansava em seu colo. Os cartuchos estavam alinhados ao lado do policial, bem ao alcance da mão.

— Vão para o fundo, para o fundo! — gritou o policial gordo, com ar de importância entediada. — Para trás! Para trás!

O grupo se espremeu de tal modo que era impossível respirar fundo. Corpos tristonhos cercavam Richards por todos os lados. Subiram até o segundo andar. As portas se abriram. Ele, que ficava uma cabeça acima de qualquer outro ocupante do elevador, viu uma enorme sala de espera, com muitas cadeiras, dominada por uma imensa tela da GratuiTV. Havia um cinzeiro num canto.

— Saiam! Saiam! Mostrem seus cartões de identificação à sua esquerda!

Os homens saíram, exibindo os cartões para a lente impessoal de uma câmera. Por perto estavam três policiais. Por alguma razão, uma campainha soou ao ver uma dúzia de cartões, e seus detentores foram arrancados da fila e empurrados para fora.

Richards mostrou seu cartão e lhe fizeram sinal para seguir. Foi até a máquina de cigarros, pegou um maço de Blams e sentou-se o mais longe possível da GratuiTV. Acendeu um e exalou a fumaça, tossindo. Fazia quase seis meses que não fumava.

... MENOS 96

E A CONTAGEM CONTINUA...

Chamaram os candidatos da letra *A* para o exame médico, quase na mesma hora, e umas duas dezenas de homens se levantaram e fizeram fila para cruzar uma porta depois da GratuiTV. Um grande letreiro pregado na porta dizia: POR AQUI. Havia uma seta abaixo da legenda, apontando para a porta. O grau de alfabetização dos candidatos aos Jogos era notoriamente baixo.

Chamavam uma nova letra a cada quinze minutos, mais ou menos. Ben Richards sentara-se por volta das cinco horas, por isso calculou que seriam quinze para as nove quando chegasse sua vez. Desejou ter levado um livro, mas achou que talvez fosse melhor assim. Os livros eram vistos com desconfiança, especialmente nas mãos de alguém do sul do Canal. As revistas para pervertidos eram mais seguras.

Ele assistiu irrequieto ao noticiário das seis (a luta no Equador agravara-se, novos tumultos violentos haviam eclodido na Índia, os Tigers de Detroit tinham vencido os Catamounts de Harding pelo placar de seis a dois numa partida vespertina) e, quando começou o primeiro jogo de grandes prêmios da noite, às seis e meia da tarde, Ben foi para a janela, inquieto, e olhou para fora. Depois que tomara sua decisão, voltara a ficar entediado com os jogos. Quase todos os outros candidatos, porém, assistiam à *Armas Divertidas* com um fascínio assustador. Na semana seguinte, talvez fossem eles.

Lá fora, o dia sangrava lentamente para o crepúsculo. Os trens-bala passavam com estrépito, em alta velocidade, pelos aros eletrificados acima da janela do segundo andar, com faróis potentes vasculhando o ar cinzento. Nas calçadas abaixo, uma multidão de homens e mulheres (a maioria técnicos ou burocratas da Rede) iniciava a ronda noturna em busca de diversão. Um traficante licenciado apregoava suas mercadorias na esquina do lado oposto. Passou um homem com uma dondoca vestida de zibelina em cada braço; o trio ria de alguma coisa.

Richards sentiu uma onda súbita de saudade de Sheila e Cathy e desejou poder telefonar para elas. Não achava que fosse permitido. Ainda poderia retirar-se, sem dúvida; vários homens já o tinham feito. Atravessavam o salão, rindo obscuramente de coisa alguma, e usavam a porta que dizia PARA A RUA. Voltar para o apartamento onde sua filha ardia em febre. Não. Não podia. Não podia.

Ficou um pouco mais à janela, depois voltou e sentou-se. O novo programa, *Cave sua Sepultura*, estava começando.

O sujeito sentado ao lado de Richards puxou-lhe o braço, nervoso.

— É verdade que eles despacham mais de trinta por cento só no exame médico?

— Não sei.

— Minha nossa — disse o sujeito —, eu tenho bronquite. Quem sabe a *Esteira para a Grana*...

Richards não conseguiu pensar em nada para dizer. A respiração do homem soava como um caminhão distante, tentando subir uma ladeira íngreme.

— Eu tenho família — disse o homem, com manso desespero.

Richards ficou olhando para a GratuiTV como se lhe interessasse.

O sujeito permaneceu calado por muito tempo. Quando o programa tornou a mudar, às sete e meia, Richards o ouviu perguntar ao homem sentado de seu outro lado sobre o exame médico.

Escurecera por completo lá fora. Ben se perguntou se ainda estaria chovendo. Parecia uma noite muito longa.

... MENOS 95

E A CONTAGEM CONTINUA...

Quando os candidatos da letra R cruzaram a porta embaixo da seta vermelha, entrando na sala de exames, haviam se passado poucos minutos das nove e meia. Boa parte da empolgação inicial tinha se esgotado, e as pessoas ou assistiam avidamente à GratuiTV, sem nada do pavor de antes, ou cochilavam. O homem com o chiado no peito tinha um sobrenome que começava por *L* e fora chamado mais de uma hora antes. Richards perguntou-se inutilmente se ele teria sido cortado.

A sala de exames era comprida e azulejada, iluminada por lâmpadas fluorescentes. Parecia uma linha de montagem, com médicos entediados parados em vários pontos do caminho.

Será que um de vocês poderia examinar minha filhinha?, pensou Richards, com amargura.

Os candidatos exibiram seus cartões a outro olho de câmera embutido na parede e receberam ordem de parar junto a uma fileira de ganchos de roupa. Um médico com um longo jaleco branco de laboratório aproximou-se, com a prancheta enfiada embaixo do braço.

— Dispam-se — disse. — Pendurem suas roupas nos ganchos. Guardem o número acima de seu gancho e o informem ao ajudante lá na outra ponta. Não se preocupem com seus objetos de valor. Ninguém daqui os quer.

Objetos de valor. *Essa é boa*, pensou Richards, desabotoando a camisa. Tinha uma carteira vazia, com algumas fotos de Sheila e

Cathy, o recibo de uma sola de sapato que mandara trocar no sapateiro seis meses antes, um chaveiro sem chaves, a não ser a da porta de casa, um pé de meia de bebê que ele não se lembrava de ter posto ali, e o maço de cigarros que apanhara na máquina.

Ben usava uma cueca esfarrapada, porque Sheila era teimosa demais para deixá-lo andar sem ela, mas muitos dos homens estavam pelados embaixo das calças. Pouco depois, todos se mostravam despidos e anônimos, com o pênis balançando entre as pernas feito bastões de guerra esquecidos. Todos seguravam o cartão. Alguns arrastavam os pés, como se o chão estivesse frio, o que não estava. O cheiro leve e impessoalmente nostálgico de álcool pairava sobre tudo.

— Mantenham-se em fila — instruía o médico com a prancheta. — Mostrem sempre o cartão. Sigam as instruções.

A fila avançou. Richards viu que havia um policial com cada médico ao longo do trajeto. Baixou os olhos e esperou, passivamente.

— Cartão.

Entregou seu cartão. O primeiro médico anotou o número, depois disse:

— Abra a boca.

Richards abriu-a. Sua língua foi abaixada.

O médico seguinte examinou suas pupilas com uma luzinha brilhante e, depois disso, suas orelhas.

O seguinte encostou o círculo frio de um estetoscópio em seu peito.

— Tussa.

Richards tossiu. Num ponto adiante na fila, um homem estava sendo retirado e levado embora. Precisava do dinheiro, eles não podiam fazer aquilo, ia mandar seu advogado processá-los.

O médico mudou a posição do estetoscópio.

— Tussa.

Richards tossiu. O médico o fez virar para o outro lado e encostou o estetoscópio nas costas.

— Respire fundo e prenda a respiração.

O estetoscópio se mexeu.

— Expire.

Richards expirou.

— Siga adiante.

Sua pressão sanguínea foi medida por um médico sorridente, que usava um tapa-olho. O exame do pênis, para checar doenças venéreas, foi feito por um médico calvo, cuja careca tinha grandes sardas castanhas, parecidas com manchas hepáticas. O médico pôs a mão fria entre o saco escrotal e o alto da coxa de Richards.

— Tussa.

Richards tossiu.

— Siga adiante.

Mediram sua temperatura. Pediram que cuspisse num copinho. Já havia feito metade do trajeto. Metade do salão fora percorrida. Dois ou três homens já haviam terminado, e um ajudante de rosto pálido e dentuço trazia as roupas deles em cestos de arame. Outra meia dúzia fora retirada da fila e descera a escada.

— Incline-se para frente e afaste as nádegas.

Richards dobrou-se e as afastou. Um dedo recoberto de plástico invadiu seu canal retal, explorou-o e se retirou.

— Siga adiante.

Ele entrou num cubículo com cortinas em três lados, como as antigas cabines eleitorais — fazia onze anos que as cabines tinham sido eliminadas pelas eleições por computador — e urinou num copinho azul. O médico pegou o recipiente e o pôs numa armação de arame.

Na parada seguinte, Richards olhou para um quadro oftalmológico.

— Leia — disse o médico.

— E... A, L... D, M, F... S, P, M, Z... K, L, A, C, D... U, S, G, A...

— Já basta. Siga adiante.

Entrou em outra pseudocabine eleitoral e colocou fones de ouvido. Mandaram que apertasse o botão branco quando ouvisse alguma coisa e o botão vermelho quando parasse de ouvir. O som era muito agudo e fraco, como um apito para cães cuja altura tivesse sido reduzida a uma faixa humana quase inaudível. Richards foi apertando os botões, até o mandarem parar.

Pesaram-no. Examinaram seus arcos plantares. Ele parou diante de um fluoroscópio e vestiu um avental de chumbo. Um médico, que mascava chiclete e cantarolava baixinho, desafinado, bateu diversas chapas e anotou o número do cartão dele.

Richards havia entrado com um grupo de uns trinta homens. Doze chegaram ao outro extremo da sala. Alguns estavam vestidos e esperavam o elevador. Outro tanto fora retirado da fila. Um deles tentou agredir o médico que o eliminara e foi derrubado por um policial, que usou o cassetete elétrico na potência máxima. O sujeito caiu como se tivesse sido abatido por um machado.

Richards parou diante de uma mesa baixa e lhe perguntaram se já tinha tido umas cinquenta doenças diferentes. A maioria era de natureza respiratória. O médico levantou os olhos bruscamente quando Ben informou que tinha um caso de influenza na família.

— Esposa?

— Não. Minha filha.

— Idade?

— Um ano e meio.

— Você foi vacinado? Não minta! — gritou o médico de repente, como se Richards já tivesse tentado mentir. — Vamos checar seus registros.

— Imunizado em julho de 2023. Reforço em setembro de 2023. Clínica de saúde do Bloco Residencial.

— Siga adiante.

Richards teve um impulso súbito de estender a mão por cima da mesa e quebrar o pescoço daquele cretino, mas seguiu em frente.

Na última parada, uma médica com ar severo, cabelo bem curto e um energizador elétrico ligado no ouvido perguntou se ele era homossexual.

— Não.

— Já foi preso sob alguma acusação criminal?

— Não.

— Tem alguma fobia grave? Refiro-me a...

— Não.

— É melhor você ouvir a definição — disse ela, com um leve toque de condescendência. — Quero dizer...

— Se eu tenho medos incomuns e compulsivos, como acrofobia ou claustrofobia. Não tenho.

A médica espremeu os lábios com força e, por um momento, pareceu prestes a tecer um comentário ríspido.

— Usa ou usou alguma droga alucinógena ou viciante?

— Não.

— Tem algum parente que tenha sido detido sob a acusação de crimes contra o governo ou contra a Rede?

— Não.

— Assine este juramento de fidelidade e este formulário de liberação da Comissão dos Jogos, sr., hummm... Richards.

Ele rabiscou sua assinatura.

— Mostre o cartão ao ajudante e diga o número pra...

Richards deixou-a no meio da frase e fez sinal para o ajudante dentuço com o polegar.

— Número 26, dentinho.

O ajudante trouxe suas coisas. Richards vestiu-se devagar e se encaminhou para o elevador. Sentia o ânus quente e envergonhado, violado, meio escorregadio por causa do lubrificante usado pelo médico.

Quando todos foram reunidos, a porta do elevador se abriu. Dessa vez, a cabine à prova de balas estava vazia. O policial era um homem magricela, com um grande cisto ao lado do nariz.

— Para o fundo — entoou ele. — Cheguem para trás, por favor.

Enquanto a porta se fechava, Richards pôde ver os candidatos da letra *S* entrando na outra ponta do salão. O médico com a prancheta se aproximava deles. Depois, a porta se fechou com um estalo e os retirou de seu campo de visão.

Todos eles subiram para o terceiro andar, e as portas se abriram para um imenso dormitório semi-iluminado. Fileiras e mais fileiras de leitos dobráveis estreitos, de ferro e lona, pareciam estender-se até o infinito.

Dois policiais começaram a retirá-los do elevador, dando-lhes os números de suas camas. Richards ficara com a 940. O leito tinha um cobertor marrom e um travesseiro muito baixo. Ele se deitou e deixou os sapatos caírem no chão. Os pés balançavam sobre a beira da cama; não havia nada que se pudesse fazer a esse respeito.

Cruzou os braços embaixo da cabeça e fixou os olhos no teto.

... MENOS 94

E A CONTAGEM CONTINUA...

Foi prontamente acordado, às seis horas da manhã seguinte, por uma campainha muito alta. Por um instante, sentiu-se confuso, desorientado, imaginando se Sheila teria comprado um despertador, ou coisa assim. Então caiu em si e sentou-se na cama.

Foram conduzidos em grupos de cinquenta a um enorme banheiro industrial, onde mostraram seus cartões a uma câmera vigiada por um policial. Richards se dirigiu a uma cabine de azulejos azuis, que continha um espelho, uma pia, um chuveiro e um vaso sanitário. Na prateleira acima da pia havia uma fileira de escovas de dentes embrulhadas em celofane, um barbeador elétrico, um sabonete e um tubo de pasta de dentes parcialmente usado. Uma placa presa a um canto do espelho dizia: RESPEITE ESTA PROPRIEDADE! Logo abaixo, alguém havia rabiscado: RESPEITO MEU CU!

Richards tomou banho, enxugou-se numa toalha que estava no alto de uma pilha sobre o reservatório de água do vaso sanitário, barbeou-se e escovou os dentes.

Foram levados a um refeitório, onde tornaram a mostrar seus cartões. Richards pegou uma bandeja e a fez deslizar sobre uma prateleira de aço inoxidável. Deram-lhe uma caixa de flocos de milho, um prato de batatas fritas gordurosas, uma porção de ovos mexidos, uma torrada fria e dura como uma lápide de mármore, um copo de leite, uma xícara de café turvo (sem creme), um sachê de açúcar, um sachê de sal e um punhado de manteiga artificial, sobre um quadrado minúsculo de papel oleoso.

Ele devorou a comida; todos o fizeram. Para Richards, era a primeira refeição de verdade — tirando as fatias gordurosas de pizza e as pílulas fornecidas pelo governo — que ele fazia em sabe-se lá deus há quanto tempo. Mas era estranhamente insossa, como se um chefe de cozinha vampiresco tivesse sugado dela todo o sabor, deixando apenas os nutrientes brutos.

O que *elas* estariam comendo naquela manhã? Pílulas da ajuda humanitária. Leite artificial para a neném. Um sentimento súbito de desespero tomou conta de Richards. Meu Deus, quando eles começariam a ver a cor do dinheiro? Naquele dia? No seguinte? Na próxima semana?

Ou talvez aquilo também fosse apenas um truque, uma fachada vistosa. Talvez nem sequer existisse arco-íris, muito menos um pote de ouro.

Richards permaneceu sentado, fitando o prato vazio, até a campainha das sete horas disparar e eles serem conduzidos aos elevadores.

... MENOS 93

E A CONTAGEM CONTINUA...

No quarto andar, o grupo de cinquenta homens de que Richards fazia parte foi conduzido, inicialmente, a um cômodo amplo e sem móveis, circundado por algo parecido com aberturas para inserção de cartas. Tornaram a mostrar seus cartões, e as portas do elevador se fecharam às suas costas.

Um homem macilento e meio careca, com o emblema dos Jogos (a silhueta de uma cabeça humana sobreposta a uma tocha) no jaleco de laboratório, entrou no aposento.

— Queiram despir-se, por favor, e retirem todos os objetos de valor das roupas — instruiu ele. — Depois, joguem as roupas numa das aberturas do incinerador. Vocês receberão macacões dos Jogos. — E então ele abriu um sorriso magnânimo. — Poderão ficar com os macacões, seja qual for seu resultado pessoal nos Jogos.

Houve alguns resmungos, mas todos obedeceram.

— Apressem-se, por favor — disse o homem macilento. Bateu palmas duas vezes, como um professor primário assinalando o fim da hora do recreio. — Temos muito o que fazer.

— Você também será um dos concorrentes? — perguntou Richards.

O homem macilento brindou-o com uma expressão intrigada. Alguém no fundo abafou o riso.

— Deixa pra lá — disse Richards, e tirou as calças.

Ele recolheu seus objetos de valor inestimável e jogou a camisa, a calça e a cueca numa abertura de cartas. Houve um clarão rápido e faminto de chamas, proveniente de algum ponto muito abaixo.

A porta da outra extremidade se abriu (*sempre* havia uma porta na outra extremidade; eles eram como ratos num imenso labirinto ascendente; *um labirinto norte-americano*, refletiu Richards), e entraram homens empurrando grandes cestos sobre rodas, rotulados de P, M, G e GG. Richards escolheu um GG, por causa da altura, e esperou que ficasse folgado feito um saco sobre seu esqueleto, mas o macacão lhe caiu muito bem. O tecido era macio e aderente, quase como seda, porém mais resistente. Na frente havia um único zíper de náilon. Eram todos de cor azul-marinho, e todos tinham o emblema dos Jogos no bolso do peito, do lado direito. Quando o grupo inteiro os tinha vestido, Ben Richards sentiu-se como se tivesse perdido suas feições.

— Por aqui, por favor — disse o homem macilento, e os introduziu em mais uma sala de espera. A inevitável GratuiTV berrava e estalava. — Vocês serão chamados em grupos de dez.

A porta além da GratuiTV era encimada por outra placa que dizia POR AQUI, inclusive com a seta.

Os homens se sentaram. Passado algum tempo, Richards levantou-se, foi até a janela e olhou para fora. Haviam chegado a um andar mais alto, porém continuava a chover. As ruas estavam lustrosas, escuras e molhadas. Ele se perguntou o que Sheila estaria fazendo.

... MENOS 92

E A CONTAGEM CONTINUA...

Às 10h15, ele cruzou a porta, já como integrante de um grupo de dez. Entraram em fila indiana. Os cartões foram examinados. Havia dez cabines abertas num dos lados, mas essas eram mais substanciais. As paredes eram construídas com um revestimento de placas de cortiça perfurada, à prova de som. A iluminação do teto era indireta e suave. Música de fundo emanava de alto-falantes ocultos. Havia um carpete espesso e macio no chão; os pés de Richards se assustaram com algo que não era cimento.

O homem macilento tinha dito alguma coisa.

Richards pestanejou.

— Hã?

— Cabine 6 — repetiu o homem, em tom reprovador.

— Ah.

Dirigiu-se à cabine 6. Lá dentro havia uma mesa e, atrás dela, um grande relógio de parede, pendurado no nível dos olhos. Sobre a mesa havia um lápis apontado e uma pilha de papel sem pauta. Do tipo barato, notou Richards.

De pé, junto a tudo isso, estava uma deslumbrante sacerdotisa da era da computação, uma loira alta, majestosa, usando um shortinho furta-cor que desenhava claramente o triângulo protuberante de seu púbis. Os mamilos excitados despontavam animados através da blusinha arrastão de seda.

— Sente-se, por favor — disse ela. — Sou Rinda Ward, sua examinadora.

Ela estendeu a mão.

Perplexo, Richards cumprimentou-a.

— Benjamin Richards.

— Posso chamá-lo de Ben?

O sorriso era sedutor, mas impessoal. Ele sentiu exatamente a leve intensificação do desejo que se esperava que sentisse por aquela mulher que exibia o corpo bem alimentado. Aquilo o enraiveceu. Richards se perguntou se ela se excitava com isso, exibindo-se para os pobres-diabos a caminho do abatedouro.

— É claro. — disse ele. — Belos peitos.

— Obrigada — disse a moça, imperturbável. Ele estava sentado, olhando para cima enquanto ela olhava para baixo, o que acrescentava um ângulo ainda mais constrangedor à situação. — A prova de hoje é, para suas faculdades mentais, o que foi o exame médico de ontem para seu corpo. Será uma prova bastante longa, e seu almoço será por volta das três horas da tarde... presumindo-se que você passe.

O sorriso aparecia e desaparecia.

— A primeira parte é verbal. Você vai ter uma hora, a partir do momento em que eu lhe entregar o caderno de prova. Pode fazer perguntas durante o processo, e eu vou responder, se tiver permissão para fazê-lo. Mas não vou dar nenhuma resposta às perguntas da prova. Entendeu?

— Sim.

A moça entregou o caderno. Havia uma grande mão vermelha impressa na capa, com a palma para fora. Abaixo, em grandes letras vermelhas, dizia:

PARE!

Logo abaixo, uma legenda: *Não abra a primeira página até que sua examinadora o instrua a continuar.*

— Pesado — comentou Richards.

— Como disse? — perguntou a moça, e as sobrancelhas perfeitamente esculpidas levantaram um tantinho.

— Nada.

— Você vai encontrar uma folha de respostas ao abrir o caderno — recitou ela. — Por favor, faça marcas fortes e escuras. Se quiser mudar uma resposta, por favor, apague-a completamente. Se não souber a resposta, *não* chute. Entendeu?

— Sim.

— Então, por favor, abra na página um e comece. Quando eu disser "pare", por favor, ponha o lápis na mesa. Pode começar.

Richards não começou. Olhou devagar para o corpo dela, de forma insolente.

Após um instante, a moça enrubesceu.

— Sua hora já começou, Ben. É melhor você...

— Por que será que quando estão lidando com alguém do sul do Canal — perguntou ele — todos presumem que estão lidando com um débil mental incompetente e tarado?

Ela ficou completamente aturdida.

— Eu... eu... nunca...

— Não, você nunca — completou Richards, sorrindo e pegando o lápis. — Deus do céu, como vocês são burros.

Debruçou-se sobre a prova, enquanto ela ainda tentava encontrar uma resposta ou mesmo uma razão para a agressão dele; era provável que de fato não entendesse.

A primeira parte pedia que ele assinalasse a resposta que preenchesse corretamente a lacuna:

1. *Uma _____ não faz verão.*
   a. ideia
   b. cerveja
   c. andorinha
   d. crime
   e. nenhuma das opções

Ele preencheu depressa a folha de respostas, raramente parando para decidir ou repensar uma resposta. As perguntas feitas para o preenchimento de lacunas foram seguidas por questões de vocabulário, depois por contrastes entre palavras. Quando Richards terminou, ainda sobravam quinze minutos da hora que lhe fora concedida. A moça o fez ficar com a prova — legalmente, o candidato não podia entregá-la antes de terminado o prazo —, e ele se reclinou na cadeira e devorou com os olhos seu corpo quase nu, sem dizer nenhuma palavra. O silêncio tornou-se pesado e opressivo, carregado. Richards percebeu o quanto a moça gostaria de um casaco, o que o deixou satisfeito.

Terminado o tempo, ela lhe entregou uma segunda prova. Na primeira página havia um carburador de gasolina desenhado. Logo abaixo:

1. *Você usaria isto em*
   a. um cortador de grama
   b. uma GratuiTV
   c. uma rede automática
   d. um automóvel
   e. nenhuma das opções

A terceira prova era um diagnóstico da aptidão matemática. Richards não era muito bom com números, e começou a transpirar levemente ao ver o tempo fugindo dele. No fim, foi quase um empate. Ele não teve chance de terminar a última pergunta. Rinda Ward deu um sorriso um pouquinho largo demais ao retirar a prova e a folha de respostas.

— Não foi tão rápido nessa, Ben.

— Mas vão estar todas certas — disse ele, retribuindo o sorriso. Inclinou-se para a frente e deu-lhe um tapinha de leve no traseiro.

— Vá tomar um banho, menina. Você se saiu bem.

Rinda corou furiosamente.

— Eu poderia desclassificá-lo.

— Conversa. Poderia é ser demitida, só isso.

— Saia daqui. Volte para a fila — rosnou a moça, de repente à beira das lágrimas.

Ben sentiu algo quase próximo da compaixão, mas o sufocou.

— Tenha uma boa noite — disse à jovem. — Saia e faça uma bela refeição de seis pratos, com seja lá quem for a pessoa com quem você está dormindo esta semana, e pense na minha filha morrendo de gripe numa merda de apartamento de três cômodos do conjunto habitacional.

E saiu, deixando-a a fitá-lo com o rosto pálido.

Seu grupo de dez tinha-se reduzido a seis, e eles marcharam para o cômodo ao lado. Eram 13h30.

... MENOS 91

E A CONTAGEM CONTINUA...

O médico sentado do outro lado da mesa, na pequena cabine, usava óculos com lentes minúsculas e grossas. Tinha uma espécie de sorriso perverso e satisfeito, que fez Richards lembrar-se de um idiota que conhecera quando menino. O garoto gostava de se esgueirar sob as arquibancadas descobertas do ginásio e olhar por baixo das saias das meninas, enquanto batia uma.

— Alguma coisa agradável? — perguntou o médico, erguendo o primeiro borrão de tinta. O sorriso perverso alargou-se um tantinho de nada.

— Sim. O senhor me lembra uma pessoa que conheci.

— Ah, é? Quem?

— Deixa pra lá.

— Muito bem. O que está vendo aqui?

Richards olhou para o cartão. A braçadeira inflada de um medidor de pressão apertava seu braço direito. Alguns eletrodos tinham sido grudados em sua cabeça, e os cabos que se ligavam à cabeça e ao braço eram suspensos até um console ao lado do médico. Linhas sinuosas corriam pelo painel de um computador.

— Duas negras se beijando.

O médico levantou outro.

— E aqui?

— Um carro esportivo. Parece um Jaguar.

— Você gosta de carros a combustão?

Richards deu de ombros.

— Tive uma coleção de miniaturas quando era pequeno.

O médico fez uma anotação e exibiu outro cartão.

— Uma pessoa doente. Deitada de lado. As sombras no rosto parecem grades de presídio.

— E nesta última?

Richards caiu na gargalhada.

— Parece um monte de merda.

Pensou no médico, inclusive de jaleco branco, correndo por baixo das arquibancadas, olhando para as saias das meninas e se masturbando, e recomeçou a rir. O médico continuava a exibir seu sorriso perverso, o que tornava a visão mais real e, portanto, mais engraçada. Por fim, as risadas de Richards se reduziram a um ou dois roncos. Ele deu mais um soluço e ficou quieto.

— Imagino que você não queira me dizer…

— Não — retrucou Richards. — Eu não quero.

— Nesse caso, vamos prosseguir. Associação de palavras.

Não se deu ao trabalho de explicar. Richards supôs que as informações já estariam circulando. Isso era bom, economizaria tempo.

— Pronto?

— Sim.

O médico tirou um cronômetro de um bolso interno, preparou a caneta e examinou uma lista à sua frente.

— Médico.

— Negão — respondeu Richards.

— Pênis.

— Pau.

— Vermelho.

— Preto.

— Prata.

— Punhal.

— Rifle.

— Assassinato.

— Vencer.

— Dinheiro.

— Sexo.

— Testículos.

— Bola.

— Fora.

A lista continuou; os dois passaram por mais de cinquenta palavras, até o médico apertar o botão do cronômetro e largar a caneta.

— Bom — disse ele, e então cruzou as mãos e olhou para Richards, sério. — Tenho uma última pergunta, Ben. Não digo que eu saiba identificar uma mentira quando a escuto, mas a máquina a que você está ligado vai dar uma indicação muito boa, num ou noutro sentido. Você resolveu tentar se qualificar para os Jogos por alguma motivação suicida?

— Não.

— Qual é sua razão?

— Minha filhinha está doente. Precisa de um médico. Remédios. Cuidados hospitalares.

A caneta rabiscou.

— Mais alguma coisa?

Richards estava prestes a dizer que não (não era da conta deles), mas resolveu soltar tudo. Talvez porque o médico se parecesse com aquele moleque quase esquecido de sua juventude. Talvez apenas porque isso precisava ser dito uma vez, para que se aglutinasse e ganhasse forma concreta, como acontece quando um homem se obriga a traduzir sentimentos malformados em palavras faladas.

— Não tenho emprego há muito tempo. Quero voltar a trabalhar, nem que seja só como o cara ingênuo num jogo de cartas marcadas. Quero trabalhar e sustentar minha família. Eu tenho orgulho. O senhor tem orgulho, doutor?

— Ele some diante de uma derrota — disse o médico. Fechou com um clique a ponta da esferográfica. — Se não tiver mais nada a acrescentar, sr. Richards...

Ele se levantou. Isso, somado ao retorno ao uso do sobrenome, sugeriu que a entrevista estava encerrada, quer Richards tivesse algo mais a dizer ou não.

— Não.

—A saída fica no corredor, à direita. Boa sorte.

— Certo — disse Richards.

... MENOS 90

E A CONTAGEM CONTINUA...

O grupo que entrara com Richards estava agora reduzido a quatro. A nova sala de espera era muito menor, e o grupo completo fora reduzido aproximadamente na mesma proporção de sessenta por cento. Os últimos das letras Y e Z apareceram às quatro e meia. Às quatro, um atendente havia circulado com uma bandeja de sanduíches insossos. Richards pegou dois e sentou-se, mastigando e escutando um sujeito chamado Rettenmund enquanto ele o brindava e a alguns outros com um estoque aparentemente inesgotável de histórias obscenas.

Quando o grupo se reuniu, eles foram levados por um elevador até o quinto andar. As instalações eram compostas de um amplo salão, um lavatório comum e a inevitável fábrica de sono, com suas fileiras de leitos. Os homens foram informados de que a lanchonete no fim do corredor serviria uma refeição quente às sete horas.

Richards ficou imóvel na cadeira por alguns minutos, depois se levantou e andou até o policial postado junto à porta por onde haviam entrado.

— Será que há um telefone por aqui, parceiro?

Não esperava que pudessem fazer ligações externas, mas o guarda simplesmente balançou o polegar em direção ao corredor.

Richards entreabriu a porta e deu uma espiada. Isso mesmo, lá estava. Um telefone pago.

Tornou a olhar para o policial.

— Escute, se você me emprestar cinquenta centavos para o telefone, eu...

— Se manda, Zé.

Richards controlou a raiva.

— Quero telefonar para minha mulher. Nossa filha está doente. Ponha-se no meu lugar, pelo amor de Deus.

O policial riu, produzindo um som curto, cortante, desagradável.

— Vocês são todos iguais. Uma história para cada dia do ano. Em Technicolor e 3-D no Natal e no Dia das Mães.

— Seu sacana — disse Richards, e alguma coisa em seu olhar, na postura de seus ombros, fez o policial desviar os olhos para a parede subitamente. — Você não é casado? Nunca se viu num aperto e teve que pedir dinheiro emprestado, mesmo que isso tivesse gosto de merda na sua boca?

De repente, o policial enfiou a mão no bolso da jaqueta e tirou um punhado de moedas de plástico. Jogou duas moedas de vinte e cinco centavos de dólares novos para Richards, pôs o restante do dinheiro de volta no bolso e agarrou a gola do macacão do candidato.

— Se você mandar mais alguém para cá porque o Charlie Grady tem o coração mole, eu arranco os seus miolos na porrada, seu verme filho da puta.

— Obrigado — disse Richards, sem titubear. — Pelo empréstimo.

Charlie Grady riu e o deixou ir embora. Richards entrou no corredor, tirou o fone do gancho e pôs o dinheiro na ranhura. As moedas caíram com um ruído oco e, por um momento, não aconteceu nada — *ai, Jesus, foi tudo à toa* —, mas então veio o tom de discagem. Ben teclou devagar o número do telefone do corredor do quinto andar, na esperança de que não fosse a vadia da Jenner a atender. Ela era bem capaz de gritar que era o número errado ao reconhecer a voz dele, e Richards perderia o dinheiro.

O telefone chamou seis vezes, e então uma voz desconhecida atendeu:

— Alô.

— Quero falar com Sheila Richards, no 5C.

— Acho que ela saiu — disse a voz, e então assumiu um tom malicioso ao continuar: — Ela faz a ronda do quarteirão, sabe como é. Eles têm uma filha doente. O cara lá não move uma palha.

— Só bate na porta — disse Richards, com a boca seca.

— Espera aí.

O telefone do outro lado bateu na parede quando a voz desconhecida o deixou pendurado. Ao longe, tênue, como que num sonho, ele ouviu a voz desconhecida bater à porta e gritar:

— Telefone! Telefone para você, sra. Richards!

Meio minuto depois, a voz desconhecida estava de novo na linha.

— Ela não está. Ouvi a garota berrando, mas ela não está. É como eu disse, ela fica de olho quando a marujada desembarca.

Houve uma risadinha.

Richards desejou poder se teletransportar pela linha telefônica e sair do outro lado, como um gênio maléfico brotando de uma garrafa preta, e apertar o pescoço da pessoa a quem pertencia aquela voz até seus olhos saltarem e rolarem pelo chão.

— Passe um recado — disse ele. — Escreva na parede, se for preciso.

— Não tenho lápis. Vou desligar. Até logo.

— Espere! — gritou Richards, a voz em pânico.

— Eu... só um segundo — disse a voz, de má vontade. — Ela está subindo a escada.

Richards desabou na parede, coberto de suor. No instante seguinte, a voz de Sheila estava em seu ouvido, intrigada, apreensiva, meio assustada.

— Alô?

— Sheila.

Richards fechou os olhos, deixando a parede suportar seu peso.

— Ben? Ben, é você? Está tudo ok?

— Sim. Tudo. E Cathy, ela...

— Está na mesma. A febre não está muito alta, mas ela parece tão *entupida*. Ben, acho que está com água nos pulmões. E se ela estiver com pneumonia?

— Vai dar tudo certo. Vai dar tudo certo.

— Eu... — Sheila fez uma pausa, uma longa pausa. — Detesto deixá-la sozinha, mas eu precisei. Ben, fiz dois programas hoje de manhã. Sinto muito. Mas eu tinha que arranjar algum remédio pra ela. Um remédio bom.

A voz de Sheila havia assumido uma cadência fervorosa, veemente.

— Esses remédios são uma merda — disse Richards. — Escuta. Chega, Sheila. Por favor. Acho que fui aceito aqui. De verdade. Eles não podem cortar muito mais gente, porque têm programas demais. Precisam de bucha de canhão suficiente pra coisa rolar. E eles dão adiantamentos, eu acho. A sra. Upshaw...

— Ela ficou horrível de preto — interrompeu Sheila, com a voz monótona.

— Deixa isso pra lá. Fica com Cathy, Sheila. Chega de prostituição.

— Está bem. Não vou mais sair.

Mas ele não acreditava na mulher. *Está cruzando os dedos, Sheila?*

— Amo você, Ben.

— E eu am...

— Os três minutos acabaram — interrompeu a telefonista. — Se quiser continuar, deposite uma moeda de um quarto de dólar novo, ou três quartos de dólar antigo.

— Espera! — berrou Richards. — Sai da porcaria da linha, sua vadia. Você...

O zunido vazio da ligação interrompida.

Richards atirou o telefone longe. O aparelho voou, esticando o cabo prateado, depois voltou, batendo na parede, e começou a balançar lentamente como um pêndulo, para um lado e para o outro, feito uma estranha cobra que houvesse picado uma vez e morrido.

Alguém tem que pagar, pensou Richards, entorpecido, enquanto caminhava de volta. *Tem que pagar.*

. MENOS 89

E A CONTAGEM CONTINUA...

O grupo ficou alojado no quinto andar até as dez horas do dia seguinte, e Richards estava quase enlouquecido de raiva, preocupação e frustração, quando um sujeito jovem e meio afeminado, com um uniforme justo dos Jogos, pediu aos candidatos a gentileza de entrarem no elevador. Eles eram uns trezentos, ao todo: mais de sessenta participantes do grupo tinham sido retirados, de forma silenciosa e indolor, na noite passada. Um deles tinha sido o garoto com o estoque inesgotável de piadas obscenas.

Foram conduzidos a um pequeno auditório no sexto andar, em grupos de cinquenta. O lugar era muito luxuoso, decorado com uma grande quantidade de veludo vermelho. Havia um cinzeiro embutido no braço de madeira de lei de cada assento, e Richards puxou seu maço amassado de Blams. Ele bateu as cinzas no chão.

À frente havia um pequeno palco e, no centro, uma estante. Sobre esta, um jarro com água.

Mais ou menos às dez e quinze, o sujeito meio afeminado foi até a estante e disse:

— Quero que vocês conheçam Arthur M. Burns, o diretor assistente dos Jogos.

— Viva — disse em voz amarga alguém atrás de Richards.

Um homem corpulento, com uma tonsura cercada pela cabeleira grisalha, andou até a estante e fez uma pausa, inclinando a cabeça ao chegar, como que para agradecer os aplausos que só ele ouvia.

Em seguida, sorriu para a plateia, um sorriso largo e cintilante, que pareceu transformá-lo num cupido rechonchudo e envelhecido, vestindo um terno formal.

— Parabéns — disse ele. — Vocês conseguiram.

Houve um enorme suspiro coletivo, seguido por algumas risadas e tapinhas nas costas. Mais cigarros foram acesos.

— Viva — repetiu a voz amarga.

— Daqui a pouco, vocês serão informados dos programas para os quais foram designados e do número de seus quartos no sétimo andar. Os produtores-executivos de cada programa explicarão de maneira mais exata o que é esperado de vocês. Antes que isso aconteça, porém, quero apenas repetir minhas congratulações e dizer que os considero um grupo corajoso e desenvolto, que se recusa a viver da assistência pública, quando têm a seu dispor os meios para se portarem como homens e, eu acrescentaria, pessoalmente, como verdadeiros heróis de nossa época.

— Conversa mole — comentou a voz amarga.

— Além disso, falo em nome de toda a Rede ao lhes desejar boa sorte e felicidades.

Arthur M. Burns deu um risinho porcino e esfregou as mãos:

— Bem, sei que estão ansiosos para receber suas tarefas, de modo que vou poupá-los da minha tagarelice.

Uma porta lateral se abriu e uma dúzia de assistentes dos Jogos, de túnica vermelha, entrou no auditório. Eles começaram a fazer a chamada. Distribuíram envelopes brancos, que em pouco tempo encheram o chão feito confetes. Cartões plásticos com as tarefas foram lidos e mostrados entre o grupo. Houve resmungos abafados, vivas e vaias. Arthur M. Burns presidiu tudo de seu pódio, sorrindo com benevolência.

— Esse tal de *Quanto Calor Você Aguenta*, nossa, eu detesto o calor...

— ... o programa é uma porcaria insignificante, entra logo depois do desenho dos tiras, pelo amor de Deus...

— *Esteira para a Grana*. Putz, eu não sabia que meu coração estava...

— ... eu tinha esperança de conseguir esse, mas não achei...

— Ei, Jake, você já viu esse tal de *Nade nos Crocodilos?* Eu pensei...

— ... nada do que eu esperava...

— Acho que você não pode...

— ... desgraçado, miserável...

— *Esse tal de Corra para as Armas...*

— Benjamin Richards! Ben Richards?

— Aqui!

Entregaram-lhe um envelope branco comum, que ele abriu. Seus dedos tremiam ligeiramente, e foram necessárias duas tentativas para retirar o cartãozinho de plástico. Richards franziu o cenho, sem compreender. Não havia nenhuma indicação de programa perfurada no cartão, que dizia, simplesmente: ELEVADOR 6.

Ben Richards pôs o cartão no bolso da camisa, junto ao cartão de identificação, e saiu do auditório. Os cinco primeiros elevadores no fim do corredor trabalhavam depressa, transportando os candidatos da semana seguinte para o sétimo andar. Havia outros quatro esperando junto à porta fechada do elevador 6, e Richards reconheceu um deles como o dono da voz amarga.

— O que é isso? — perguntou Richards. — Estão mandando a gente embora?

O homem de voz amarga tinha uns vinte e cinco anos e não era feio. Um dos braços era atrofiado, provavelmente pela poliomielite, que havia retornado com força total em 2005. A doença tinha tido sucesso estrondoso em Co-Op City.

— Não temos essa sorte — disse ele, com um riso vazio. — Acho que vão nos destinar aos grandes prêmios. Aqueles em que conseguem mais do que fazer a gente baixar ao hospital com um derrame, que arrancam um olho, ou cortam um ou os dois braços. Aqueles em que matam a gente. Horário nobre, baby.

Um sexto sujeito foi juntar-se a eles, um garoto bonito que piscava para tudo com ar surpreso.

— Olá, otário — disse o homem de voz amarga.

Às onze horas, depois que todos os outros tinham sido levados embora, a porta do elevador 6 se abriu. Havia novamente um policial no cubículo à prova de balas.

— Viram? — disse o homem de voz amarga. — Somos os tipos perigosos. Inimigos públicos. Eles vão nos apagar.

Fez uma cara durona de gângster e disparou uma saraivada contra o compartimento à prova de balas com uma submetralhadora imaginária. O policial o encarou, imperturbável.

... MENOS 88

E A CONTAGEM CONTINUA...

A sala de estar do oitavo andar era muito pequena, muito requintada, muito íntima, muito particular. Richards acabou ficando com toda ela para si.

No fim da subida de elevador, três deles tinham sido retirados depressa por três policiais, seguindo por um corredor luxuosamente atapetado. Haviam levado Richards, o homem de voz amarga e o garoto que piscava muito para a saleta.

Uma recepcionista que lembrava vagamente uma das estrelas *sexy* da antiga televisão (Liz Kelly? Grace Taylor?), à qual Richards assistira quando criança, sorriu para os três homens à entrada. Sentava-se em frente a uma escrivaninha engastada num nicho, cercada por tantos vasos de plantas, que era como se estivesse numa trincheira equatoriana.

— Sr. Jansky — disse ela, com um sorriso ofuscante. — Pode entrar.

O garoto que piscava muito entrou no santuário interno. Richards e o homem da voz amarga, cujo nome era Jimmy Laughlin, entabularam uma conversa cautelosa. Richards descobriu que Laughlin morava a apenas três quarteirões de sua casa, na rua das Docas. Tivera um emprego de meio expediente até o ano anterior, como limpador de motores da General Atomics, e depois fora despedido por ter participado de uma greve de braços cruzados, em protesto contra a má conservação dos escudos antirradiação, que estavam rachados.

— Bem, pelo menos estou vivo — disse ele. — De acordo com aqueles vermes, é só isso que importa. Fiquei estéril, é claro. *Isso* não tem importância. É um dos pequenos riscos que se corre pela soma principesca de sete dólares novos por dia.

Quando a GA o pusera na rua, o braço atrofiado tornara ainda mais difícil arranjar emprego. Sua mulher ficara gravemente asmática, dois anos antes, e estava confinada ao leito.

— Por fim, resolvi correr atrás do grande prêmio — disse Laughlin, com seu sorriso amargo. — Pode ser que eu tenha uma chance de atirar alguns sacanas pela janela de um andar alto, antes que os rapazes do McCone me peguem.

—Você acha que é mesmo...

— O *Foragido*? Pode apostar seu rabinho. Me dê uns desses cigarros nojentos, parceiro.

Richards deu-lhe um cigarro.

A porta se abriu e o garoto que piscava muito saiu de braço dado com uma dondoca vestida como veio ao mundo. O garoto abriu um sorrisinho nervoso quando os dois passaram por eles.

— Sr. Laughlin, entre, por favor.

E foi assim que Richards se viu sozinho, a menos que contasse a recepcionista, que tornara a desaparecer em sua trincheira.

Ele se levantou e foi até a máquina de cigarros grátis que havia num canto. Laughlin devia ter razão, refletiu. A máquina fornecia maços de Juana. Eles deviam ter entrado na alta classe. Pegou um maço de Blams, sentou-se e acendeu um cigarro.

Uns vinte minutos depois, Laughlin saiu, levando uma loira platinada no braço.

— Uma amiga minha da carona — disse a Ben, apontando para a loira, que sorriu obediente. Laughlin soava sofrido. — Pelo menos o canalha fala com franqueza. Até logo.

Ele se retirou. A recepcionista espichou a cabeça para fora da trincheira.

— Sr. Richards? Entre, por favor.

Ele entrou.

... MENOS 87

E A CONTAGEM CONTINUA...

Lá dentro, o escritório era tão grande que daria para jogar matabol ali. Era dominado por um imenso janelão de parede inteira que dava para o oeste, onde ficavam as casas da classe média, os armazéns, tanques de petróleo do cais do porto e o próprio lago Harding. Céu e água estavam cinza-pérola; continuava a chover. Ao longe, um grande petroleiro bufava da direita para a esquerda.

O homem atrás da escrivaninha era de estatura mediana e muito preto. Tão preto, na verdade, que por um instante Richards teve uma sensação de irrealidade. Poderia ter saído de uma apresentação de comediantes e cantores caracterizados de negros.

— Sr. Richards — disse o homem, levantando-se e estendendo a mão por sobre a escrivaninha. Quando Richards não a apertou, ele não pareceu perturbado, apenas se recolheu e tornou a sentar.

Havia uma cadeira dobrável ao lado da escrivaninha. Richards se sentou e apagou o cigarro num cinzeiro adornado com o emblema dos Jogos.

— Sou Dan Killian, sr. Richards. A esta altura, o senhor já deve ter adivinhado porque foi trazido aqui. Nossos registros e suas notas nas provas dizem que o senhor é um rapaz inteligente.

Richards cruzou as mãos e aguardou.

— O senhor foi listado como um dos concorrentes de O *Foragido*, sr. Richards. É nosso principal programa. É o mais lucrativo... e perigoso... para os homens envolvidos. Tenho o seu formulário final de consentimento aqui na minha mesa. Não tenho dúvida de que o assinará, mas primeiro quero dizer por que o senhor foi selecionado, e quero que compreenda plenamente no que está entrando.

Richards não disse nada.

Ele puxou uma pasta e a apoiou sobre a superfície imaculada de seu bloco de mesa. Richards viu que seu nome estava impresso na capa. Killian a abriu.

— Benjamin Stuart Richards. Idade: vinte e oito anos, nascido em 8 de agosto de 1997, na cidade de Harding. Frequentou a Escola de Ofícios Manuais de South City entre setembro de 2011 e dezembro de 2013. Suspenso duas vezes por desacato à autoridade. Creio que o senhor chutou o diretor-assistente na parte superior da coxa, quando ele estava de costas, certo?

— Conversa. Dei um pontapé na bunda.

Killian assentiu.

— Como queira, sr. Richards. O senhor se casou com Sheila Richards, nascida Gordon, aos dezesseis anos. Contrato vitalício, no velho estilo. Rebelde até o fim, hein? Nenhuma filiação sindical, em virtude de sua recusa a assinar o Juramento de Fidelidade ao Sindicato, bem como o Contrato de Controle Salarial. Creio que o senhor se referiu ao governador setorial Johnsbury como um "filho da puta que bota no rabo de todo o mundo".

— Isso — confirmou Richards.

— Seu histórico profissional tem sido irregular, e o senhor foi demitido… vejamos… seis vezes ao todo, por atos como insubordinação, insulto aos superiores e críticas abusivas às autoridades.

Richards deu de ombros.

— Em suma, o senhor é visto como desrespeitador da autoridade e antissocial. É um desgarrado que tem sido inteligente o bastante para se manter longe da prisão e de problemas graves com o governo, e não é viciado em nada. Um psicólogo da equipe relatou que o senhor viu lésbicas, fezes e um veículo poluente, movido a gasolina, em vários borrões de tinta. Relatou também um grau elevado e inexplicável de hilaridade…

— Ele me lembrou um garoto que eu conhecia. Gostava de se esconder embaixo das arquibancadas vazadas da escola e se masturbar. O garoto, quero dizer. Não sei do que seu médico gosta.

— Entendo.

Killian deu um breve sorriso, os dentes brancos cintilando em toda aquela escuridão, e voltou a suas anotações.

— O senhor deu respostas raciais proibidas pela Lei Racial de 2004. Deu várias respostas violentas durante o teste de associação de palavras.

— Estou aqui para um assunto violento — disse Richards.

— Sem dúvida. No entanto, nós... e, neste momento, falo num sentido mais amplo do que a Superintendência dos Jogos; falo no sentido nacional... nós vemos essas respostas com extrema inquietação.

— Tem medo de que alguém grude uma banana de dinamite no seu sistema de ignição uma noite dessas? — perguntou Richards, sorridente.

Killian lambeu pensativamente o polegar e passou para a folha seguinte.

— Felizmente para nós, o senhor entregou uma refém à sorte, sr. Richards. Tem uma filha chamada Catherine, de dezoito meses. Será que isso foi uma surpresa? — perguntou ele, com um sorriso gélido.

— Foi planejado — disse Richards, sem rancor. — Na época, eu trabalhava para a GA. De algum modo, um pouco do meu esperma sobreviveu a ela. Talvez uma piada de Deus. Do jeito que vai o mundo, às vezes acho que devíamos estar ruins da cabeça.

— Seja como for, o senhor está aqui — disse Killian, continuando a exibir seu sorriso frio. — E, na próxima terça-feira, o senhor aparecerá em O *Foragido*. Já assistiu ao programa?

— Já.

— Então sabe que é a coisa mais importante que acontece na GratuiTV. É repleto de oportunidades de participação para o telespectador, tanto indireta quanto efetivamente. Sou o produtor-executivo do programa.

— Que maravilhoso — comentou Richards.

— O programa é um dos meios mais seguros de que dispõe a Rede para se livrar de baderneiros embrionários como você, sr. Richards. Estamos no ar há seis anos. Até hoje, não tivemos sobreviventes. Para ser brutalmente franco, não esperamos ter nenhum.

— Então, vocês estão jogando com cartas marcadas — disse Richards, em tom categórico.

Killian pareceu mais divertido do que horrorizado.

— Ah, não. O senhor continua a se esquecer de que é um anacronismo, sr. Richards. As pessoas não estarão nos bares e hotéis, ou reunidas na friagem em frente às lojas de eletroeletrônicos, torcendo para que o senhor escape. Meu Deus, não! Elas querem vê-lo eliminado, e vão ajudar, se puderem. Quanto mais difícil, melhor. E o senhor tem McCone para enfrentar. Evan McCone e os Caçadores.

— Parece um grupo neonazista — comentou Richards.

— O McCone nunca perde — afirmou Killian.

Richards deu um grunhido.

— O senhor vai aparecer ao vivo na terça-feira à noite. Os programas posteriores vão ser uma edição de fitas, filmes e transmissões ao vivo, sempre que possível. Somos conhecidos por interromper a programação normal quando um concorrente particularmente desenvolto está à beira de chegar à sua… Waterloo pessoal, digamos.

"As regras são a personificação da simplicidade. O senhor ou os membros sobreviventes da sua família ganharão cem dólares novos por cada hora que o senhor continuar livre. Apostamos quatro mil e oitocentos dólares no senhor, em moeda corrente, na suposição de que consiga burlar os Caçadores por quarenta e oito horas. O saldo não despendido será reembolsável, é claro, se o senhor for pego antes de terminadas as quarenta e oito horas. O senhor terá uma vantagem de doze horas na largada. Se durar trinta dias, receberá o Grande Prêmio. Um bilhão de dólares novos."

Richards jogou a cabeça para trás e riu.

— É exatamente esse o meu sentimento — disse Killian, com um sorriso seco. — Tem alguma pergunta?

— Apenas uma — disse Richards, inclinando-se para a frente. Os vestígios de humor haviam desaparecido por completo de seu rosto. — Você ia curtir ser o homem lá fora, em fuga?

Killian riu. Pôs as mãos na barriga, e uma sonora gargalhada negra reverberou pela sala.

— Ah, sr. Richards... o senhor vai ter que me desculpar...

Ele caiu noutra gargalhada.

Por fim, secando os olhos com um grande lenço branco, Killian pareceu controlar-se.

— Sabe, o senhor não é apenas dotado de senso de humor, sr. Richards. O senhor... eu... — Sufocou uma nova risada. — Por favor, queira me desculpar. O senhor mexeu com meu senso de humor.

— Estou vendo.

— Outras perguntas?

— Não.

— Ótimo. Haverá uma reunião da equipe antes do programa. Se surgir alguma pergunta nessa sua mente fascinante, por favor, guarde-a até lá.

Killian apertou um botão na escrivaninha.

— Poupe-me da xoxota barata — disse Richards. — Eu sou casado.

As sobrancelhas de Killian se ergueram.

— Tem certeza? A fidelidade é admirável, sr. Richards, mas há muito tempo de sexta-feira até terça. E, considerando o fato de que talvez o senhor nunca mais veja sua esposa...

— Eu sou casado.

— Muito bem.

Fez um sinal com a cabeça para a garota que estava na porta, e ela desapareceu.

— Mais alguma coisa que *possamos* fazer pelo senhor, sr. Richards? O senhor terá uma suíte particular no nono andar e seus pedidos de refeições serão atendidos, dentro de uma medida razoável.

— Uma boa garrafa de uísque. E um telefone, para que eu possa falar com minha es...

— Ah, não, sinto muito, sr. Richards. O uísque nós podemos arranjar. Mas, depois de assinar este formulário de autorização — empurrou-o para Richards, com uma caneta —, o senhor ficará incomunicável até terça-feira. Gostaria de reconsiderar a moça?

— Não — disse Richards, e rabiscou o nome na linha pontilhada. — Mas é melhor o senhor providenciar duas garrafas de uísque.

— Certamente.

Killian levantou-se e tornou a estender a mão.

Richards desconsiderou-a novamente e se retirou.

Killian acompanhou sua saída com um olhar inexpressivo. Não estava sorrindo.

... MENOS 86

E A CONTAGEM CONTINUA...

Quando Richards passou, a recepcionista espichou-se prontamente da trincheira e lhe entregou um envelope. A frente dizia:

Sr. Richards,

Desconfio que uma das coisas que o senhor não mencionará em nossa entrevista é o fato de que está muito necessitado de dinheiro neste momento. Não é verdade?

Apesar dos boatos que dizem o contrário, a Superintendência dos Jogos *não* faz adiantamentos. O senhor não deve se ver como um concorrente, com todo o brilho que essa palavra implica. O senhor não é um astro da GratuiTV, apenas um operário que está sendo extremamente bem remunerado para realizar um trabalho perigoso.

Entretanto, a Superintendência dos Jogos não tem nenhuma norma que me proíba de lhe oferecer um empréstimo pessoal. Dentro deste envelope, o senhor encontrará dez por cento de seu salário antecipado — não em dólares novos, devo adverti-lo, mas em Certificados dos Jogos, que podem ser resgatados em dólares. Caso decida enviar esses certificados à sua esposa, como desconfio que fará, ela constatará que os papéis têm uma vantagem sobre os dólares novos: um médico de boa reputação os aceitará como moeda de curso legal, ao passo que tal não acontecerá com um charlatão.

Atenciosamente,
Dan Killian

Richards abriu o envelope e tirou um maço grosso de cupons com o símbolo dos Jogos no invólucro de papel vegetal. Dentro havia quarenta e oito cupons no valor nominal de dez dólares novos cada um. Richards foi invadido por uma onda absurda de gratidão a Killian, mas tratou de sufocá-la. Não tinha dúvida de que Killian reteria quatrocentos e oitenta dólares do valor de seu adiantamento e, além disso, esse era um preço barato a pagar pelo seguro do grande espetáculo, pela satisfação contínua da clientela e pelo emprego muito bem remunerado do próprio Killian.

— Merda — disse ele.

A recepcionista espichou atentamente a cabeça para fora de sua trincheira.

— Disse alguma coisa, sr. Richards?

— Não. Onde ficam os elevadores?

... MENOS 85

E A CONTAGEM CONTINUA...

A suíte era suntuosa.

O carpete, tão espesso que quase daria praticar nado de peito em cima dele, estendendo-se de fora a fora sobre o piso dos três cômodos: sala, quarto e banheiro. A GratuiTV estava desligada; imperava um abençoado silêncio. Havia flores nos vasos e, na parede ao lado da porta, um botão com a discreta inscrição SERVIÇO, que também devia ser rápido, pensou Richards cinicamente. Havia dois guardas postados do lado de fora de sua suíte no nono andar, apenas para se certificarem de que ele não saísse perambulando por aí.

Ben apertou o botão de serviço e a porta se abriu.

— Sim, sr. Richards — disse um dos policiais. Richards imaginou perceber o quanto aquele *senhor* tinha um sabor amargo na boca do homem. — O uísque que o senhor pediu será...

— Não é isso — interrompeu Richards. Mostrou ao policial o maço de cupons que Killian lhe deixara. — Quero que você leve isto a um lugar.

— É só escrever o nome e o endereço, sr. Richards, e providenciarei para que seja entregue.

Richards achou o recibo do sapateiro e escreveu no verso seu endereço e o nome de Sheila. Deu o papel surrado e o maço de cupons ao policial. Já ia se afastando, quando lhe ocorreu uma nova ideia.

— Ei, espera!

O policial virou-se e Richards tirou o livro de cupons de sua mão. Abriu-o no primeiro e tirou um décimo dele, na linha perfurada. Valor equivalente: um dólar novo.

— Conhece um policial chamado Charlie Grady?

— Charlie? — O policial o fitou, desconfiado. — Sim, conheço Charlie. Fica de serviço no quinto andar.

— Dê isto pra ele — disse Richards, entregando o pedaço de cupom. — Diga que os cinquenta centavos extras são os juros de agiotagem.

O guarda tornou a se virar, e Richards chamou-o mais uma vez.

— Você vai me trazer os recibos assinados pela minha mulher e por Grady, não é?

A repugnância estampou-se abertamente no rosto do policial.

— Que alma crédula é o senhor, não?

— Com certeza — respondeu Richards, com um sorriso pálido. — Vocês me ensinaram isso. Ao sul do Canal, ensinaram-me tudo isso.

— Vai ser divertido — disse o policial — vê-los perseguirem o senhor. Vou ficar grudado na minha GratuiTV, com uma cerveja em cada mão.

— Basta trazer os recibos — disse Richards, e fechou gentilmente a porta na cara do policial.

O uísque chegou vinte minutos depois, e Richards disse ao entregador atônito que gostaria que enviassem também dois romances grossos.

— Romances?

— Livros. Você sabe. Leitura. Palavras. Prensa móvel — respondeu ele, fazendo uma pantomima de virar as páginas.

— Sim, senhor — disse o homem, em tom de dúvida. — Quer pedir o jantar?

Nossa, a merda estava ficando espessa. Richards se afogava nela. De repente, viu uma cena fantasiosa, cartunesca: um homem cai num buraco de privada e se afoga em merda cor-de-rosa que cheira a Chanel Nº 5. E o desfecho: continua a ter gosto de merda.

— Filé. Ervilhas. Purê de batatas.

Deus, o que Sheila teria para comer? Uma pílula de proteína e uma xícara de imitação de café?

— Leite. Torta de maçã com creme. Entendeu?

— Sim, senhor. Gostaria…

— Não — disse Richards, subitamente aflito. — Não. Saia. Não tinha apetite. Absolutamente nenhum.

... MENOS 84

E A CONTAGEM CONTINUA...

Richards soltou um riso amargo ao imaginar que o mensageiro da Rede de Jogos havia tomado seu pedido sobre os romances literalmente: devia tê-los escolhido usando uma régua. Qualquer coisa com mais de quatro centímetros serviria. Levou para Richards três livros de que ele nunca ouvira falar: dois sucessos do passado, intitulados *Deus é inglês* e *Não como um estranho*, e um calhamaço escrito três anos antes, chamado *O prazer de servir*. Richards deu uma espiada neste último primeiro e franziu o nariz: um garoto pobre se dá bem na General Atomics. Sobe da posição de limpador de motores para a de projetista de engrenagens. Faz cursos noturnos (*com quê?*, perguntou-se Richards, *dinheiro do Banco Imobiliário?*). Apaixona-se por uma bela jovem (aparentemente, a sífilis ainda não apodrecera seu nariz a ponto de fazê-lo cair) numa orgia coletiva. É promovido a técnico júnior, depois de resultados deslumbrantes no teste de aptidão. Segue-se um contrato matrimonial de três anos e...

Richards jogou o livro do outro lado do quarto. *Deus é inglês* era um pouco melhor. Serviu-se um uísque com gelo e se acomodou para ler a história.

Quando veio a batida discreta na porta, já lera trezentas páginas e, ainda por cima, estava bastante bêbado. Uma das garrafas de uísque estava vazia. Foi até a porta segurando a outra. Lá estava o policial.

— Seus recibos, sr. Richards — disse ele, e fechou a porta.

Sheila não tinha escrito nada, mas mandara uma das fotos de

Cathy quando bebê. Richards a fitou e sentiu as lágrimas fáceis da embriaguez aflorarem-lhe aos olhos. Guardou-a no bolso e olhou para o outro recibo. Charlie Grady escrevera depressa, no verso de uma multa de trânsito:

Obrigado, verme. Vá se foder.
Charlie Grady

Richards deu um risinho e deixou o papel cair no carpete.

— Obrigado, Charlie — disse ao quarto vazio. — Eu precisava disso.

Tornou a olhar para o retrato de Cathy, um bebêzinho de rosto vermelho, com quatro dias na época em que a foto fora tirada, berrando até explodir e dançando dentro de um camisolão que a própria Sheila fizera. Sentiu as lágrimas o espreitarem e se obrigou a pensar no bilhete de agradecimento do velho Charlie. Perguntou a si mesmo se conseguiria liquidar a segunda garrafa antes de apagar, e resolveu descobrir.

Quase conseguiu.

... MENOS 83

E A CONTAGEM CONTINUA...

Richards passou o dia de sábado amargando uma ressaca terrível. À noite, quase a havia superado, e pediu mais duas garrafas de uísque com o jantar. Acabou com as duas e acordou à primeira luz pálida da manhã de domingo, vendo enormes lagartas de olhar fosco e homicida rastejando lentamente pela parede do outro lado do quarto. Nesse momento, decidiu que não seria de seu interesse ferrar com os próprios reflexos até terça-feira, e parou com a bebedeira.

Essa ressaca demorou mais para se dissipar. Ele vomitou muito e, quando não havia mais nada para vomitar, teve ânsias secas. Foram diminuindo por volta das seis da tarde de domingo, e Richards pediu sopa no jantar. Nada de uísque. Pediu uma dúzia de discos de neorock para tocar no equipamento de som da suíte, e logo se cansou deles.

Foi se deitar cedo. E dormiu mal.

Passou a maior parte da segunda-feira na varanda envidraçada minúscula do quarto. Estava muito acima da zona portuária, e o dia foi uma sucessão de sol e chuva razoavelmente prazerosa. Ele leu dois romances, tornou a se deitar cedo e dormiu um pouco melhor. Teve um sonho desagradável: Sheila havia morrido, e Ben estava no funeral. Alguém a pusera escorada no caixão e lhe enfiara um enorme buquê de dólares novos na boca. Ele tentou correr para a mulher e retirar aquela obscenidade; mãos o agarraram por trás. Doze policiais o seguraram. Um deles era Charlie Grady. Estava rindo e dizia: "É isso que acontece com os derrotados, verme". Os policiais encostavam as pistolas na cabeça dele quando Richards acordou.

— Terça-feira — disse ele a ninguém, e se levantou da cama. O relógio sofisticado da GA, na parede mais distante, informou que passavam nove minutos das sete horas. A transmissão ao vivo de *O Foragido* iria ao ar em toda a América do Norte em menos de onze horas. Richards sentiu uma gota quente de medo no estômago. Dali a vinte e três horas, a caça estaria liberada.

Tomou um banho quente e demorado, vestiu o macacão e pediu presunto com ovos no café da manhã. Também mandou que o mensageiro de serviço trouxesse um pacote de maços de Blams.

Passou o resto da manhã e o começo da tarde lendo calmamente. Eram duas horas em ponto quando ouviu uma única batida formal à porta. Entraram três policiais e Arthur M. Burns, parecendo empolgado e bastante ridículo numa regata da Rede de Jogos. Todos os policiais carregavam cassetetes elétricos.

— É hora de receber suas últimas instruções, sr. Richards — disse Burns. — Quer...

— É claro — respondeu Richards. Marcou a página no livro que estivera lendo e o deixou sobre mesinha de centro. Sentiu-se subitamente apavorado, quase em pânico, e ficou muito contente por não haver um tremor perceptível em seus dedos.

... MENOS 82

E A CONTAGEM CONTINUA...

O décimo andar do Edifício dos Jogos era muito diferente dos andares de baixo, e Richards compreendeu que não pretendiam que subisse mais. A ficção da mobilidade ascendente, iniciada do saguão ensebado do térreo, terminava ali, no décimo andar. Eram as instalações da emissora.

Os corredores eram largos, brancos e austeros. Carrinhos de um amarelo vivo, com motores GA movidos a energia solar, pipocavam aqui e ali, carregando montes de técnicos da GratuiTV para estúdios e salas de controle.

Quando o elevador parou, havia um carrinho à espera deles, e os cinco — Richards, Burns e os três policiais — subiram a bordo. Cabeças se viraram, e apontaram para Richards várias vezes ao longo do trajeto. Uma mulher usando shorts e um top amarelo dos Jogos piscou o olho e jogou um beijo para Richards. Ele lhe mostrou o dedo do meio.

O grupo pareceu percorrer quilômetros, passando por dezenas de corredores interligados. Richards vislumbrou pelo menos uma dúzia de estúdios, um deles com a infame esteira vista em *Esteira para a Grana*. Um grupo de turistas dos bairros nobres a estava experimentando e dando risadas.

Por fim, pararam diante de uma porta que dizia: O FORAGIDO: ENTRADA ABSOLUTAMENTE PROIBIDA. Burns fez sinal para o policial da cabine à prova de balas, ao lado da porta, e olhou para Richards.

— Ponha seu cartão na abertura entre a cabine do guarda e a porta — instruiu ele.

Richards assim fez. O cartão desapareceu e uma luzinha se acendeu na cabine do guarda. Ele apertou um botão e a porta deslizou, abrindo-se. Richards tornou a subir no carrinho, e todos foram conduzidos para dentro.

— Onde está meu cartão? — perguntou Richards.

— Você não precisa mais dele.

Estavam numa sala de controle. O setor estava vazio, exceto por um técnico careca, sentado diante da tela em branco de um monitor, que lia números num microfone.

Do outro lado, à esquerda, Dan Killian e dois homens que Richards não conhecia sentavam-se à mesa, diante de copos gelados. Um deles era vagamente familiar, bonito demais para ser um técnico.

— Olá, sr. Richards. Olá, Arthur. Gostaria de um refrigerante, sr. Richards?

Richards constatou que estava com sede; fazia muito calor no décimo andar, apesar dos vários aparelhos de ar-condicionado que havia visto.

— Aceito uma Rooty-Toot — respondeu ele.

Killian levantou-se, foi até o armário refrigerado e tirou a tampa de uma garrafa plástica. Richards sentou-se e a aceitou com um aceno de cabeça.

— Sr. Richards, o cavalheiro à minha direita é Fred Victor, diretor de O *Foragido*. Este outro sujeito, como estou certo de que o senhor sabe, é Bobby Thompson.

Thompson, claro. Apresentador de O *Foragido*. Usava uma túnica vistosa de cor verde, ligeiramente iridescente, e exibia uma cabeleira suficientemente prateada e atraente para ser suspeita.

— É pintado? — perguntou Richards.

As sobrancelhas impecáveis de Thompson se ergueram.

— Como assim?

— Deixa pra lá — respondeu Ben.

— Você vai ter que dar um desconto ao sr. Richards — disse Killian, sorridente. — Ele parece sofrer de um caso grave de grosseria.

— É muito compreensível — comentou Thompson, e acendeu um cigarro. Richards sentiu-se invadido por uma onda de irrealidade. — Dadas as circunstâncias.

— Venha até aqui, sr. Richards, por favor — disse Victor, assumindo o comando. Levou Richards à bancada de telas do outro lado da sala. O técnico tinha terminado com os números e se retirara.

Victor apertou dois botões e surgiram imagens de todos os ângulos do cenário de O *Foragido*.

— Não estamos querendo fazer um ensaio geral aqui — disse Victor. — Achamos que prejudica a espontaneidade. Bobby faz tudo de improviso, um trabalho esplêndido. Vamos ao ar às seis, horário de Harding. Bobby fica no centro do palco, naquela plataforma azul. Ele faz a introdução e dá um resumo detalhado sobre você. O monitor vai mostrar algumas fotografias. Você vai ficar nos bastidores, à direita do palco, ladeado por dois guardas dos Jogos. Eles vão acompanhá-lo na hora de entrar, armados de armas de choque. Os cassetetes elétricos seriam mais práticos se você resolvesse criar dificuldades, mas as armas dão um bom efeito dramático.

— Certo — disse Richards.

— Haverá muitas vaias da plateia. Nós a preparamos desse jeito porque dá um bom efeito dramático. Como nos jogos de matabol.

— Será que vão me alvejar com balas de festim? — perguntou Richards. — Poderiam pôr umas bolsas de sangue em mim, para estourarem na hora certa. Isso também daria um bom efeito dramático.

— Preste atenção, por favor. Você e os guardas entram quando seu nome for chamado. O Bobby vai, hum, entrevistá-lo. Sinta-se à vontade para se expressar da maneira mais vívida que quiser. Tudo é efeito dramático. Depois, por volta das seis e dez, logo antes do primeiro comercial da Rede, você vai receber seu dinheiro da aposta e sair, sem guardas, pela esquerda do palco. Entendeu?

— Entendi. E o Laughlin?

Victor franziu o cenho e acendeu um cigarro.

— Entra depois de você, às seis e quinze. Fazemos duas disputas simultâneas, porque, muitas vezes, um dos concorrentes, hã... não consegue ficar à frente dos Caçadores.

— E o garoto fica como reserva?

— O sr. Jansky? Sim. Mas nada disso lhe diz respeito, sr. Richards. Quando sair do palco pela esquerda, o senhor vai receber um aparelho de gravação mais ou menos do tamanho de uma caixinha de pipocas. Pesa menos de três quilos. O senhor também vai receber sessenta fitas de uns dez centímetros de comprimento. O equipamento vai caber no bolso do casaco, sem deixar marcas. É uma vitória da tecnologia moderna.

— Maravilha.

Victor comprimiu os lábios.

— Como o Dan já disse, Richards, você é um trabalhador e deve encarar seu papel dessa maneira. As fitas podem ser depositadas em qualquer caixa de correio, e serão entregues a nós por via expressa, para que possamos editá-las e levá-las ao ar na mesma noite. O não envio de duas fitas por dia resultará na desobrigação legal do pagamento.

— Mas eu vou continuar a ser caçado.

— Isso. Portanto, envie as fitas. Elas não vão revelar sua localização; os Caçadores operam independentemente do setor que transmite os programas.

Richards duvidava disso, mas não falou nada.

— Depois de darmos seu equipamento, o senhor vai ser escoltado até o elevador que conduz à rua. Sai diretamente na rua Rampart. Ao chegar lá, o senhor estará por conta própria. — Fez uma pausa. — Alguma pergunta?

— Não.

— Nesse caso, o sr. Killian tem mais alguns detalhes sobre o dinheiro a esclarecer com o senhor.

Os dois voltaram para onde Dan Killian conversava com Arthur M. Burns. Richards pediu outra Rooty-Toot.

— Sr. Richards — disse Killian, exibindo os dentes brilhantes. — Como sabe, o senhor sairá do estúdio desarmado. Mas isso não quer dizer que não possa se armar, por meios legítimos ou escusos. Meu Deus, não! O senhor ou seus herdeiros receberão cem dólares adicionais por cada Caçador ou representante da lei que o senhor porventura elimine...

— Não me diga — interrompeu Richards. — Dá um bom efeito dramático.

Killian sorriu, encantado.

— Muito perspicaz! Sim. Entretanto, procure não apagar espectadores inocentes. Não é correto.

Richards ficou em silêncio.

— O outro aspecto do programa...

— Os dedos-duros e os operadores de câmera amadores. Eu sei.

— Não são dedos-duros; são bons cidadãos norte-americanos.

Era difícil dizer se o tom magoado de Killian era sincero ou irônico.

— Enfim — prosseguiu ele —, há uma linha gratuita de telefone para qualquer pessoa que o avistar. Cada detecção confirmada recebe cem dólares novos. Uma detecção que resulte em captura recebe mil. Pagamos aos câmeras independentes dez dólares por cada trinta centímetros de gravação e até...

— Aposente-se na deslumbrante Jamaica, com dinheiro sujo de sangue! — interrompeu Richards com uma exclamação, abrindo os abraços. — Ponha sua foto em cem revistas semanais em 3-D! Seja o ídolo de milhões! Escaneie para obter os detalhes.

— Já chega — disse Killian, em tom calmo. Bobby Thompson estava polindo as unhas; Victor se afastara um pouco, e era possível ouvi-lo vagamente, gritando com alguém sobre os ângulos das câmeras.

Killian apertou um botão.

— Srta. Jones? Estamos prontos, doçura. — Ele se levantou e tornou a estender a mão. — Agora é a maquiagem, sr. Richards. Depois, os ensaios de iluminação. O senhor ficará alojado fora do palco e não tornaremos a nos encontrar antes de entrar em cena. Portanto...

— Foi esplêndido — disse Richards, e recusou o aperto de mão.

A srta. Jones o conduziu para fora da sala. Eram duas e meia da tarde.

... MENOS  81

E A CONTAGEM CONTINUA...

Richards ficou nos bastidores, com um policial de cada lado, ouvindo a plateia do estúdio aplaudir Bobby Thompson freneticamente. Estava nervoso. Zombou de si mesmo por isso, mas o nervosismo era um fato. Deboche não o faria desaparecer. Eram 18h01.

— O primeiro concorrente desta noite é um homem sagaz e desenvolto do sul do Canal, em nossa própria cidade — dizia Thompson. O monitor passou para uma fotografia sombria de Richards, metido em um uniforme cinzento e frouxo, tirada dias antes, por uma câmera oculta. O local ao fundo parecia ser a sala de espera do quinto andar. Richards achava que a foto tinha sido retocada para tornar seus olhos mais fundos, a testa um pouco mais estreita, e as maçãs do rosto menos proeminentes. A boca recebera uma expressão desdenhosa e zombeteira. No geral, o Richards do monitor era apavorante — o anjo da morte urbano, abrutalhado e não muito inteligente, mas dotado de uma certa astúcia primitiva e animalesca. O bicho-papão dos moradores da região nobre.

— Esse homem é Benjamin Richards, de vinte e oito anos. Guardem bem este rosto! Dentro de meia hora, esse homem vai estar rondando por aí, em busca de presas. Uma identificação confirmada pagará cem dólares novos! Uma identificação que resulte em captura significará mil dólares novos para *você*!

O pensamento de Richards vagava, mas voltou a se fixar, com um estalo.

— E *esta* é a mulher para quem irá o prêmio de Benjamin Richards, se e quando ele for morto!

A imagem desfez-se numa foto de Sheila... mas o retocador entrara em ação de novo, desta vez operado com mão mais pesada. O resultado era brutal. O rosto meigo e não muito bonito fora transformado no de uma vagabunda frívola. Lábios carnudos fazendo beicinho, olhos que pareciam reluzir de cobiça, e uma sugestão de papada que desaparecia aos poucos no que pareciam ser seios nus.

— Seu *canalha*! — exasperou-se Richards. Tentou investir contra Thompson, mas foi contido por braços potentes.

— Esfrie a cabeça, parceiro. É só uma fotografia.

Um momento depois, ele foi meio conduzido, meio arrastado para o palco.

A reação da plateia foi imediata. O estúdio encheu-se de gritos de "Uuuh! Motoqueiro vagabundo!", "Cai fora, nojento!", "Mata ele! Mata o canalha!", "Aguenta essa!", "Fora, fora!".

Bobby Thompson ergueu os braços e gritou por silêncio, bem--humorado.

— Vamos ouvir o que ele tem a dizer.

A plateia se calou, ainda que com relutância.

Richards postava-se feito um touro sob os refletores quentes, de cabeça baixa. Sabia estar projetando exatamente a aura de ódio e desafio que queriam que projetasse, mas não pôde evitar.

Fixou em Thompson os olhos faiscantes e vermelhos.

— Alguém vai engolir as próprias bolas por essa foto da minha mulher — afirmou.

— Fale alto, fale alto, sr. Richards! — exclamou Thompson, com o toque exato de desdém. — Ninguém vai machucá-lo... não *ainda*, pelo menos.

Mais gritos e insultos histéricos da plateia.

Richards virou-se de repente para encarar a plateia, que se calou, como que esbofeteada. As mulheres o fitavam com expressões assustadas, meio sensuais. Os homens sorriam com o olhar carregado de ódio.

— Canalhas! — gritou ele. — Se querem tanto ver alguém morrer, por que não matam uns aos outros?

Suas últimas palavras foram abafadas por mais gritos. Algumas pessoas da plateia (talvez pagas para isso) tentavam subir no palco. Os policiais as continham. Richards as encarou, sabendo com que aparência devia estar.

— Obrigado, sr. Richards, por essas sábias palavras — disse Thompson. O desprezo era palpável, e a multidão, de novo quase em silêncio, absorvia-o inteiro. — O senhor quer dizer a nossa plateia do estúdio e ao público em casa quanto tempo acha que pode aguentar?

— Quero dizer a todos, no estúdio e em casa, que aquela não era a minha mulher. Aquilo era uma falsificação barata...

A multidão abafou sua fala. Os gritos de ódio haviam atingido um novo tom febril. Thompson esperou quase um minuto para que ela se aquietasse um pouco, e repetiu:

— Quanto tempo espera aguentar, *sr. Richards?*

— Espero chegar ao fim dos trinta dias — disse Richards, com frieza. — Acho que vocês não têm ninguém que consiga me pegar.

Mais gritos. Punhos agitados. Alguém atirou um tomate.

Bobby Thompson tornou a se voltar para a plateia e gritou:

— Com essas últimas palavras presunçosas e baratas, o sr. Richards será conduzido para fora de nosso palco. Amanhã, ao meio-dia, a caçada começa. *Lembrem-se do rosto dele!* Talvez ele esteja a seu lado num pneumo-ônibus... num avião... num cinema em 3-D... em seu campo local de matabol. Esta noite ele está em Harding. E amanhã? Nova York? Boise? Albuquerque? Columbus? Vagando sorrateiro em volta da *sua* casa? *Vocês o denunciarão?*

— *SIIIM!* — gritou o público.

De repente, Richards fez um gesto obsceno — com as duas mãos — para todos. Dessa vez, não houve como imaginar que a corrida em direção ao palco fosse simulada. Ele foi retirado às pressas pela saída da esquerda, antes que o trucidassem ao vivo e em cores, privando, com isso, a Rede de toda a lucrativa cobertura que viria depois.

... MENOS 8(

E A CONTAGEM CONTINUA...

Killian estava nos bastidores, contorcendo-se de rir.

— Bela apresentação, sr. Richards. Ótima! Meu Deus, eu gostaria de poder dar uma bonificação pra você. Aqueles dedos... esplêndido!

— Nosso propósito é agradar — disse Richards. A tela dos monitores desfizeram-se num comercial. — Me dê a porcaria da câmera e vá se foder.

— Isso é totalmente impossível — disse Killian, ainda sorrindo —, mas aqui está a câmera. — Ele a tirou do técnico que a segurava no colo. — Totalmente carregada e pronta para funcionar. E aqui estão as fitas.

Entregou a Richards uma pequena caixa oblonga, surpreendentemente pesada, envolta num oleado.

Richards enfiou a câmera num dos bolsos do paletó e as fitas em outro.

— Certo. Onde fica o elevador?

— Não tão depressa — disse Killian. — Você ainda tem um minuto... doze, na verdade. Sua vantagem de doze horas só começa oficialmente às seis e meia.

Os gritos de ódio haviam recomeçado. Ao olhar para trás, Richards viu que Laughlin estava no ar. Teve pena dele.

— Gosto de você, Richards — disse Killian —, e acho que vai se sair bem. Tem um certo estilo bruto que me agrada imensamente. Sou um colecionador, sabe? A arte das cavernas e os artefatos egípcios são meus campos de especialização. Você se assemelha mais à arte das cavernas do que a minhas urnas egípcias, mas não faz mal. Gostaria que pudesse ser preservado, colecionado, se preferir, tal como foram colecionadas e preservadas minhas pinturas de cavernas asiáticas.

— Pegue uma gravação das minhas ondas cerebrais, seu canalha. Elas estão gravadas.

— E por isso, eu gostaria de te dar um conselho — prosseguiu Killian, ignorando-o. — Você não tem chance, de verdade; ninguém tem, não com uma nação inteira à caça e com o equipamento e o treinamento incrivelmente sofisticados que os Caçadores recebem. Mas, se agir com discrição, vai durar mais. Use as pernas, em vez de qualquer arma que venha a pegar. E *fique perto da sua própria gente.* — Ergueu um dedo enfático para Richards. — Não essa boa gente da classe média que há por aí; eles o detestam. Você simboliza todos os medos desta época sombria e decadente. Não foi tudo espetáculo e instigação da plateia lá dentro, Richards. *Eles o odeiam.* Deu para você sentir?

— Sim — respondeu Richards. — Senti. Eu também os odeio.

Killian sorriu.

— É por isso que vão matá-lo — observou ele. Segurou Richards pelo braço, com mão surpreendentemente forte. — Por aqui.

Atrás deles, Laughlin era ridicularizado por Thompson, para deleite da plateia.

Desceram por um corredor branco, ao som do eco vazio das passadas — sozinhos. Inteiramente sós. No final, um elevador.

— É aqui que nos separamos — disse Killian. — Expresso para a rua. Nove segundos.

Ele ofereceu a mão pela quarta vez, e novamente Richards a recusou. Mesmo assim, se deixou ficar por um momento.

— E se eu pudesse subir? — perguntou ele, gesticulando com a cabeça para o teto e os oitenta andares acima dele. — Quem é que eu poderia matar lá em cima? Quem poderia matar, se fosse direto para o topo?

Killian riu baixinho e apertou o botão junto ao elevador; as portas se abriram.

— É disso que eu gosto em você, Richards. Você pensa grande.

Richards entrou no elevador. As portas começaram a deslizar.

— Seja discreto — repetiu Killian, e Richards ficou só.

Sentiu um buraco no estômago, enquanto o elevador afundava em direção à rua.

... MENOS 79

E A CONTAGEM CONTINUA...

O elevador abriu-se direto na rua. Havia um policial parado junto à fachada do prédio no Nixon Memorial Park, mas não olhou para Richards quando ele saiu; apenas deu um tapinha pensativo em seu cassetete elétrico e ficou olhando para a garoa fina que enchia o ar.

A garoa trouxera um crepúsculo prematuro à cidade. As luzes tinham um brilho místico na escuridão, e as pessoas que andavam pela rua Rampart, à sombra do Edifício dos Jogos, não passavam de sombras insubstanciais, como Richards sabia que ele mesmo devia ser. Respirou fundo, inalando o ar úmido, com um toque de enxofre. Era bom, apesar do gosto. Ben parecia ter acabado de ser solto da prisão, e não de uma cela comunicante para outra. O ar estava bom. O ar era ótimo.

Fique perto da sua própria gente, dissera Killian. Óbvio que tinha razão. Richards não precisaria que Killian lhe dissesse isso. Nem saber que o cerco policial seria extremo na Co-Op City, quando terminasse a trégua, ao meio-dia do dia seguinte. Mas, até lá, ele já estaria muito longe.

Andou três quarteirões e fez sinal para um táxi. Tinha esperança de que a GratuiTV do carro estivesse quebrada — muitas estavam —, mas aquela funcionava perfeitamente, e berrava os créditos finais de *O Foragido*. Merda.

— Para onde, meu chapa?

— Rua Robard.

Era a cinco quarteirões de seu destino; quando o táxi o deixasse, ele correria pelos fundos das construções até a loja de Molie.

O táxi acelerou, e o antigo motor a gasolina era uma sinfonia dissonante de pistões batendo e barulhos múltiplos. Richards afundou nas almofadas de vinil, no que esperava ser uma sombra espessa.

— Ei, acabei de ver você na GratuiTV! — exclamou o taxista. — Você é aquele tal de Pritchard!

— Pritchard. Isso mesmo — disse Richards, resignado. O Edifício dos Jogos ia minguando às costas deles. Uma sombra psicológica parecia minguar proporcionalmente em sua cabeça, a despeito do azar com o motorista.

— Puxa, você é raçudo, cara. Isso eu tenho que admitir. É mesmo. Nossa, eles vão matar você. Tá sabendo? Vão te deixar mortinho da silva. Você deve ter muito colhão mesmo.

— Com certeza. Tenho dois. Igual a você.

— Tem dois! — repetiu o taxista. Parecia extasiado. — Cara, essa é boa. Essa é quente! Se incomoda se eu contar à patroa que levei você hoje? Ela é tarada pelos Jogos. Também vou ter que te dedurar, mas, puxa, não vou ganhar nem uma nota de cem por isso. Os motoristas de táxi têm que ter pelo menos uma testemunha pra confirmar, sabe como é. Com a minha sorte, ninguém viu você entrar.

— Deve ser difícil — disse Richards. — Lamento que você não possa ajudá-los a me matarem. Será que devo deixar um bilhete, dizendo que estive aqui?

— Nossa, você pode? Isso ia ser…

Haviam acabado de atravessar o Canal. — Pode me deixar aqui — disse Richards, abruptamente. Tirou um dólar novo do envelope que Thompson entregara e o jogou no banco da frente.

— Puxa, eu não falei nada, falei? Eu não queria…

— Não — disse Richards.

— Vai se foder, seu verme.

Richards desceu às pressas e começou a caminhar em direção à rua Drummond. A Co-Op City erguia-se, esquelética, na escuridão que se acentuava adiante. O grito do taxista o acompanhou no ar:

— *Espero que eles peguem você logo, seu merdinha safado!*

E A CONTAGEM CONTINUA...

Atravessou um quintal; passou por um buraco irregular numa cerca de arame, que separava dois áridos desertos de asfalto; cruzou o terreno fantasmagórico de uma obra abandonada; parou bem escondido nos retalhos de sombra, enquanto um bando de motoqueiros passava roncando, com os faróis luzindo na escuridão como olhos psicopáticos de lobisomens noturnos. Depois, uma última cerca (cortando uma das mãos), e bateu de leve na porta dos fundos de Molie Jernigan — ou seja, na entrada principal.

Molie cuidava de uma loja de penhores na rua das Docas, na qual um sujeito com grana suficiente para esbanjar por aí podia comprar cassetetes elétricos feitos especialmente para a polícia, pistolas automáticas, submetralhadoras, heroína, Push, cocaína, disfarces de travesti, pseudomulheres de borracha, prostitutas de verdade — se o sujeito estivesse apertado demais para pagar pela boneca —, o endereço atual de um dos três jogos de azar que funcionavam sem local fixo, o novo endereço de um clube de swing, ou uma centena de outros artigos ilegais. Se Molie não tivesse o que você queria, ele encomendava.

Inclusive documentos falsos.

Quando abriu a portinhola e viu quem estava lá, abriu um sorriso bondoso e disse:

— Por que você não dá o fora, parceiro? E eu nunca te vi.

— Dólares novos — comentou Richards, como se falasse com

a brisa. Houve uma pausa. Richards ficou estudando o punho da camisa, como se nunca o tivesse visto.

Então, os trincos e as fechaduras se abriram depressa, como se Molie estivesse com medo de que ele fosse mudar de ideia. Richards entrou. Estavam na casa de Molie, atrás da loja. O lugar era um labirinto de jornais e revistas velhos, instrumentos musicais roubados, máquinas fotográficas roubadas e caixas de alimentos obtidos no mercado paralelo. Por necessidade, Molie era uma espécie de Robin Hood; um agiota do sul do Canal não se manteria em atividade por muito tempo se fosse ganancioso demais. Molie esfolava ao máximo os vermes ricos dos bairros nobres, e vendia na vizinhança quase a preço de custo — às vezes, abaixo do custo, quando alguém passava por um grande aperto. Por isso, sua reputação na Co-Op City era excelente, e sua proteção, esplêndida. Se um tira fizesse perguntas a um informante da vila (e eles eram centenas) sobre Molie Jernigan, o informante diria que Molie era um morador meio senil da velha guarda, que aceitava uns subornos e vendia umas coisinhas no mercado paralelo. Uma infinidade de grã-finos com estranhas tendências sexuais das áreas nobres poderia contar à polícia uma história diferente, mas já não havia batidas da delegacia de costumes. Todo mundo sabia que a repressão à prostituição e ao jogo era ruim para um clima realmente revolucionário. O fato de que Molie também tinha um negócio moderadamente lucrativo de falsificação de documentos, apenas para a clientela local, não era conhecido nos bairros nobres. Ainda assim, Richards sabia que fabricar documentos para um alvo quente como ele seria extremamente perigoso.

— Que papéis? — perguntou Molie, respirando fundo e acendendo um antigo abajur de pé recurvado, que inundou a área de trabalho da escrivaninha com uma luz branca forte. Ele era um homem idoso, beirando os setenta e cinco anos, e, sob o fulgor próximo da lâmpada, sua cabeleira parecia uma trama de prata.

— Carteira de motorista. Cartão do Serviço Militar. Carteira de identidade para andar na rua. Cartão de abastecimento Axial. Cartão Social de Aposentadoria.

— Moleza. É trabalho de sessenta paus para qualquer um, menos para você, Bennie.

— Você faz?

— Pela sua mulher, eu faço. Por você, não. Não boto minha cabeça na forca por nenhum cretino maluco feito Bennie Richards.

— Quanto tempo, Molie?

Os olhos de Molie faiscaram de ironia.

— Conhecendo sua situação como conheço, vou me apressar. Uma hora para cada um.

— Nossa, cinco horas... será que eu posso ir...

— Não, não pode. Está maluco, Bennie? Um tira andou lá pelo seu conjunto habitacional na semana passada. Tinha um envelope para sua patroa. Chegou num camburão preto com uns seis colegas. O Flapper Donnigan estava parado na esquina, vendendo uns bagulhos com o Gerry Hanrahan, quando a coisa pegou fogo. Flapper me contou tudo. O garoto é frouxo, você sabe.

— Sei que o Flapper é frouxo — disse Richards, impaciente. — Fui eu que mandei o dinheiro. Será que ela...

— Quem sabe? Quem viu? — disse Molie. Deu de ombros e revirou os olhos, enquanto punha canetas e formulários em branco no centro do círculo de luz formado pelo abajur. — Eles estão observando seu prédio de perto, Bennie. Qualquer um que queira levar suas condolências vai acabar preso num porão, tendo uma conversinha com uma porção de cassetetes de borracha. Nem mesmo os bons amigos precisam disso, nem mesmo com sua velha cheia da grana. Tem algum nome especial que queira botar nisto aqui?

— Não faz diferença, desde que seja anglo. Puxa, Molie, mas ela deve sair para fazer compras. E o médico...

— Ela mandou o garoto do Budgie O'Sanchez chamá-lo. Como é o nome dele?

— Walt.

— É, isso mesmo. Não consigo mais lembrar direito dos cucarachos e dos irlandas. Estou ficando senil, Bennie. Perdendo a pose.

De repente, ele fuzilou Richards com os olhos.

— Eu me lembro de quando Mick Jagger era um grande nome. Você nem sabe quem ele foi, não é?

— Sei quem ele era — disse Richards, aflito. Virou-se para a janela de Molie, que ficava no nível da rua, assustado. Era pior do que havia pensado. Sheila e Cathy também estavam numa gaiola. Pelo menos até…

— Elas estão bem, Bennie — disse Molie, baixinho. — É só você ficar longe. Agora você é perigoso para elas. Sacou?

— Saquei — respondeu Richards. Sentiu-se subitamente tomado de um desespero sombrio e terrível. *Estou com saudade*, pensou, admirado, porém era mais que isso, era pior. Tudo parecia bagunçado, surreal. O próprio tecido da vida se esgarçava. Um turbilhão de rostos: Laughlin, Burns, Killian, Jansky, Molie, Cathy, Sheila…

Olhou para a escuridão do lado de fora, trêmulo. Molie havia começado a trabalhar, cantarolando uma velha canção de seu passado desocupado, alguma coisa sobre ter os olhos de Bette Davis, quem *caralhos* era *essa*?

— Ele era baterista — disse Richards, de repente. — Daquele conjunto inglês, os Beetles. Mick McCartney.

— É, vocês, jovens — disse Molie, debruçado sobre o trabalho. — É só isso que vocês sabem.

... MENOS 77

E A CONTAGEM CONTINUA...

Deixou a casa de Molie à meia-noite e dez, com mil e duzentos dólares novos a menos. O agiota também lhe vendera um disfarce limitado, mas bastante eficaz: cabeleira grisalha, óculos, enchimento para pôr na boca e uma dentadura plástica dentuça, que transfigurava sutilmente a linha dos lábios.

— Dê uma mancadinha também — recomendou Molie. — Nada que chame muito a atenção. É só mancar um pouco. Lembre-se, você tem o poder de nublar a mente dos homens, se o usar. Não se lembra dessa frase, não é?

Richards não se lembrava.

De acordo com os novos cartões em sua carteira, ele era John Griffen Springer, um vendedor de fitas de texto proveniente de Harding. Agora era um viúvo de quarenta e três anos. Sem *status* de técnico, mas tudo bem. Os técnicos tinham sua linguagem própria.

Richards reapareceu na rua Robard à meia-noite e meia, um bom horário para ser atropelado, assaltado ou morto, mas uma péssima hora para fugir sem ser visto. Mesmo para ele, que morara a vida inteira ao sul do Canal.

Atravessou o Canal uns três quilômetros à esquerda, quase no final do lago. Viu um grupo de bêbados encolhidos em torno de uma fogueira furtiva e vários ratos, mas nenhum tira. À uma e quinze, já estava cruzando o extremo oposto daquela terra de ninguém formada por depósitos, lanchonetes baratas e escritórios de empresas de navegação, do lado norte do Canal. À uma e meia, viu-se cercado por um número suficiente de frequentadores das áreas residenciais da cidade, pulando de uma espelunca decrépita para outra, para fazer sinal para um táxi em segurança.

Dessa vez, o motorista nem o olhou de relance.

— Jatódromo — disse Richards.

— É comigo mesmo, meu chapa.

Os propulsores de ar os jogaram no trânsito. Chegaram ao aeroporto à 1h50. Richards passou capengando por vários policiais e guardas de segurança, que não manifestaram interesse por ele. Comprou um bilhete para Nova York, que havia lhe ocorrido naturalmente. A verificação da identidade foi rotineira e sem problemas. Só havia uns quarenta passageiros, quase todos homens de negócios sonolentos e alguns estudantes. O guarda da cabine de segurança cochilou a viagem inteira. Depois de algum tempo, Richards também cochilou.

Aterrissaram às 3h06, e Richards desembarcou e saiu do aeroporto sem nenhum incidente.

Às 3h15, o táxi já descia a espiral do elevado Lindsay. Cruzaram o Central Park em diagonal e, às 3h20, Ben Richards desapareceu na maior cidade da face da Terra.

... MENOS 76

E A CONTAGEM CONTINUA...

Entocou-se no Hotel Brant, um estabelecimento sofrível no East Side. Aquela parte da cidade vinha aos poucos entrando num novo ciclo de elegância. Mas o Brant ficava a menos de dois quilômetros da zona miserável e empestada de Manhattan — também a maior do mundo. Ao se registrar, Richards tornou a lembrar as palavras de despedida de Dan Killian: *Fique perto da sua própria gente*.

Depois de descer do táxi, fizera uma caminhada até a Times Square, porque não queria se registrar em nenhum hotel nas primeiras horas da madrugada. Passou as cinco horas e meia do intervalo entre três e meia e nove horas numa boate depravada que funcionava a noite toda. Queria desesperadamente dormir, mas, nas duas vezes que cochilou, foi acordado pela sensação de dedos percorrendo de leve a parte interna da coxa.

— Quanto tempo pretende ficar, senhor? — perguntou o recepcionista do balcão, olhando de esguelha para o registro de Richards como John G. Springer.

— Não sei — disse ele, buscando mostrar uma afabilidade dócil. — Tudo depende dos clientes, você sabe.

Pagou sessenta dólares novos para reservar o quarto por dois dias, então pegou o elevador para o vigésimo terceiro andar. O quarto oferecia uma paisagem sombria do sórdido East River. Também chovia em Nova York.

O quarto era limpo, mas sem imaginação; havia um banheiro

anexado, e o vaso sanitário fazia barulhos ominosos e constantes, que Richards não conseguiu consertar nem mesmo chacoalhando a boia do reservatório de água.

Pediu o café da manhã no quarto — torradas com ovo poché, refresco de laranja e café.

Resolvida a questão do desjejum, pegou a câmera e a examinou. Logo abaixo do visor, havia uma plaquinha de metal com a palavra INSTRUÇÕES. Richards leu:

1. Introduza a fita na abertura A até ouvir um clique.
2. Ajuste o visor por meio da retícula existente no foco.
3. Aperte o botão B para gravar som e vídeo.
4. Quando soar o sinal sonoro, a fita será automaticamente expelida.

Tempo de gravação: Dez minutos.

Bom, pensou Richards. *Eles podem me ver dormir*.

Posicionou a câmera na cômoda, ao lado da Bíblia de Gideão, e a apontou para a cama. A parede atrás era vazia e indefinível; ele achou que seria impossível identificar sua localização a partir da cama ou do pano de fundo. No andar alto em que se encontrava, o ruído que vinha da rua era mínimo, mas, pelo sim, pelo não, ele deixaria o chuveiro ligado.

Mesmo com toda a premeditação, quase apertou o botão e entrou no campo visual da câmera com seu disfarce precário à mostra. Parte dele poderia ser retirada, mas o cabelo grisalho tinha que ficar. Richards enfiou a fronha do travesseiro na cabeça. Depois disso, pressionou o botão, andou até a cama e se sentou de frente para a lente.

— Achou! — disse Ben Richards, falsamente, dirigindo-se à imensa plateia de ouvintes e espectadores que assistiria àquela fita mais tarde, à noite, com aterrorizado interesse. — Vocês não podem ver, mas estou rindo de vocês, seus comedores de merda.

Reclinou-se, fechou os olhos e procurou não pensar em nada. Quando a fita saltou, dez minutos depois, ele dormia um sono pesado.

... MENOS 75

E A CONTAGEM CONTINUA...

Quando acordou, passava pouco das quatro da tarde — portanto, a caçada já estava em andamento. Começara três horas antes, levando em conta a diferença de fuso horário. A ideia lhe provocou um calafrio na espinha.

Ele pôs uma nova fita na câmera, pegou a Bíblia de Gideão e leu repetidamente os Dez Mandamentos, durante dez minutos, com a fronha na cabeça.

Havia envelopes na gaveta da escrivaninha, mas traziam impresso o nome e o endereço do hotel. Richards hesitou, mas soube que não faria diferença. Teria que confiar na palavra de Killian, no sentido de que sua localização, tal como indicada por carimbos postais ou endereços do remetente, não seria revelada a McCone e seus cães de caça pela Superintendência dos Jogos. Ele teria que usar o serviço postal. Não haviam fornecido pombos-correios.

Havia uma caixa de correspondência junto aos elevadores e, com enorme apreensão, Richards deixou as fitas na abertura reservada ao material com destino a outras cidades. Embora as autoridades postais não fossem elegíveis para receber o dinheiro dos Jogos informando o paradeiro dos concorrentes, ele ainda achava aquilo terrivelmente arriscado. Mas a única outra saída era descumprir o trato, e isso ele também não podia fazer.

Voltou para o quarto, fechou o registro do chuveiro — o banheiro estava tão úmido quanto uma floresta tropical — e se deitou na cama para pensar.

Como fugir? O que seria o melhor a fazer?

Tentou se pôr no lugar de um concorrente mediano. O primeiro impulso, óbvio, era o puro instinto animal. Entocar-se. Cavar um buraco e se esconder.

E era o que tinha feito. O Hotel Brant.

Será que os Caçadores esperavam isso? Sim. Não procurariam um foragido, de modo algum. Procurariam um homem escondido.

Será que conseguiriam encontrá-lo em sua toca?

Ben sentiu um enorme desejo de responder que não, mas não pôde. Seu disfarce era bom, mas fora arranjado às pressas. Não eram muitas as pessoas observadoras, mas sempre havia algumas. Talvez ele já tivesse sido marcado. O recepcionista do balcão. O funcionário que levara o café da manhã. Talvez até um dos homens sem rosto da boate da rua 42.

Improvável, mas possível.

E o que dizer de sua verdadeira proteção, a identidade falsa que Molie lhe arranjara? Por quanto tempo serviria? Bem, o motorista de táxi que o pegara perto do prédio dos Jogos poderia situá-lo em South City. E os Caçadores eram temível e pavorosamente bons. Fariam pressão em todas as pessoas que ele conhecia, de Jack Crager àquela vaca da Eileen Jenner, no fim do corredor. Pressão cerrada. Quanto tempo levaria para que alguém, talvez um cabeça-desmiolada como Flapper Donnigan, deixasse escapar que ele já havia falsificado documentos, numa ou noutra ocasião? E, se encontrassem Molie, ele estaria ferrado. O agiota aguentaria o suficiente para levar uma surra; era astuto a ponto de querer algumas cicatrizes visíveis de batalha para exibir pela vizinhança, apenas para que sua loja não sofresse um grave episódio de combustão espontânea uma noite dessas. E depois? Uma simples verificação dos três jatódromos de Harding revelaria a excursão de John G. Springer à meia-noite para a Cidade dos Pirados.

Se encontrassem Molie.

Presuma que o encontrarão. Você tem que presumir que o encontrarão.

Portanto, fugir. Para onde?

Richards não sabia. Passara a vida inteira em Harding. No Meio-Oeste. Não conhecia a Costa Leste; ali não havia nenhum lugar para onde pudesse correr e sentir que estava em terreno conhecido. Então, para onde? Onde?

Sua cabeça atormentada e infeliz perdeu-se num devaneio mórbido. Haviam descoberto Molie, sem a menor dificuldade. Extraído dele o nome Springer em meros cinco minutos, depois de arrancarem duas unhas e encherem o umbigo dele de fluido de isqueiro, ameaçando riscar um fósforo. Haviam obtido o número do voo de Richards com um telefonema rápido (belos indivíduos sem características marcantes, com sobretudos de gabardine de corte e fabricação idênticos), e haviam chegado a Nova York às duas e meia, no horário oficial do Leste. Homens enviados de antemão já haviam obtido o endereço do Brant, mediante um levantamento por telex dos registros de hotéis da cidade de Nova York, que eram tabulados diariamente nos computadores. E já estavam lá fora, cercando o local. Cumins, mensageiros, recepcionistas e bartenders, todos já haviam sido substituídos por Caçadores. Meia dúzia deles estava subindo a escada de incêndio. Outros cinquenta enchiam os três elevadores. E havia mais e mais homens, estacionando em carros com propulsores a ar em volta de todo o edifício. Haviam chegado ao corredor e, dali a um instante, a porta seria derrubada e eles irromperiam pelo quarto, com um gravador de vídeo rodando entusiasticamente, num tripé giratório apoiado sobre os ombros musculosos, captando tudo para a posteridade, enquanto ele era transformado em hambúrguer.

Richards sentou-se, suando. Não tinha nem sequer uma arma, ainda não.

Corra. Depressa.

Boston serviria, para começar.

... MENOS 74

E A CONTAGEM CONTINUA...

Saiu do quarto às cinco da tarde e desceu ao saguão. O recepcionista lhe deu um sorriso animado, provavelmente esperando, ansioso, por seu substituto no turno da noite.

— Boa tarde, senhor... hã...

— Springer — completou Richards, retribuindo o sorriso. — Acho que encontrei petróleo, parceiro. Três clientes que parecem... receptivos. Vou ocupar suas excelentes instalações por mais dois dias. Posso pagar adiantado?

— Com certeza, senhor.

Os dólares trocaram de mãos. Ainda sorridente, Richards voltou para o quarto. O corredor estava deserto. Ele pendurou a plaquinha NÃO PERTURBE na maçaneta da porta e se dirigiu rapidamente à escada de incêndio.

A sorte estava do seu lado, de modo que não encontrou ninguém. Desceu a escada até o térreo e saiu furtivamente pela entrada lateral, sem ser observado.

A chuva havia parado, mas as nuvens baixas ainda pairavam sobre Manhattan. No ar havia um cheiro de bateria podre. Richards apertou o passo, descartando a claudicação, e andou até o Terminal de Ônibus Elétricos da Superintendência Portuária. Ainda era possível um homem comprar um bilhete num Greyhound sem ter de assinar seu nome.

— Boston — disse ao barbudo vendedor de passagens.

— São vinte e três paus, meu chapa. O ônibus sai às seis e quinze em ponto.

Richards entregou o dinheiro, o que o deixou com um pouco menos de três mil dólares novos. Tinha que matar tempo por uma hora, e o terminal estava apinhado de gente, inclusive muitos homens do Exército Voluntário, com suas boinas azuis e seus rostos vazios, juvenis e brutais. Comprou uma revista *Pervert*, sentou-se e abriu-a diante do rosto. Fitou-a durante toda a hora seguinte, virando uma página de vez em quando, para tentar não parecer uma estátua.

Quando o ônibus encostou na plataforma, Richards andou vagarosamente em direção às portas abertas com o resto da multidão, variegada e sem maior brilho.

— Ei, você aí!

Ele se virou para olhar. Um segurança se aproximava, correndo. Richards ficou paralisado, sem conseguir fugir. Uma parte distante de seu cérebro gritava que ele estava prestes a ser finalizado ali mesmo, bem ali, naquela merda de terminal de ônibus, cheia de chicletes grudados no chão e uma ou outra obscenidade rabiscada nas paredes cobertas de sujeira; seria o troféu da sorte de um guardinha idiota.

— Detenham-no! Parem esse sujeito!

O guarda mudou de direção. Richards percebeu que não tinha nada a ver com ele. Era com um garoto maltrapilho que corria para a escada, balançando numa das mãos uma bolsa de mulher e derrubando os espectadores à esquerda e à direita, feito pinos de boliche.

Ele e seu perseguidor desapareceram do campo de visão de Richards, subindo as escadas de três em três degraus, com saltos enormes. A aglomeração de pessoas que embarcavam, desembarcavam e se cumprimentavam observou-os com vago interesse, por um momento, depois retomou o que estivera fazendo, como se nada tivesse acontecido.

Richards permaneceu na fila, trêmulo e frio.

Desabou num assento perto do fundo do ônibus e, minutos depois, o veículo elevou-se com um zunido suave sobre a plataforma, fez uma pausa e entrou na corrente de tráfego. O policial e sua caça haviam desaparecido na turba geral da humanidade.

Se eu tivesse uma arma, eu teria o eliminado ali mesmo, pensou Richards. Santo *Deus. Ah, meu Deus*.

E, logo em seguida: *Da próxima vez, não será um batedor de carteiras. Será você.*

Fosse como fosse, ele arranjaria uma arma em Boston. De algum jeito.

Lembrou-se de Laughlin, dizendo que empurraria alguns deles janela abaixo, de um andar alto, antes que o pegassem.

O ônibus seguiu para o norte, em meio à escuridão que aumentava.

... MENOS 73

E A CONTAGEM CONTINUA...

A ACM de Boston ficava no alto da avenida Huntington. Era enorme, enegrecida pelos anos, antiquada e quase quadrada. Erguia-se no que tinha sido uma das melhores regiões da cidade em meados do século anterior. Era como um lembrete culpado de uma outra era, um outro tempo, com o letreiro ultrapassado em neon ainda a piscar as letras para o bairro devasso dos teatros. Parecia o esqueleto de uma ideia assassinada.

Quando Richards entrou no saguão, o recepcionista estava discutindo com um garoto negro minúsculo e maltrapilho, enfiado numa camisa de jogador de matabol tão grande que cobria as calças jeans até o meio das canelas. O território em disputa parecia ser uma máquina de chicletes que ficava junto à porta do saguão, do lado de dentro.

— Perdi minha moeda, seu branco-azedo. Perdi a porra da moeda!

— Se você não sair daqui, vou chamar o segurança, garoto. Chega. Cansei de conversar com você.

— Mas a merda da máquina pegou meus cinco centavos!

— Pare de falar palavrões na minha cara, seu bostinha!

O recepcionista, que parecia envelhecido e frio em seus trinta anos, estendeu o braço e sacudiu a camiseta. Era larga demais para que ele conseguisse chacoalhar também o garoto que a vestia.

— Cai fora daqui. Não quero mais conversa.

Ao ver que ele falava sério, a máscara quase cômica de ódio e insolência abaixo do cabelo escuro e irradiante do menino se contorceu numa careta de incredulidade, sentida e agoniada.

— Escuta, era a única moeda que eu tinha, porra. Aquela máquina de chiclete engoliu minha moeda. Aquela...

— Vou chamar o segurança agora.

O recepcionista se virou para a mesa telefônica. O paletó, refugiado de alguma liquidação, balançou solto e cansado em volta de seu traseiro magro.

O menino deu um pontapé no suporte da máquina de chicletes e saiu correndo.

— Branco-azedo filho da puta do caralho!

O recepcionista acompanhou-o com os olhos, sem que o botão da segurança, real ou mítico, fosse apertado. Sorriu para Richards, mostrando uma mesa telefônica velha, na qual faltavam algumas chaves.

— Não se pode mais falar com essa negrada. Eu botava eles numa jaula, se fosse diretor da Rede.

— Ele perdeu mesmo uma moeda? — perguntou Richards, enquanto assinava o livro de registro como John Deegan, de Michigan.

— Se perdeu, tinha roubado — disse o recepcionista. — Bom, acho que sim. Mas, se eu desse uma moeda pra ele, à noite teria duzentos moleques aqui dizendo a mesma coisa. Onde é que eles aprendem esse linguajar? Isso é que eu queria saber. Será que os pais não se incomodam com o que eles fazem? Quanto tempo vai ficar, sr. Deegan?

— Não sei. Estou na cidade a negócios.

Experimentou um sorriso insinuante e, quando achou que estava bom, alargou-o. O recepcionista percebeu de imediato (talvez por seu próprio reflexo, que o fitava das profundezas do balcão de imitação de mármore, polido por milhões de cotovelos) e o retribuiu.

— São quinze dólares e cinquenta, sr. Deegan.

Por cima do balcão, empurrou para Richards uma chave presa a uma lingueta de madeira desgastada. — Quarto 512.

— Obrigado.

Richards pagou em espécie. Mais uma vez, nada de identidade. Graças a Deus pela ACM.

Dirigiu-se aos elevadores e olhou pelo corredor para a Biblioteca Cristã, à esquerda. Era tenuemente iluminada por globos amarelos, manchados de cocô de mosca, e um velho de sobretudo e galochas examinava um folheto, virando as páginas de forma lenta e metódica, com um dedo trêmulo e umedecido. De onde estava, junto aos elevadores, Richards podia ouvir o sibilar entupido da respiração do velho, e sentiu uma mescla de tristeza e horror.

O elevador parou com um tranco e as portas se abriram, num chiar relutante. Quando Richards entrou na cabine, o recepcionista disse, em voz alta:

— É um pecado e uma vergonha. Eu botava eles todos na jaula.

Ben ergueu os olhos, achando que o rapaz se dirigia a ele, mas o recepcionista não olhava para nada nem para ninguém.

O saguão estava vazio e silencioso.

... MENOS 72

E A CONTAGEM CONTINUA...

O corredor do quinto andar fedia a mijo.

Era estreito a ponto de deixar Richards com uma sensação de claustrofobia, e o tapete, que um dia talvez tivesse sido vermelho, puíra-se no meio até virar um monte de fios soltos. As portas eram de um cinza industrial, e várias exibiam marcas recentes de chutes, socos ou tentativas de arrombamento. A cada vinte passos, uma placa dizia que era PROIBIDO FUMAR NESTE CORREDOR, POR ORDEM DO CORPO DE BOMBEIROS. Havia um banheiro coletivo no centro e, de repente, o fedor de urina se acentuou. Era um cheiro que Richards associava automaticamente ao desespero. Pessoas se mexiam inquietas atrás das portas cinzentas, como animais enjaulados — animais terríveis demais, assustadores demais para se ver. Alguém entoava de maneira monótona o que talvez fosse uma ave-maria, vez após outra, com voz de bêbado. Estranhos ruídos gorgolejantes vinham de trás de outra porta. De trás de outra, uma melodia country do Oeste (*Não tenho dinheiro para o telefone e estou muito só...*). Barulhos de coisas arrastadas. O gemido solitário de molas de colchão, que talvez significasse um homem se masturbando. Soluços. Risadas. Os grunhidos histéricos de uma briga de bêbados. E, atrás dessas portas, silêncio. E silêncio. Um homem com o peito horrendamente encovado passou por Richards sem olhá-lo, segurando um sabonete e uma toalha numa das mãos, usando uma calça cinza de pijama amarrada com cordão. Nos pés, chinelos descartáveis.

Richards destrancou o quarto e entrou. Havia uma barra de segurança na porta, que ele usou. Uma cama com lençóis quase brancos e um cobertor extra. Uma cômoda em que faltava a segunda gaveta. Uma imagem de Jesus numa parede. Um suporte de aço com dois cabides de roupa, imprensado no ângulo formado por duas paredes. E não havia mais nada, além da janela que dava para a escuridão. Eram dez e quinze da noite.

Richards pendurou o paletó, tirou os sapatos e se deitou na cama. Deu-se conta de quão desgraçado, anônimo e vulnerável era para o restante do mundo. O universo parecia guinchar, chacoalhar e rugir ao redor, como um calhambeque enorme e indiferente, precipitando-se morro abaixo em direção à borda de um abismo sem fim. Seus lábios começaram a tremer, e ele chorou um pouco.

Não gravou isso. Ficou olhando para o teto, que se rachava em um milhão de riscos enlouquecidos, como uma vitrificação malfeita de cerâmica. Fazia mais de oito horas que estavam em seu encalço. Ele tinha ganhado oitocentos dólares do dinheiro da aposta. Meu Deus, ainda nem saíra do buraco.

E havia perdido a própria apresentação na GratuiTV. Puxa, isso mesmo. A esplêndida exibição com a fronha na cabeça.

Onde estariam eles? Ainda em Harding? Em Nova York? Ou a caminho de Boston? Não, não poderiam estar a caminho dali, poderiam? O ônibus não havia passado por nenhuma blitz na estrada. Ele saíra anonimamente da maior cidade do mundo e estava ali com um nome falso. Não podiam tê-lo descoberto. De jeito nenhum.

A ACM de Boston talvez fosse segura por até dois dias. Depois disso, ele poderia seguir para o norte, em direção a New Hampshire e Vermont, ou para o sul, rumo a Hartford, Filadélfia ou até Atlanta. Mais a leste ficava o oceano e, para além dele, a Grã-Bretanha e a Europa. Era uma ideia intrigante, mas fora de seu alcance, provavelmente. As passagens de avião requeriam carteira de identidade, ainda mais com a França sob lei marcial. Embora o embarque clandestino num navio fosse uma possibilidade, ser descoberto significaria o fim rápido e definitivo de tudo. E o oeste estava fora de cogitação. Lá era onde a pressão seria mais intensa.

Se você não aguenta o calor, saia da cozinha. Quem tinha dito isso? Molie saberia. Richards deu um risinho abafado e se sentiu melhor.

O som desencarnado de um rádio chegou aos ouvidos dele.

Seria bom arranjar a arma naquela noite, mas ele estava cansado demais. A viagem o esgotara. Ser fugitivo o esgotava. E ele sabia, de um jeito animalesco mais profundo que a racionalidade, que muito em breve poderia estar dormindo num bueiro frio, ou numa sarjeta entupida de cinzas e pontas de cigarro.

O revólver ficaria para a noite seguinte.

Ele apagou a luz e foi dormir.

... MENOS 71

E A CONTAGEM CONTINUA...

Hora do show outra vez.

Richards ficou de pé, com o traseiro voltado para a câmera de vídeo, cantarolando a música-tema de O *Foragido*. Tinha uma fronha da ACM na cabeça, virada pelo avesso, para que o nome gravado na bainha não aparecesse.

A câmera havia inspirado nele uma espécie de humor criativo que Richards nunca imaginara possuir. A autoimagem que sempre tivera era a de um homem bastante austero, com pouco ou nenhum senso de humor. A perspectiva da aproximação da morte havia revelado um comediante solitário escondido em seu interior.

Quando a fita foi expelida, ele resolveu guardar a segunda para a tarde. O quarto solitário era maçante e talvez ele tivesse alguma outra ideia.

Vestiu-se devagar, foi até a janela e olhou para fora.

O trânsito matinal de quinta-feira apressava-se, movimentado, subindo e descendo a avenida Huntington. As duas calçadas estavam repletas de pedestres que andavam devagar. Alguns examinavam os cartazes amarelos berrantes de "Precisa-se de funcionários". A maioria apenas andava. Parecia haver um guarda em cada esquina. Richards podia ouvi-los mentalmente: *Circulando. Não tem nenhum lugar para ir? Acelere, seu verme.*

E assim se andava até a esquina seguinte, que era exatamente igual à anterior, e se era de novo instruído a seguir em frente. A pessoa podia tentar ficar com raiva, mas, quase sempre, os pés doíam demais.

Richards debateu consigo mesmo o risco de percorrer o corredor e tomar um banho. Acabou decidindo que ficaria tudo bem. Saiu com uma toalha no ombro, não encontrou ninguém e entrou no banheiro.

Essência de urina, fezes, vômito e desinfetante, tudo misturado. Todas as portas das cabines tinham sido arrancadas, óbvio. Alguém rabiscara FODA-SE A REDE em letras garrafais acima do mictório. Parecia ter estado com raiva ao fazê-lo. Havia um monte de fezes num dos mictórios. *Alguém deve ter ficado bêbado de cair*, pensou Richards. Algumas moscas preguiçosas de outono voavam sobre as fezes. Ele não sentiu nojo, a visão era comum, mas ficou prosaicamente satisfeito por ter calçado os sapatos.

Também se viu sozinho na área dos chuveiros. O piso era de porcelana rachada e as paredes, de azulejos lascados, tinham grossos filetes de sujeira perto da base. Abriu um chuveiro entupido pela ferrugem, com a água fervendo, esperou paciente por cinco minutos, até a água amornar, e tomou um banho rápido. Usou uma lasca de sabonete que encontrou no chão — a ACM esquecera de fornecê-lo, ou então o camareiro levara o de Richards embora.

No caminho de volta para o quarto, um homem de lábio leporino entregou um panfleto a ele.

Richards enfiou a camisa por dentro da calça, sentou-se na cama e acendeu um cigarro. Estava com fome, mas esperaria o cair da noite para sair e comer.

O tédio voltou a levá-lo à janela. Contou as diferentes marcas de carros — Fords, Chevrolets, Volkswagens, Plymouths, Studebakers, Rambler-Supremes. O primeiro a chegar a cem ganharia. Era um jogo insípido, mas melhor do que nenhum.

Mais adiante, na avenida Huntington, ficava a Universidade Northeastern, e, bem em frente à ACM, do outro lado da calçada, havia uma grande livraria computadorizada. Enquanto contava os carros, Richards observou os estudantes que entravam e saíam. Faziam um nítido contraste com os desocupados que liam os anúncios de "Precisa-se"; o cabelo era mais curto e todos pareciam usar suéteres xadrez, que eram a onda do ano no campus. Cruzavam a multidão circulante e entravam para fazer suas compras, com um ar de condescendência incomodada e camaradagem que cristalizou uma expressão divertida na boca de Richards. As vagas de cinco minutos em frente à loja eram ocupadas e desocupadas por vistosos carros esportivos, muitos deles de marcas exóticas. Quase todos tinham adesivos de universidades no vidro traseiro: Northeastern, MIT, Boston College, Harvard. A maioria dos vagabundos em busca de trabalho tratava os carros esportivos como parte do cenário, mas alguns os fitavam com um olhar de cobiça embotado e infeliz.

Um Wint saiu da vaga exatamente em frente à loja e um Ford a ocupou, parando alguns centímetros acima da calçada, enquanto o motorista, um sujeito com cabelo de corte militar que fumava um charuto longo, deixou o carro em ponto morto. O automóvel afundou um pouco quando o passageiro, um cara numa jaqueta de caça marrom e branca, saltou e entrou rápido no estabelecimento.

Richards deu um suspiro. Contar automóveis era um jogo muito chato. Os Fords estavam à frente do segundo colocado por um placar de setenta e oito a quarenta. O resultado era tão previsível quanto a eleição seguinte.

Alguém socou a porta e Richards enrijeceu como um prego.

— Frankie? Você tá aí, Frankie?

Richards não disse uma palavra. Paralisado pelo medo, fez-se de estátua.

— Vá se danar, Frankiezinho.

Um cacarejo de riso embriagado e os passos seguiram adiante. Socaram a porta ao lado.

— Você tá aí, Frankie?

O coração de Richards desceu devagar de sua garganta.

O Ford estava saindo e outro Ford tomou seu lugar. Setenta e nove. Bosta.

A manhã deslizou para a tarde, e deu uma hora. Richards soube disso pelo badalar de vários sinos em igrejas muito distantes. Ironicamente, o homem que estava vivendo com as horas contadas não tinha relógio.

Começara com uma variação do jogo dos carros. Os Fords valiam dois pontos, os Studebakers, três, e os Wints, quatro. Vencia o primeiro que chegasse a quinhentos.

Talvez tenha sido uns vinte minutos depois que ele notou o rapaz de jaqueta de caça marrom e branca, encostado num poste de iluminação, um pouco adiante da livraria, lendo o cartaz de um show. Não estava sendo instigado a andar; na verdade, a polícia parecia ignorá-lo.

Você está se assustando com sombras, seu panaca. Em seguida, vai vê-los nas esquinas. Contou um Wint com um paralama amassado. Um Ford amarelo. Um Studebaker velho com um cilindro de ar que chiava, mergulhando em pequenos ciclos. Um Volkswagen — não servia, eles não estavam no páreo. Outro Wint. Um Studebaker.

Um homem com um charuto enorme estava parado, com ar descontraído, no ponto de ônibus da esquina. Era a única pessoa ali. E por bons motivos. Richards vira os ônibus chegarem e partirem, e sabia que não passaria outro em menos de quarenta e cinco minutos.

Sentiu um ar frio insinuar-se nos testículos.

Um velho de sobretudo preto e puído veio passeando pelo lado de cá da rua e se encostou com ar descuidado na parede do prédio.

Dois sujeitos de paletó xadrez desceram de um táxi, conversando animadamente, e começaram a estudar o cardápio da vitrine do Restaurante Estocolmo.

Um guarda passou e conversou com o homem do ponto de ônibus. Em seguida, tornou a se afastar.

Com um pavor entorpecido e distante, Richards notou que um bom número dos desocupados próximos da banca de jornais circulavam muito mais devagar. Sua roupa e seu jeito de andar pareciam estranhamente conhecidos, como se houvessem passado por ali muitas vezes, e só então Richards começasse a se dar conta — daquele modo provisório e inquieto com que se reconhece as vozes dos mortos nos sonhos.

E também havia mais policiais.

Estou sendo cercado, pensou. A ideia o inundou de um pavor de coelho desamparado.

Não, corrigiu sua mente. *Você* já *foi cercado*.

... MENOS 70

E A CONTAGEM CONTINUA...

Richards andou depressa até o banheiro, mantendo a calma e ignorando o pavor, como um homem num precipício ignora a queda. Se fosse sair dessa, precisaria manter a cabeça fria. Se entrasse em pânico, morreria rapidamente.

Havia alguém no chuveiro, cantando uma música popular com voz rachada e fora do tom. Ninguém nos mictórios nem nos lavatórios.

O truque lhe ocorrera sem esforço enquanto estava parado à janela, observando-os se aproximarem com seu jeito improvisado e sinistro. Se não tivesse pensado em nada, Richards achou que ainda estaria lá, feito Aladim vendo a fumaça da lâmpada se transformar num gênio onipotente. Quando meninos, eles costumavam usar esse truque para roubar jornais dos porões do conjunto habitacional. Molie os comprava: quatro centavos por quilo.

Arrancou da parede um dos suportes de arame para escovas de dentes, dando uma guinada seca com o pulso. Estava meio enferrujado, mas não tinha importância. Caminhou até o elevador, desamassando o suporte para esticá-lo.

Apertou o botão do elevador, e a cabine levou uma eternidade para descer do oitavo andar. Estava vazia. Graças a Deus estava vazia.

Richards entrou, deu uma olhada rápida para os corredores e se voltou para o painel de controle. Havia uma fenda ao lado do botão que indicava o porão. O zelador teria um cartão especial para enfiar ali. Um olho elétrico o leria e, em seguida, o zelador poderia apertar o botão e descer até o porão.

E se não funcionar?

Deixa isso pra lá. Não pensa nisso agora.

Com uma careta, prevendo um possível choque elétrico, Richards enfiou o arame na ranhura e apertou o botão do porão ao mesmo tempo.

Do painel de controle veio um barulho que soou como um breve xingamento eletrônico. Um sacolejo leve e formigante subiu-lhe pelo braço. Por um instante, mais nada. Em seguida, a grade retrátil deslizou, a porta se fechou e o elevador desceu aos trancos, pesadamente. Um pequeno filete de fumaça azul saía em caracol da fenda no painel.

Richards manteve-se afastado da porta e observou os números retrocederem. Quando acendeu o *T*, o motor lá no alto fez um som rangente e a cabine pareceu prestes a parar. Então, passado um momento (talvez depois de achar que já tinha assustado Richards o bastante), o elevador recomeçou a descer. Vinte segundos depois, as portas se abriram e ele saltou no porão imenso e sombrio. Havia água pingando em algum lugar, assim como a disparada de um rato perturbado. Fora isso, o porão era seu. Por enquanto.

.. MENOS 69

E A CONTAGEM CONTINUA...

Enormes canos de aquecimento enferrujados, enfeitados de teias de aranha, arrastavam-se loucamente por todo o teto. Quando a caldeira ligou de repente, Richards quase gritou de pavor. A descarga de adrenalina no coração e nos membros foi dolorosa e, por um instante, deixou-o quase incapacitado.

Também havia jornais ali, notou Richards. Milhares deles, formando pilhas altas, amarradas com barbante. Os ratos aninhavam-se no papel aos milhares. Famílias inteiras encararam o intruso, com olhos de rubi desconfiados.

Ele começou a se afastar do elevador, parando na metade do piso rachado de cimento. Havia uma grande caixa de fusíveis atarraxada numa coluna de sustentação e, atrás dela, encostada do outro lado, uma confusão de ferramentas. Richards pegou o pé de cabra e continuou a andar, mantendo os olhos no chão.

Perto da parede oposta, avistou o ralo do bocal principal da tubulação de esgoto, à esquerda. Foi até lá e o examinou, perguntando-se, no fundo da mente, se seus perseguidores já saberiam que ele estava ali.

O ralo era feito de aço vazado. Tinha aproximadamente noventa centímetros de diâmetro e, no extremo oposto, havia uma abertura para o pé de cabra. Richards o introduziu, fez uma alavanca para levantar a tampa e apoiou um dos pés na ferramenta, para mantê-la no lugar. Enfiou as mãos por baixo do ralo e o levantou com um puxão. A tampa caiu no cimento com um estrondo que fez os ratos guincharem, desolados.

A tubulação abaixo descia num ângulo de quarenta e cinco graus, e Richards calculou que seu calibre não seria superior a oitenta centímetros. Estava muito escuro. De repente, a claustrofobia o fez sentir como se estivesse com a boca cheia de pano. Aquilo era estreito demais para se movimentar, quase estreito demais para respirar. Mas teria que servir.

Desvirou o ralo da tubulação e o empurrou até encostá-lo na beira da entrada, apenas o bastante para poder segurá-lo por baixo, depois que tivesse descido. Em seguida, foi até a caixa de fusíveis, arrancou o cadeado com o pé de cabra e a escancarou. Estava prestes a começar a tirar os fusíveis quando teve uma outra ideia.

Foi até os jornais, que estavam empilhados em montes sujos e amarelados ao longo de toda a extensão direita do porão. Em seguida, procurou a caixa de fósforos amassada e cheia de orelhas com que vinha acendendo seus cigarros. Restavam três fósforos. Arrancou uma folha de jornal e fez um rolo; segurou-o embaixo do braço, feito um chapéu pontudo, e riscou um fósforo. O primeiro foi apagado por uma corrente de ar. O segundo caiu de sua mão trêmula e se apagou com um chiado no concreto úmido.

O terceiro ficou aceso. Richards encostou-o no rolo de jornal e a chama amarela brotou. Um rato, talvez pressentindo o que estava por vir, correu por cima do pé dele em direção à escuridão.

Richards foi invadido por um sentimento terrível de urgência, mas esperou até a chama do rolo atingir uns trinta centímetros de altura. Não tinha mais fósforos. Com cuidado, enfiou o rolo numa brecha da parede de jornais, que chegava à altura do peito, e esperou para ver as chamas se espalharem.

O imenso tanque de combustível que abastecia o sistema de aquecimento da ACM ficava embutido na parede vizinha. Talvez explodisse. Richards achou que explodiria.

Apertando o passo, voltou à caixa e começou a retirar os longos fusíveis tubulares. Tirou quase todos antes que as luzes do porão se apagassem. Tateou até o dreno da tubulação, ajudado pela luz bruxuleante e crescente dos jornais que se incendiavam.

Sentou-se com os pés pendurados e se deixou deslizar devagar para o interior. Quando ficou com a cabeça abaixo do nível do chão, pressionou os joelhos contra os lados da tubulação para se firmar e ergueu os braços acima da cabeça. Era um trabalho lento. Havia pouquíssimo espaço para ele se mexer. A luz do fogo havia se tornado de um amarelo vivo, e o crepitar do incêndio enchia os ouvidos. Então, seus dedos tateantes encontraram a borda do bueiro, e ele os deslizou até agarrarem a grade da tampa. Puxou-a para frente devagar, sustentando cada vez mais o peso com os músculos das costas e do pescoço. Quando achou que a outra ponta da tampa estava prestes a se encaixar no lugar, deu um último puxão firme.

A tampa encaixou-se com um tinido alto, vergando cruelmente seus dois pulsos para trás. Richards deixou que os joelhos relaxassem e deslizou para baixo como um menino descendo um escorregador. A tubulação estava recoberta de lodo, e ele escorregou sem esforço por quase quatro metros, até o ponto em que o tubo se dobrava numa linha reta. Seus pés bateram com força nessa dobra, e ele ficou em pé ali, como um bêbado encostado num poste de luz.

Mas não conseguiu entrar na tubulação horizontal. A dobra do cano formava uma curva fechada demais.

O gosto da claustrofobia se tornou espesso, difícil de engolir. *Preso na armadilha*, balbuciou sua mente. *Preso aqui, preso, preso…*

Um grito cortante elevou-se em sua garganta, mas ele o sufocou.

Calma. Óbvio é muito batido, muito clichê, mas temos que ficar muito calmos aqui embaixo. Muito calmos. Porque estamos no fundo deste cano e não podemos subir nem descer, e se a porra do tanque de combustível for pelos ares, seremos bem cozidinhos em fogo brando e…

Devagar, Richards começou a se contorcer até ficar com o peito encostado no cano, em vez das costas. O revestimento de lodo funcionava como um lubrificante, ajudando o movimento. A tubulação estava muito clara e começando a esquentar. A tampa gradeada projetava sombras que lembravam grades de presídio em seu rosto esfalfado.

Apoiando-se no peito, na barriga e na virilha, e dobrando os joelhos na posição certa, ele poderia escorregar um pouco mais para baixo, deixando os pés e as panturrilhas deslizarem para dentro da tubulação horizontal, até ele ficar de joelhos, como quem rezasse. Ainda não serviu. Suas nádegas faziam pressão contra a cerâmica sólida acima da entrada do cano horizontal.

Ao longe, ele pensou ouvir ordens gritadas acima dos estalidos do fogo, mas talvez fosse sua imaginação, que, àquela altura, estava tão tensa e febril que já não merecia confiança.

Richards começou a flexionar os músculos das coxas e das panturrilhas num ritmo cansativo de balanço e, pouco a pouco, os joelhos começaram a deslizar sob o corpo. Ele tornou a erguer as mãos acima da cabeça, para ganhar um pouco mais de espaço, e ficou com o rosto solidamente encostado no lodo da tubulação. Balançou as costas o máximo que pôde e começou a empurrar com os braços e a cabeça, as únicas partes do corpo que ainda poderiam servir de alavanca.

Quando já começava a pensar que não havia espaço suficiente, que ele simplesmente ficaria pendurado ali, impossibilitado de se mover num sentido ou no outro, seus quadris e suas nádegas de repente saltaram pela abertura da tubulação horizontal, feito uma rolha de champanhe saindo de um gargalo apertado. Suas costas, na altura da cintura, esfolaram-se com uma dor lancinante quando os joelhos saíram debaixo do corpo, e sua camisa enroscou-se até a altura das escápulas. E então, lá estava ele, na tubulação horizontal — exceto pela cabeça e os braços, vergados para trás num ângulo de torcer a articulação. Richards contorceu-se até acabar de entrar e fez uma pausa, ofegante, com o rosto sujo de lodo e cocô de rato, e a pele das costas esfolada e sangrando.

Aquela tubulação era ainda mais estreita; seus ombros arranhavam de leve os dois lados toda vez que seu peito se inflava na inspiração.

Graças a Deus sou subnutrido.

Arfante, ele começou a se deslocar de costas para a escuridão desconhecida do cano.

... MENOS 68

E A CONTAGEM CONTINUA...

Avançou devagar, feito uma toupeira, por cerca de quarenta e cinco metros da tubulação horizontal, recuando às cegas. E então, o tanque de combustível do porão da ACM explodiu, com um estrondo que enviou pela tubulação um número suficiente de vibrações ressonantes que quase estouraram os tímpanos dele. Houve um clarão amarelo-esbranquiçado, como se alguém houvesse acendido uma pilha de fósforo. Instantes depois, uma lufada de ar quente atingiu seu rosto, e Richards fez uma careta de dor.

A câmera de vídeo no bolso do paletó balançava e quicava, à medida que ele tentava recuar mais depressa. A tubulação se aquecia, por causa da explosão violenta e do incêndio que campeava em algum lugar acima, tal como o cabo de uma frigideira se aquece junto a uma boca de fogão. Richards não tinha nenhuma vontade de ficar ali assando feito batata numa panela de ferro.

O suor escorria pelo rosto, misturando-se aos riscos pretos de sujeira que já havia nele e lhe dando a aparência, à luz bruxuleante dos reflexos do fogo, de um indígena pintado para a guerra. Já dava para sentir o calor dos canos ao se encostar neles.

Feito uma lagosta, Richards corcoveou para trás sobre os joelhos e os braços, com as nádegas se elevando e batendo na parte superior da tubulação a cada movimento. Sua respiração era entrecortada e curta, como a de um cão arfante. O ar estava quente, com um gosto untuoso de gasolina, difícil de respirar. Uma dor de cabeça despontou dentro de seu crânio e começou a lhe desferir punhaladas na parte posterior dos olhos.

Vou fritar aqui. Vou fritar.

E então, de repente, seus pés ficaram pendurados no ar. Richards tentou espiar por entre as pernas para ver o que havia lá atrás, mas estava muito escuro e seus olhos eram ofuscados pela luz que vinha da frente. Teria que arriscar. Recuou até ficar com os joelhos na extremidade do cano e, em seguida, deixou-os deslizarem com cuidado.

De repente, seus pés estavam na água, fria e alarmante depois do calor da tubulação.

A nova tubulação formava um ângulo reto com o cano que Richards acabara de atravessar e era muito maior — grande o bastante para que ele ficasse de pé, com o corpo curvado para a frente. A água espessa, que se movia devagar, chegava aos tornozelos. Ele fez uma pausa momentânea e olhou para trás, para a tubulação minúscula, com seu círculo suave da luz refletida do incêndio. O fato de ele ainda enxergar algum brilho, àquela distância, significava que devia ter sido realmente uma explosão enorme.

Relutante, ele se obrigou a reconhecer que a tarefa de seus caçadores seria presumir que ele estava vivo, e não morto no inferno do porão da ACM, mas talvez só descobrissem o rumo de Richards depois que o incêndio estivesse sob controle. Parecia uma suposição segura. Mas também havia parecido seguro que eles não conseguiriam pistas suas em Boston.

Talvez não tenham descoberto. Afinal, o que foi que você viu de fato?

Não. Tinham sido eles. Richards sabia. Os Caçadores. Chegavam a ter até o cheiro do mal. Que subira a seu quarto no quinto andar por invisíveis fontes termais psíquicas.

Um rato passou espadanando, parando para fitá-lo brevemente com os olhos cintilantes.

Richards o seguiu, desajeitado, na direção em que fluía a água.

... MENOS 67

E A CONTAGEM CONTINUA...

Postou-se junto à escada, olhando para cima, intrigado com a luz. Não havia trânsito regular, o que já era alguma coisa, mas a luz...

A luz era surpreendente, porque ele parecia haver andado horas e horas pelos esgotos. Na escuridão, sem nenhuma pista visual e sem outro som que não o gorgolejo da água, um ou outro chapinhar leve de rato e os baques fantasmagóricos em outras tubulações (que acontece, perguntara-se Richards, morbidamente, se alguém puxar uma válvula acima da minha cabeça?), sua noção de tempo fora completamente destruída.

Ao erguer os olhos para a tampa do poço de inspeção, mais de quatro metros acima, percebeu que a luz do dia ainda não havia desaparecido. Havia vários respiradouros circulares na tampa, e raios de luz do diâmetro de um lápis depositavam moedas de sol em seu peito e seus ombros.

Nenhum carro a ar havia passado por cima da tampa desde o momento em que ele chegara ali; apenas um ou outro veículo terrestre pesado, dos que tinham rodas, e uma frota de motos Honda. Isso o fez suspeitar que, mais por sorte e pela lei das probabilidades do que por um senso de direção interno, ele havia conseguido encontrar o caminho para o centro da cidade — para sua própria gente.

Mesmo assim, não se atreveria a sair enquanto não escurecesse. Para passar o tempo, pegou a câmera de vídeo, introduziu uma fita e começou a gravar o próprio peito. Sabia que as fitas eram de "alta luminosidade", capazes de aproveitar a mais ínfima iluminação disponível, e não queria revelar muita coisa sobre suas imediações. Dessa vez, não falou nem fez brincadeiras. Estava cansado demais.

Concluída a gravação, ele a juntou à anterior, feita naquela manhã. Queria poder livrar-se da suspeita incômoda — quase uma certeza — de que as fitas revelavam seu paradeiro. Tinha que haver um modo de superar isso. *Tinha* que haver.

Sentou-se, impassível, no terceiro degrau da escada, para esperar que escurecesse. Fazia quase trinta horas que estava fugindo.

... MENOS 66

E A CONTAGEM CONTINUA...

O menino negro de sete anos, que fumava um cigarro, inclinou-se mais para a entrada do beco, observando a rua.

Tinha percebido um movimento súbito e ligeiro, onde antes não houvera nada. Sombras que se moviam, paravam e moviam-se de novo. A tampa do poço do esgoto estava sendo levantada. Quando parou, alguma coisa — olhos? — cintilou. A tampa escorregou repentinamente para um dos lados, com um estrondo.

Alguém (ou *alguma coisa*, pensou o garoto, com uma pontada de medo) estava se erguendo lá de dentro. *Vai ver o diabo estava saindo do inferno para pegar Cassie*, pensou. *Mamãe tinha dito que Cassie ia para o céu, para ficar com Dicky e os outros anjos.* O menino achava que isso era conversa mole. Todo mundo ia para o inferno quando morria, e o diabo espetava o rabo deles com um forcado. Ele tinha visto uma fotografia do diabo nos livros que Bradley surrupiara da Biblioteca Pública de Boston. O paraíso era para os viciados em Push. O diabo é que era o mandachuva.

Podia ser o diabo, pensou, quando Richards de repente impulsionou o corpo para fora do esgoto e se inclinou por um segundo sobre o cimento riscado e cheio de rachaduras para recuperar o fôlego. Não tinha rabo nem chifres, nem era vermelho como o do livro, mas o sacana tinha uma cara bem maluca e má.

Estava empurrando a tampa de volta para o lugar, e...

... cruz-credo, estava correndo para o beco!

O menino resmungou, tentou correr, tropeçou nos próprios pés e caiu.

Tentava se levantar, bracejando e derrubando coisas, quando o diabo o agarrou de repente.

— Num me espeta! — gritou, num sussurro preso na garganta. — Num me espeta com o garfo, seu filho da...

— Chiu! Cala a boca! Cala a boca!

O diabo o sacudiu, fazendo seus dentes baterem feito bolas de gude em sua cabeça, e o menino se calou. O diabo espiou em volta, num êxtase de apreensão. A expressão de seu rosto era quase cômica em seu medo extremo. Lembrou ao menino os caras engraçados daquele programa de jogos, *Nade nos Crocodilos*. Ele mesmo teria rido, se não estivesse tão assustado.

— Você não é o diabo — disse o menino.

— Você vai achar que sou, se gritar.

— Num vô gritá — disse o garoto, com desdém. — Tu pensa o quê, que eu quero que nego corta minhas bola? Pô, inda nem tenho tamanho pra gozar.

— Conhece um lugar sossegado para onde a gente possa ir?

— Num me mata, cara. Eu num tenho nada.

Os olhos do menino, brancos na escuridão, ergueram-se para ele.

— Não vou matar você.

Segurando a mão dele, o menino conduziu Richards pela ruela sinuosa e cheia de lixo, e o fez entrar em outra. No final, pouco antes de ela se abrir para um poço de ventilação entre dois cortiços altos e indistintos, levou-o para uma meia-água feita de tábuas e tijolos surrupiados. Fora construída para gente de um metro e vinte, e Richards deu uma cabeçada ao entrar.

O menino puxou um pedaço sujo de pano preto para cobrir a abertura e remexeu em alguma coisa. No instante seguinte, uma luz pálida iluminou o rosto dos dois; o garoto havia pendurado uma pequena lâmpada numa velha bateria rachada de automóvel.

— Eu mesmo afanei essa bateria — disse ele. — O Bradley me ensinou a consertá. Ele tem livros. Também tenho uma bolsinha de moeda. Eu te dou ela, se tu num me matá. É melhor num matá. O Bradley é dos Esfaqueador. Tu me mata e ele te faz cagá nas bota e comê.

— Não ando matando ninguém — disse Richards, impaciente. — Não garotinhos, pelo menos.

— Num sô nenhum garotinho! Eu mesmo afanei a porra da bateria!

O ar ofendido forçou o rosto de Richards a se abrir num pequeno sorriso.

— Está bem. Como é seu nome, guri?

— Num sô guri — disse o menino, e completou, amuado: — Stacey.

— Certo, Stacey. Muito bem. Estou fugindo. Acredita nisso?

— É, tu tá fugindo. Num saiu daquele poço pra comprá postal de sacanagem.

Lançou um olhar especulativo a Richards.

— Tu é branquela? É meio difícil saber, com toda essa sujeira.

— Stacey, eu… — Richards se interrompeu e passou a mão no cabelo. Quando voltou a falar, parecia conversar consigo mesmo. — Tenho que confiar em alguém, e acabou que é um garoto. Um *garoto*. Meu Deus, você não tem nem seis anos, menino.

— Faço oito em março — retrucou Stacey, zangado. — Minha irmã Cassey tá com câncer. Ela grita à beça. É por isso que eu gosto daqui. Eu mesmo afanei essa droga de bateria. Quer dar um tapinha, moço?

— Não, nem você. Quer ganhar dois dólares, Stacey?

— Poxa, se quero! — respondeu ele, mas a desconfiança toldou seu olhar. — Tu não saiu daquele buraco com porra de dois dólares nenhum. Isso é conversa.

Richards sacou um dólar novo e o deu ao menino, que o olhou com um assombro próximo do pavor.

— Tenho mais um para dar, se você for buscar seu irmão — disse Richards, e, ao perceber a expressão do menino, apressou-se a acrescentar: — Entrego-o para você escondido, para ele não ver. Não traga mais ninguém.

— Num adianta tentá matá o Bradley, cara. Ele te faz cagá nas bota...

— E comer. Já sei. Vá correndo buscá-lo. Espere até ele ficar sozinho.

— Três mangos.

— Não.

— Escuta, cara, com três mangos eu compro um negócio pra Cassie na farmácia. Aí ela num tem que gritá tanto.

O rosto do homem contorceu-se subitamente, como se alguma coisa que o menino não via o tivesse esmurrado.

— Está bem. Três.

— Dólar novo — insistiu o menino.

— Sim, pelo amor de Deus, *sim*! Vá buscá-lo. E, se trouxer os tiras, você não recebe nada.

O menino fez uma pausa, meio dentro, meio fora do pequeno cubículo.

— Tu é burro, se tá achando que eu vô fazê isso. Odeio aquela porra daqueles porco mais do que tudo. Mais até que o diabo.

Saiu, um menino de sete anos, com a vida de Richards nas mãos encardidas e cheias de crostas. Ben estava cansado demais para realmente sentir medo. Apagou a lâmpada, reclinou-se e cochilou.

E A CONTAGEM CONTINUA...

O sono profundo mal havia começado, quando, de repente, seus sentidos tensos o trouxeram de volta à vigília. Confuso, num lugar escuro, o começo de pesadelo o reteve por um momento, e Richards achou que um enorme cão policial o estava perseguindo, uma assustadora arma orgânica de dois metros de altura. Quase soltou um grito quando Stacey fez a vida real voltar ao lugar, sibilando:

— Se ele quebrô a porra da minha lâmpada, eu vou...

Foi violentamente silenciado. O pano que cobria a entrada mexeu-se e Richards acendeu a luz. Estava olhando para Stacey e outro negro. O novo sujeito tinha uns dezoito anos, calculou Ben, usava uma jaqueta de motoqueiro e o fitava com uma mescla de ódio e interesse.

Um canivete se abriu e cintilou na mão de Bradley.

— Se você está armado, pode pôr a arma no chão.

— Não estou.

— Não acredito nessa m... — Ele parou e seus olhos se arregalaram. — Ei, você é aquele sujeito da GratuiTV. Arrasou a ACM da avenida Huntington.

O negrume de seu rosto, que começava a se inclinar para baixo, cindiu-se num sorriso involuntário.

— Dizem que você fritou cinco tiras. Então é provável que tenham sido quinze.

— Ele saiu do esgoto — disse Stacey, com ar de importância.

— Na mesma hora eu vi que num era o diabo. Sabia que era só um branquela sacana. Tu vai cortá ele, Bradley?

— Fique quieto e deixe os homens conversarem — disse Bradley, que acabou de entrar no cubículo, agachou-se, desajeitado, e se sentou em frente a Richards, num caixote de laranjas todo lascado. Olhou para o canivete em sua mão, pareceu surpreso por ainda vê--lo ali e o fechou.

— Você está com a corda no pescoço, cara — finalmente disse.

— É verdade.

— Pra onde vai?

— Não sei. Tenho que sair de Boston.

Bradley ficou sentado em silêncio, pensando.

— Você tem que vir pra casa comigo e com o Stacey. Temos que conversar, e aqui não dá. É aberto demais.

— Está bem — disse Richards, cansado. — Não me importo.

— A gente vai por trás. Os porcos estão circulando hoje à noite. Agora eu sei por quê.

Quando Bradley saiu à frente, Stacey deu um chute com força na canela de Richards. Por um instante, Richards o olhou, sem entender, e depois lembrou-se. Passou disfarçadamente três dólares novos para o menino, e Stacey deu sumiço neles.

... MENOS 64

E A CONTAGEM CONTINUA...

A mulher era velhíssima; Richards achou que nunca vira ninguém tão velho. Usava um vestido caseiro de algodão estampado, com um enorme rasgão embaixo de um dos braços; uma teta murcha balançava para lá e para cá sob a fenda, enquanto ela providenciava o preparo da refeição que os dólares novos de Richards haviam comprado. Os dedos amarelos de nicotina picavam, aparavam e descascavam. Os pés, esparramados num formato grotesco de prancha pelos anos passados em pé, estavam enfiados em pantufas cor-de-rosa felpudas. O cabelo parecia ter sido ondulado por ela mesma, segurando um modelador com as mãos trêmulas; era puxado para trás, em forma de uma pirâmide feita pela rede mal colocada na parte posterior da cabeça. O rosto era um delta do tempo, não mais marrom nem preto, porém acinzentado, cerzido numa galáxia irradiante de rugas, bolsas e papadas. A boca desdentada manobrava habilmente o cigarro preso entre os lábios, soltando baforadas de fumaça azul que pareciam pairar acima e além dela, num feixe de bolinhas azuis. A mulher dava baforadas de um lado para outro, descrevendo um triângulo entre a bancada, a frigideira e a mesa. As meias de algodão estavam enroladas no joelho e, acima delas e da bainha balançante do vestido, as varizes formavam cachos que lembravam molas de relógio.

O apartamento era assombrado pelo fantasma de repolhos que já tinham ido para o beleléu.

No quarto, mais adiante, Cassie gritou, tossiu e ficou em silêncio. Bradley dissera a Richards, com uma espécie de vergonha raivosa, que não se importasse com ela. A menina tinha câncer nos dois pulmões e, ultimamente, a doença subira para a garganta e descera para a barriga. Ela estava com cinco anos.

Stacey havia tornado a sair para algum lugar.

Enquanto ele e Bradley conversavam, o aroma enlouquecedor da carne moída cozinhando em fogo brando, dos legumes e do molho de tomate começou a encher o cômodo, empurrando o cheiro de repolho para os cantos e levando Richards a perceber o quanto estava faminto.

— Eu podia entregar você, cara. Podia matá-lo e roubar todo esse dinheiro. Entregar o cadáver. Receber mais mil paus e ficar na moleza.

— Acho que você não conseguiria fazer isso — disse Richards.

— Sei que eu não conseguiria.

— Por que você entrou nessa, afinal? — perguntou Bradley, irritado. — Por que está sendo o baba-ovo deles? É tão ganancioso assim?

— O nome da minha menina é Cathy — disse Richards. — Ela é menor do que a Cassie. Pneumonia. Também chora o tempo todo.

Bradley não disse nada.

— Ela poderia melhorar. Não é como… a menina ali. Pneumonia não é pior do que um resfriado. Mas é preciso ter remédios e um médico. Isso custa dinheiro. Fui atrás do dinheiro do único jeito que dava.

— Continua sendo um baba-ovo — disse Bradley, com uma ênfase categórica e, de algum modo, insólita. — Chupa meio mundo e eles gozam na sua boca toda noite, às seis e meia. Sua menina estaria melhor como a Cassie, neste mundo.

— Não acredito nisso.

— Então, você tem mais colhão que eu, cara. Uma vez botei um sujeito no hospital, com uma ruptura. Um cara rico. Os tiras passaram três dias me perseguindo. Mas você tem mais colhão do que eu — repetiu ele. Pegou um cigarro e o acendeu. — É capaz de fechar o mês inteiro. Um bilhão de dólares. Ia ter que comprar uma porra de um trem de carga para levar tudo.

— Não diga palavrão, pelo amor de Deus — disse a velha do outro lado do cômodo, onde picava cenouras.

Bradley não prestou atenção.

— Aí, você, sua mulher e sua menina iam ficar numa boa. Você já conseguiu dois dias.

— Não — disse Richards. — O jogo é fraudado. Sabe aquelas duas coisas que dei ao Stacey para pôr no correio, quando ele e sua mãe saíram para fazer compras? Tenho que despachar dois daqueles todos os dias, antes da meia-noite.

Explicou a Bradley a cláusula de penalidade e falou de sua suspeita do que o haviam encontrado em Boston através do carimbo postal.

— Essa é fácil de superar.

— Como?

— Deixa pra lá. Depois. Como é que vai sair de Boston? Você tá com a corda no pescoço. Deixou os caras com raiva, explodindo os porcos deles lá na ACM. Passaram aquilo na GratuiTV hoje à noite. E aquelas que você filmou com a fronha na cabeça. Aquilo foi um bocado esperto. Mãe! — chamou, irritado. — Quando é que esse troço vai ficar pronto? Já estamos virando fumaça bem na sua frente!

— Já está saindo — disse a mulher. Pôs uma tampa sobre o ensopado saboroso, que borbulhava devagar, e dirigiu-se lentamente ao quarto para se sentar ao lado da menina.

— Não sei — disse Richards. — Vou tentar arranjar um carro, acho. Tenho documentos falsos, mas não me atrevo a usá-los. Vou dar um jeito… usar óculos escuros… e vou sair da cidade. Andei pensando em ir para Vermont e, depois, atravessar a fronteira para o Canadá.

Bradley soltou um resmungo e se levantou para pôr os pratos na mesa.

— A esta altura, eles devem ter bloqueado todas as estradas que saem de Boston. Um homem de óculos escuros chama atenção. Eles vão fazer picadinho de você antes de andar dez quilômetros.

— Então, não sei — disse Richards. — Se eu ficar aqui, vão pegar você como cúmplice.

Bradley começou a distribuir os pratos.

— Digamos que a gente arranje um carro. Você tem as verdinhas pra soltar. Eu tenho um nome que não tá queimado. Tem um cucaracho lá na rua Milk que me vende um Wint por trezentos paus. Pego um dos meus chapinhas pra levar ele até Manchester. Lá em Manchester fica tudo pianinho, porque você tá encravado em Boston. Você vai comer, mãe?

— Vou, e Deus seja louvado — disse ela, gingando para fora do quarto. — Sua irmã está dormindo um pouco.

— Bom.

Bradley encheu três pratos de carne moída ensopada com legumes e parou.

— Cadê o Stacey?

— Disse que ia à farmácia — respondeu a mãe, com ar despreocupado, enfiando colheradas de ensopado na boca sem dentes a uma velocidade estonteante. — Disse que ia buscar remédio.

— Se pegarem ele, arrebento a fuça do moleque — disse Bradley, deixando-se cair pesadamente na cadeira.

— Ele não vai ser preso — disse Richards. — Está com dinheiro.

— Sei, mas vai ver que a gente não tá precisando de dinheiro de caridade, branco-azedo.

Richards riu e pôs sal na carne.

— É provável que eu estivesse apagado agora, não fosse por ele. Acho que foi um dinheiro merecido.

Bradley inclinou-se para a frente, concentrando-se em seu prato. Ninguém disse mais nada até terminar a refeição. Richards e Bradley serviram-se duas vezes, e a velha, três. Enquanto acendiam os cigarros, uma chave arranhou a fechadura e todos se enrijeceram, até Stacey entrar, com um ar culpado, amedrontado e agitado. Carregava numa das mãos um saco de papel pardo e entregou à mãe um vidro de remédio.

— É droga da boa — disse Stacey. — Aquele velho, o Curry, me perguntou onde que eu arrumei dois dólar e setenta e cinco centavo pra comprar droga de primeira e eu mandei ele cagá na bota e comê.

— Não pragueja, senão o diabo vai te espetar — disse a mãe. — Tome a janta.

Os olhos do menino se arregalaram.

— Nossa, tem carne aí!

— Não, a gente só cagou na comida pra ela engrossar — disse Bradley. O menino levantou os olhos abruptamente, viu que o irmão estava brincando, riu e aproveitou o jantar.

— Será que o homem da farmácia chama os tiras? — perguntou Richards, baixinho.

— O Curry? Não. Não se achar que tem mais verdinhas na família. Ele sabe que a Cassie tem de tomar drogas pesadas.

— E essa história de Manchester?

— Pois é. Bem, Vermont não é uma boa. Não tem gente suficiente como nós. Os tiras são duros. Arranjo um sujeito legal, como Rich Goleon, pra dirigir o Wint até Manchester e deixar estacionado numa garagem automática. Depois eu levo você lá em outro carro. — Bradley amassou o cigarro e continuou: — Na mala. Eles só estão usando farejadores nas estradas de terra. A gente vai direto pela 495.

— É muito perigoso para você — disse Richards.

— Bom, eu não ia fazer isso de graça. Quando Cassie for embora, vai chapadona.

— Louvado seja Deus — disse a mãe.

— Mesmo assim, é muito perigoso para você.

— Se os porco grunhir pro Bradley, ele faz eles cagá na bota e comer — disse Stacey, limpando a boca. Quando olhava para o irmão, seus olhos luziam com o brilho irrestrito da adoração do herói.

— Você está babando a camisa, Magrelo — disse Bradley. Deu um peteleco na cabeça de Stacey. — Já anda descascando o palmito, Magrelo? Ainda não é grande pra isso, é?

— Se eles nos pegarem, você vai se ferrar feio — disse Richards. — Quem vai cuidar do menino?

— Ele sabe se cuidar sozinho se acontecer alguma coisa — respondeu Bradley. — Ele e a mamãe aqui. Ele não é viciado em nada. É, Stacey?

Stacey balançou a cabeça enfaticamente.

— E o moleque sabe que, se eu achar algum pico nos braços dele, arrebento os cornos dele. Tá certo, Stacey?

Stacey assentiu.

— Depois, o dinheiro pode ser bom pra gente. Nossa família é sofrida. Então não se fala mais nisso. Acho que sei o que estou fazendo.

Richards terminou o cigarro em silêncio, e Bradley entrou para dar remédio à irmã.

... MENOS 63

E A CONTAGEM CONTINUA...

Quando Richards acordou, ainda estava escuro, e seu relógio biológico situou a hora em mais ou menos quatro e meia da manhã. A menina, Cassie, andara gritando, e Bradley havia se levantado. Os três estavam dormindo no quartinho dos fundos, exposto a correntes de ar, Stacey e Richards no chão. A mãe dormia com a menina.

Acima do chiado contínuo da respiração de Stacey, que estava em sono profundo, Richards ouviu Bradley sair do quarto. Houve uma batida de colher na pia. Os gritos da menina transformaram-se em gemidos isolados, que resvalaram para o silêncio. Richards sentiu que Bradley estava na cozinha, imóvel em algum lugar, à espera de que o silêncio chegasse. Voltou, sentou-se, soltou um pum, e depois as molas do colchão se mexeram com um rangido quando ele se deitou.

— Bradley?

— Que é?

— O Stacey disse que ela só tem cinco anos. É isso mesmo?

— É.

O dialeto urbano havia desaparecido de sua voz, fazendo com que ele soasse irreal e onírico.

— Como é que uma menina de cinco anos tem câncer de pulmão? Eu não sabia que eles tinham isso. Leucemia, talvez. Mas não câncer de pulmão.

Da cama veio um risinho amargo, sussurrado.

— Você é de Harding, certo? Qual é a contagem da poluição atmosférica em Harding?

— Não sei — respondeu Richards. — Eles não fornecem mais essa informação com a meteorologia. Não dizem nada há... puxa, não sei. Faz muito tempo.

— Em Boston, desde 2020 — sussurrou Bradley. — Eles também têm medo. Você não usa filtro nasal, usa?

— Não seja idiota — disse Richards, irritado. — O diabo daquele troço custa duzentos paus, até nas lojas de desconto. Não vi a cor de duzentos dólares durante todo o ano passado. Você viu?

— Não — respondeu Bradley, baixinho. Fez uma pausa. — Stacey usa um. Eu que fiz. Mamãe e Rich Goleon e mais umas outras pessoas também têm.

— Você está me gozando — disse Richards.

— Não, cara.

Ele parou de falar. De repente, Richards percebeu que Bradley estava pesando o que já tinha dito, junto a muitas outras coisas que poderia dizer. Perguntando-se o quanto seria demais. Quando as palavras recomeçaram, saíram com dificuldade.

— A gente anda lendo. Aquela merda de GratuiTV é para os cabeças de vento.

Richards deu um grunhido de concordância.

— A turma, você sabe. Alguns caras são só pegadores, entende? Só estão interessados em transar com as branquelas nas noites de sábado. Mas alguns de nós frequentamos a biblioteca desde que tínhamos uns doze anos.

— Eles deixam você entrar sem o cartão em Boston?

— Não. Não dá para arranjar um cartão, a menos que alguém na família tenha renda comprovada de cinco mil dólares por ano. Achamos um garoto bundão e afanamos o cartão dele. Nós nos alternamos para ir lá. Temos um uniforme da turma que usamos. — Bradley fez uma pausa e acrescentou: — Se você rir de mim, eu dou uma navalhada em você, cara.

— Não estou rindo.

— No começo, só líamos livros sobre sexo. Depois, quando Cassie começou a adoecer, entrei nesse negócio da poluição. Eles têm todos os livros sobre contagem de impurezas e níveis de poluição e filtros nasais na seção reservada. Arranjamos uma chave, feita a partir de um molde de cera. Cara, sabia que todo o mundo em Tóquio tinha de usar filtro nasal em 2012?

— Não.

— O Rich e o Dink Moran montaram um medidor de poluição. Dink copiou o desenho do livro e eles o fizeram com latas de café e umas coisas que roubaram de uns carros. Está escondido numa viela. Lá em 1978 tinha uma escala de poluição do ar que ia de um a vinte. Entendeu?

— Sim.

— Quando chegava em doze, as fábricas e todas as porcarias geradoras de poluição tinham que fechar, até mudar o tempo. Isso foi lei federal até 1987, quando o Congresso Reformado a revogou.

A sombra na cama se ergueu, apoiada nos cotovelos.

— Aposto que você conhece um monte de gente com asma, não é?

— Com certeza — disse Richards, cauteloso. — Eu mesmo tenho um pouco. *Isso* se pega por causa do ar. Deus, todo o mundo sabe que é para ficar em casa quando faz calor, o tempo está nublado e o ar não se movimenta...

— Inversão térmica — disse Bradley, sombrio.

— ... e um monte de gente fica com asma, é claro. O ar parece xarope para tosse em agosto e setembro. Mas câncer de pulmão...

— Você não está falando de asma — cortou Bradley. — Está falando de enfisema.

— Enfisema?

Richards pensou na palavra. Não conseguia atribuir-lhe um significado, embora soasse vagamente familiar.

— Todos os tecidos do pulmão incham. O sujeito arqueja, arqueja, arqueja, mas continua com falta de ar. Conhece gente que fica assim?

Richards pensou. Conhecia. Conhecia um monte de gente que havia morrido assim.

— Disso eles não falam — disse Bradley, como se lesse os pensamentos de Richards. — Atualmente, num bom dia, a poluição em Boston atinge vinte pontos na escala. É tipo fumar quatro maços de cigarros por dia, só por respirar. Num dia ruim, chega a atingir quarenta e dois. Os caras idosos caem mortos por toda a cidade. Os atestados de óbito registram asma. Mas é o ar, o ar, o ar. E eles continuam a jogar isso no ar o mais depressa que podem, aquelas grandes chaminés que funcionam vinte e quatro horas por dia. É assim que os mandachuvas gostam.

"Aqueles filtros nasais de duzentos dólares — prosseguiu Bradley — não valem nada. São só dois pedaços de tela com um pedacinho de algodão mentolado entre eles. Só isso. Os únicos que prestam são os da General Atomics. E só quem pode pagar por eles são os mandachuvas. Eles nos dão a GratuiTV para nos manter longe das ruas, para morrermos pela respiração sem criar caso. Que tal? O filtro nasal mais barato da GA no mercado sai por seis mil dólares novos. Fizemos um para o Stacey por dez paus, tirando daquele livro. Usamos uma pepita atômica do tamanho da meia-lua da sua unha. Nós a tiramos de um aparelho auditivo que compramos numa loja de penhores por sete dólares. Que tal?

Richards não disse nada. Estava sem palavras.

— Quando Cassie bater as botas, você acha que vão indicar câncer no atestado de óbito? Porra, vão escrever "asma". A não ser que alguém fique assustado. Pode ser que alguém roube um cartão de biblioteca e descubra que o câncer de pulmão teve um aumento de setecentos por cento desde 2015.

— É verdade? Ou você está inventando isso?

— Li num livro. Cara, eles estão nos matando. A GratuiTV está nos matando. A GratuiTV está nos matando. É feito um mágico que faz você olhar pros peitos que saltam da blusa da ajudante dele, enquanto tira coelhos das calças e os enfia na cartola. — Fez uma pausa e disse, em tom sonhador: — Às vezes, acho que eu poderia desmascarar tudo isso com dez minutos de fala na GratuiTV. Contar tudo para eles. Mostrar. Todo o mundo poderia ter um filtro nasal, se a Rede quisesse.

— E eu os estou ajudando — disse Richards.

— Isso não é culpa sua. Você tem que fugir.

O rosto de Killian e o rosto de Arthur M. Burns surgiram diante de Richards. Ele sentiu vontade de estraçalhá-los, esmagá-los, pisoteá-los. Melhor ainda, arrancar-lhes os filtros nasais e soltá-los na rua.

— O povo está furioso — disse Bradley. — Está furioso com os branquelas há trinta anos. Eles só precisam de um motivo. Um motivo... um motivo...

Richards pegou no sono, com a repetição ecoando em seus ouvidos.

... MENOS 62 E A CONTAGEM CONTINUA...

Richards ficou dentro de casa o dia inteiro, e Bradley saiu para providenciar o carro e arranjar um outro membro da turma que o levasse a Manchester.

Bradley e Stacey voltaram às seis, e Bradley ligou a GratuiTV.

— Tudo acertado, cara. Vamos hoje à noite.

— Agora?

Bradley deu um sorriso sem humor.

— Não quer se ver transmitido de costa a costa?

Richards descobriu que sim e, quando começou a introdução de O *Foragido*, ficou olhando, fascinado.

Bobby Thompson fitou a câmera, impassível, no centro de um círculo brilhante num mar de escuridão.

— Observem — disse. — Este é um dos lobos que circulam entre vocês.

Uma enorme ampliação do rosto de Richards apareceu na tela. Ficou um instante e, em seguida, desfez-se numa segunda foto de Richards, dessa vez com seu disfarce de John Griffen Springer.

Mais uma dissolução e de volta a Thompson, com ar grave.

— Esta noite, dirijo-me particularmente às pessoas de Boston. Ontem à tarde, cinco policiais tiveram uma morte torturante, em meio às labaredas do porão da ACM, nas mãos desse lobo, que preparou uma armadilha inteligente e implacável. Quem é ele esta noite? *Onde* está esta noite? Olhem! Olhem para ele!

A imagem de Thompson fundiu-se com o primeiro dos dois clipes que Richards filmara naquela manhã. Stacey os pusera numa caixa de correio na avenida Commonwealth, do outro lado da cidade. Richards tinha deixado a mãe do menino segurar a câmera no quarto dos fundos, depois de cobrir a janela e todos os móveis.

— Todos vocês que estão assistindo a isto — disse lentamente a imagem de Richards —, não os técnicos, não o pessoal dos apartamentos de cobertura... não me refiro a vocês, seus merdas. Vocês, as pessoas dos conjuntos residenciais e dos guetos e dos cortiços baratos. Vocês, as pessoas das gangues de motos. Vocês, os desempregados. Vocês, garotos, que são presos por porte de drogas que não têm e por crimes que não cometeram, porque a Rede quer se certificar de que vocês não se reúnam e não conversem. Quero contar a você sobre uma conspiração monstruosa, que pretende privá-los do próprio ar que vocês respir...

De repente, o som tornou-se uma mistura de guinchos, estalidos e gargarejos. No minuto seguinte, desapareceu por completo. A boca de Richards continuou a se mexer, mas não saía som algum.

— Parece que perdemos o áudio — entrou suavemente a voz de Bobby Thompson —, mas não precisamos ouvir mais nada dos delírios radicais desse assassino para compreender com quem estamos lidando, não é?

— *Não!* — gritou a plateia.

— O que vocês farão se o virem na *sua* rua?

— *ENTREGÁ-LO!*

— E o que vamos fazer quando o encontrarmos?

— *MATÁ-LO!*

Richards esmurrou o braço cansado da única poltrona da sala--cozinha do apartamento.

— Aqueles canalhas — disse, desamparado.

— Você pensou que eles iam deixar aquilo ir ao ar? — perguntou Bradley, em tom de zombaria. — Ah, não, cara. Estou surpreso por terem deixado que se safasse com tudo o que falou.

— Não pensei — disse Richards, enojado.

— Não, acho que não — concordou Bradley.

O primeiro clipe diluiu-se aos poucos no segundo. Nesse, Richards tinha pedido às pessoas que estavam assistindo ao programa que invadissem as bibliotecas, exigissem cartões, descobrissem a verdade. Lera uma lista de livros sobre poluição do ar e da água que Bradley lhe dera.

A imagem de Richards abriu a boca.

— Fodam-se vocês todos — disse a imagem. Os lábios pareciam pronunciar palavras diferentes, mas quantas dos duzentos milhões de pessoas que assistiam reparariam nisso? — Fodam-se todos os porcos. Foda-se a Comissão de Jogos. Vou matar todos os porcos que eu vir. Vou...

Havia mais, o bastante para Richards querer tapar os ouvidos e sair correndo da sala. Não soube dizer se era a voz de um imitador, ou uma arenga composta por pedaços recortados de fita de áudio.

O clipe se dissolveu numa tela dividida ao meio, exibindo o rosto de Thompson e a foto de Richards.

— Olhem para o homem — disse Thompson. — O homem disposto a matar. O homem disposto a mobilizar um exército de insatisfeitos como ele, para que tumultuem suas ruas, estuprando, incendiando e derrubando. O homem disposto a mentir, enganar, matar. Ele fez tudo isso.

— Benjamin Richards! — gritou a voz, com uma ira fria e imponente de Velho Testamento. — Você está assistindo? Se estiver, já recebeu seu dinheiro sujo de sangue. Cem dólares por cada hora, agora num total de cinquenta e quatro, em que permaneceu solto. E quinhentos dólares extras. Cem por cada um destes cinco homens.

Começaram a surgir na tela os rostos de policiais jovens, de feições límpidas. Pela aparência, as fotos tinham sido feitas numa cerimônia de formatura na Academia de Polícia. Todos pareciam inexperientes, cheios de viço e de esperança, e desoladoramente vulneráveis. Suavemente, o toque de silêncio começou a soar na voz de um trompete solitário.

— E estas... — a voz de Thompson tornara-se grave e rouca de emoção — ... estas eram suas famílias.

Esposas com sorrisos esperançosos. Crianças persuadidas a sorrir para a câmera. Muitas crianças. Richards, gelado, aflito e nauseado, baixou a cabeça e apertou a boca com o dorso da mão.

A mão de Bradley, quente e musculosa, pousou na nuca dele.

— Ei, não. Não, cara. Isso é armação. É tudo falso. O provável é que fossem um bando de tiras de uniforme que...

— Cala a boca — interrompeu Richards. — Ah, só... cala a boca. Por favor. Cala a boca.

— Quinhentos dólares — dizia Thompson, com um ódio e desprezo infinitos na voz. O rosto de Richards outra vez na tela, frio, duro, desprovido de qualquer emoção, exceto por uma expressão de sede de sangue que parecia estar predominantemente nos olhos. — Cinco policiais, cinco esposas, dezenove filhos. Tudo se reduz a uns dezessete dólares e vinte e cinco centavos por cada morto, cada pessoa enlutada, cada coração partido. Ah, sim, você não cobra caro, Ben Richards. Até Judas recebeu trinta moedas de prata, mas você não pede nem isso. Em algum lugar, neste exato momento, uma mãe diz a seu filho pequeno que papai nunca mais voltará para casa, porque um homem desesperado e ganancioso, munido de uma arma...

— Assassino! — soluçava uma mulher. — Assassino vil e imundo! Deus vai acabar com sua raça!

— Acabar com a raça dele! — gritava a plateia, fazendo-se ouvir acima do tema do programa.

— Olhem para esse homem! Ele recebeu seu dinheiro sangrento... mas quem vive pela violência morrerá pela violência. E que a mão de todos os homens se erga contra Benjamin Richards!

Ódio e medo em cada voz, elevando-se num rugir contínuo, palpitante. Não, eles não o entregariam. Iriam dilacerá-lo em pedaços ao vê-lo.

Bradley desligou a tela e encarou Richards.

— É com isso que você está lidando, cara. Que tal?

— Talvez eu os mate — disse Richards, em tom pensativo. — Talvez, antes de acabarem comigo, eu suba ao décimo nono andar daquele prédio e cace os vermes que escreveram isso. Talvez eu mate todos eles.

— Chega! — explodiu Stacey, aflito. — Para de falá isso!

No quarto ao lado, Cassie dormia seu sono drogado e agonizante.

... MENOS 61

E A CONTAGEM CONTINUA...

Bradley não se atrevera a fazer nenhum furo no piso do porta-malas do carro, de modo que Richards enroscou-se feito uma bola infeliz, com a boca e o nariz grudados no furo minúsculo de luz que entrava pela fechadura da tampa. Bradley também havia retirado parte do isolamento interno do porta-malas, em volta da tampa, o que deixava entrar uma pequena corrente de ar.

O carro alçou-se do chão num sacolejo, de modo que ele bateu com a cabeça na parte de cima. Bradley dissera que a corrida levaria pelo menos uma hora e meia, com duas paradas nos bloqueios de estrada, talvez mais. Antes de fechar o porta-malas, entregou a Richards um revólver grande.

— A cada dez ou doze carros, eles fazem uma checagem geral — disse o rapaz. — Abrem a mala para espiar. É uma boa chance, onze para um. Se não der, estoure os miolos de um porco.

O carro deu uma guinada e começou a avançar com esforço sobre as ruas esburacadas e rachadas dos bairros miseráveis da cidade. Lá pelas tantas, um garoto gritou uma zombaria e veio o baque de um pedaço de concreto atirado no carro. Depois, os sons do trânsito aumentando ao redor e paradas mais frequentes em sinais de trânsito.

Richards se manteve passivamente encolhido, segurando de leve a arma na mão direita e pensando em como Bradley ficara diferente com o uniforme da turma. O paletó era um modelo sóbrio trespassado da rua Dillon, cinza como os paredões das barragens.

Completava-se com uma gravata marrom-avermelhada e um alfinetinho de ouro com a sigla da Associação Nacional para o Progresso de Pessoas de Cor. Bradley havia passado em um salto de membro maltrapilho de quadrilha (grávidas, mantenham distância, alguns de nós comem fetos) para um distinto negociante negro que saberia exatamente com quem botar banca.

— Você está bonito — dissera Richards, admirado. — É incrível mesmo, de verdade.

— Louvado seja Deus — comentara a mãe.

— Achei que você apreciaria a transformação, meu amigo — respondera Bradley, com serena dignidade. — Sou o gerente distrital da Indústria Química Raygon, sabe? Temos negócios prósperos nesta região. Bela cidade, Boston. Imensamente sociável.

Stacey tinha caído na gargalhada.

— É melhor tu calar a boca, tição — dissera Bradley. — Senão te faço cagá nas bota e comê.

— Tu tá parecendo um verdadeiro pai Tomás, Bradley — comentara Stacey, rindo, nem um pouco intimidado. — Tu tá mesmo chique pra cacete.

O carro virou à direita, para uma superfície mais regular, e desceu um arco espiralado. Estavam numa rampa de acesso. Entrando na 495 ou numa autoestrada secundária. Richards parecia ter fios de alta tensão nas pernas.

Um em cada onze. Não é improvável.

O carro ganhou velocidade e altura, acelerou para a velocidade de cruzeiro, depois reduziu abruptamente e parou. Uma voz, assustadoramente próxima, gritava com regularidade monótona:

— Pare no acostamento… mostre a carteira de motorista e o certificado de propriedade… pare no acostamento… mostre a…

Já estava começando.

Você tá quente demais, cara.

Quente o bastante para eles verificarem o porta-malas de um carro em cada oito? Ou seis? Ou todos, quem sabe?

O carro parou por completo. Os olhos de Richards se moviam de um lado para outro, feito coelhos numa armadilha. Ele segurou firme o revólver.

... MENOS 60

E A CONTAGEM CONTINUA...

— Desça do veículo, senhor — dizia a voz entediada e autoritária. — Carteira e documento do carro, por favor.

Uma porta abriu e fechou. O motor zunia baixinho, mantendo o carro poucos centímetros acima do pavimento.

— ... gerente distrital da Indústria Química Raygon...

Bradley jogando sua conversa. Meu Deus, e se ele não tivesse os papéis para confirmar aquilo? E se não existisse uma Indústria Química Raygon?

A porta traseira se abriu e alguém começou a examinar o banco. O policial (*ou será que é a Guarda Nacional que faz esse serviço?*, perguntou-se Richards, meio incoerente) parecia prestes a engatinhar para dentro do porta-malas com ele.

A porta bateu. Pés se aproximaram da traseira do carro. Richards passou a língua nos lábios e segurou a arma com mais força. Visões de policiais mortos desfilaram rapidamente diante dele, rostos angelicais em corpos retorcidos e porcinos. Ele se perguntou se o tira o furaria com uma saraivada de balas de metralhadora, ao abrir o porta-malas e vê-lo deitado ali, feito uma salamandra enroscada. Perguntou-se se Bradley fugiria, tentaria correr. Estava prestes a se mijar. Não se mijava desde menino, quando seu irmão lhe fazia cócegas até sua bexiga se soltar. É, todos os músculos lá embaixo estavam se afrouxando. Ele meteria a bala bem na junção entre o nariz e a testa do policial, espirrando massa encefálica e fragmentos lascados de crânio em esguichos assustados, que chegariam ao céu. Produziria mais alguns órfãos. Sim. Ótimo. Jesus me ama, disso eu sei, porque minha bexiga está me dizendo. Jesus Cristo, o que ele está fazendo? Rasgando o banco para arrancá-lo? Sheila, eu a amo muito, e até quando será que você se aguenta com seis mil paus? Um ano, talvez, se não a matarem pela grana. Depois, outra vez na rua, para cima e para baixo, atravessando a esquina, rebolando, flertando com a bolsinha vazia. Ei, moço, eu sei chupar, sou uma gatinha limpa, ei, garoto, eu te ensino...

A mão bateu descuidada na tampa do porta-malas, de passagem. Richards mordeu o lábio para conter o grito. Poeira nas narinas, na garganta, fazendo cócegas. Aula de biologia no ensino médio, sentado na última fileira, rabiscando suas iniciais e as de Sheila na carteira velhíssima: *O espirro é uma função dos músculos involuntários*. Vou explodir a cabeça quando espirrar, mas é à queima-roupa, e ainda posso enfiar aquela bala bem no meio da fuça dele, e...

— O que tem no porta-malas, senhor?

A voz de Bradley, jocosa, meio entediada, respondeu:

— Um cilindro de reserva que nem funciona direito. Tenho a chave no chaveiro. Espere, vou pegá-la.

— Se eu quisesse, pedia.

Outra porta traseira abriu e fechou.

— Vá em frente.

— Perseverem, companheiro. Espero que vocês o peguem.

— Vá andando, senhor. Mexa-se.

Os cilindros foram acionados. O carro se elevou e acelerou. Reduziu uma vez, e devem ter feito sinal para que seguisse em frente. Richards sacolejou um pouco quando o carro subiu, planou um pouco e engrenou a marcha. A respiração voltou, em pequenos gemidos cansados. Ele não estava mais com vontade de espirrar.

... MENOS 59

E A CONTAGEM CONTINUA...

A viagem pareceu durar muito mais do que uma hora e meia, e eles foram parados mais duas vezes. Uma pareceu ser verificação rotineira da carteira de motorista. Na seguinte, um policial de fala arrastada e voz de idiota passou algum tempo conversando com Bradley sobre como os desgraçados dos motoqueiros comunas vinham ajudando aquele tal de Richards, e provavelmente o outro também. Laughlin não havia matado ninguém, mas corria o boato de que tinha estuprado uma mulher em Topeka.

Depois disso, não houve nada além do gemido monótono do vento e da gritaria de seus próprios músculos, congelados e cheios de cãibras. Richards não dormiu, mas sua mente castigada finalmente o empurrou para uma semiconsciência entorpecida. Não havia monóxido de carbono nos carros a ar, graças a Deus.

Séculos depois do último bloqueio de estrada, o carro engrenou uma marcha mais lenta e se inclinou por uma rampa de saída espiralada. Richards piscou, lerdo, e se perguntou se ia vomitar. Pela primeira vez na vida, sentiu-se enjoado num carro.

Eles passaram por uma série nauseante de volteios e mergulhos, que Richards supôs serem um trevo rodoviário. Mais cinco minutos e os sons da cidade tornaram a predominar. Ele tentou repetidas vezes mudar a posição do corpo, mas era impossível. Acabou desistindo, à espera entorpecida de que aquilo acabasse. Fazia uma hora que seu braço direito, dobrado sob o peso do corpo, ficara dormente. Naquele momento, parecia uma ripa de madeira. Ele conseguia tocá-lo com a ponta do nariz e só sentia a pressão sobre o nariz.

Viraram à direita, seguiram um pouco em linha reta e tornaram a fazer uma curva. Richards sentiu um buraco no estômago quando o carro mergulhou numa descida íngreme. O eco dos cilindros lhe disse que estavam do lado de dentro. Haviam chegado à garagem.

Richards deixou escapar um assobio curto e desamparado de alívio.

— Está com seu tíquete, meu chapa? — perguntou uma voz.

— Bem aqui, parceiro.

— Rampa 5.

— Obrigado.

Viraram à direita. O carro subiu, parou, tornou a dobrar à direita, depois, à esquerda. Pararam em ponto morto, e em seguida o carro desceu com um baque leve quando o motor foi desligado. Fim da viagem.

Houve uma pausa e, em seguida, o som oco da porta de Bradley, abrindo e fechando. Os passos dele estalaram no piso em direção à mala e a réstia de luz em frente aos olhos de Richards desapareceu, enquanto a chave deslizava na fechadura.

— Você está aí, Bennie?

— Não — grasniu Richards. — Você me deixou lá na fronteira do estado. Abre essa merda!

— Só um segundo. O lugar está vazio agora. Seu carro está estacionado aqui do lado. À direita. Você consegue sair depressa?

— Não sei.

— Faça um esforço. Lá vamos nós.

A tampa da mala se abriu, deixando entrar a luz tênue da garagem. Ele ergueu o corpo, apoiando-se num braço, passou uma das pernas pela borda do porta-malas e não conseguiu fazer mais nada. Seu corpo cheio de cãibras gritava. Bradley pegou-o por um braço e o puxou para fora. As pernas de Richards pareciam querer se dobrar. Bradley o segurou por baixo de uma axila e meio que o conduziu, meio que o empurrou para o Wint verde e surrado à direita. Abriu a porta do motorista, empurrou Richards para dentro e a bateu. No instante seguinte, também deslizou para o interior do carro.

— Nossa! — disse ele, baixinho. — Chegamos, cara. Chegamos.

— É — respondeu Richards. — De volta ao Jogo. Receber duzentos dólares.

Ficaram fumando na penumbra, com os cigarros brilhando como olhos. Por um tempinho, nenhum dos dois disse nada.

... MENOS 58

E A CONTAGEM CONTINUA...

— Quase dançamos naquele primeiro bloqueio de estrada — comentou Bradley, enquanto Richards tentava fazer o braço voltar ao normal com massagens. Era como se houvesse unhas-fantasma enfiadas em sua pele. — Aquele policial quase abriu o porta-malas. Quase.

Soprou a fumaça numa enorme baforada. Richards permaneceu em silêncio.

— Como está se sentindo? — perguntou Bradley, um pouco depois.

— Está melhorando. Pegue minha carteira para mim. Ainda não consigo fazer o braço funcionar direito.

Bradley silenciou suas palavras com um gesto.

— Depois. Quero explicar o que Rich e eu combinamos.

Richards acendeu outro cigarro na guimba do primeiro. Uma dúzia de cãibras iam passando devagar.

— Reservaram um quarto de hotel para você na rua Winthrop. Casa Winthrop, é esse o nome do lugar. Soa chique. Não é?! O nome do cara é Ogden Grassner. Consegue se lembrar disso?

— Consigo. Vou ser reconhecido na hora.

Bradley estendeu a mão para o banco de trás, pegou uma caixa e jogou-a no colo de Richards. Era comprida, parda, e estava amarrada com um barbante. Para Richards, lembrava o tipo de caixa em que se embalavam becas de formatura alugadas. Ele olhou para Bradley, questionador.

— Abra.

Richards a abriu. Havia um par de óculos grossos, de lentes azuis, sobre uma pilha de tecido preto. Ele pôs os óculos sobre o painel e pegou a roupa. Era uma batina de padre. Embaixo, no fundo da caixa, havia um rosário, uma Bíblia e uma estola roxa.

— Um padre? — perguntou ele.

— Isso. Pode trocar de roupa aqui mesmo. Eu ajudo. Tem uma bengala no banco de trás. Você não vai bancar o cego, mas é quase isso. Vai esbarrar nas coisas. Está em Manchester para comparecer a um concílio ecumênico que vai se reunir para discutir o vício em drogas. Sacou?

— Sim — disse Richards. Hesitou, com os dedos nas fraldas da camisa. — É para eu usar as calças embaixo dessa roupa?

Bradley caiu na gargalhada.

... MENOS 57

E A CONTAGEM CONTINUA...

Bradley falava depressa enquanto conduzia Richards pela cidade.

— Há uma caixa de etiquetas autoadesivas de correio na sua maleta. Está no porta-malas do carro. As etiquetas dizem: Após cinco dias, devolver para a Companhia Manufatureira Brickhill, Manchester, New Hampshire. Rich e um outro sujeito as imprimiram. Arranjaram uma impressora na sede dos Esfaqueadores, na rua Boylston. Todo dia, você vai me mandar suas duas fitas gravadas numa caixa, com uma dessas etiquetas. Eu vou despachar tudo de Boston para os Jogos. Mande esse troço para mim pelo serviço de entrega rápida. Essa eles nunca vão adivinhar.

Pararam junto ao meio-fio, em frente à Casa Winthrop.

— Este carro vai voltar para o estacionamento U-Park-It. Não tente sair dirigindo de Manchester, a menos que troque de disfarce. Você tem que ser um camaleão, cara.

— Por quanto tempo acha que vou ficar seguro aqui? — perguntou Richards. *Estou nas mãos dele*, pensou. Já não parecia capaz de pensar racionalmente sozinho. Sentia em si mesmo o cheiro do esgotamento psíquico, como um odor corporal.

— Sua reserva cobre a semana que vem. Talvez seja seguro. Talvez não. Você vai improvisando. Tem um nome e um endereço na maleta. De um sujeito de Portland, no Maine. Eles vão esconder você por um ou dois dias. Vai custar caro, mas é gente segura. Tenho que ir embora, cara. Isto aqui é uma zona de cinco minutos. Pagos em espécie.

— Quanto devo para você? — perguntou Richards.

— Seiscentos.

— Conversa fiada. Isso não cobre nem as despesas.

— Cobre, sim. E ainda sobram uns trocados para a família.

— Leve mil.

— Você precisa da sua grana, parceiro. Aham.

Richards o olhou, desamparado.

— Por Deus, Bradley...

— Mande mais para gente, se você ganhar. Mande um milhão. Faça a gente viver feito nababo.

— Você acha que eu consigo?

Bradley deu um sorriso meigo e triste, e se manteve calado.

— Então, por quê? — perguntou Richards, sem emoção. — Por que está fazendo tudo isso? Entendo porque está me escondendo. Eu faria o mesmo. Mas você deve ter estourado o caixa do seu grupo.

— Eles não se incomodaram. Conhecem o placar.

— Que placar?

— Zero a zero. *Esse* placar. Se a gente não arriscar o pescoço um pelo outro, eles nos pegam. Nem precisa esperar pelo ar atmosférico. Seria o mesmo que ligar um cano direto do fogão para a sala de estar, ligar a GratuiTV e ficar esperando.

— Vão te matar — disse Richards. — Alguém vai te dedurar, e você vai acabar no chão de um porão, com as tripas para fora. Ou o Stacey. Ou sua mãe.

Houve um leve lampejo nos olhos de Bradley.

— Mas tá chegando um dia ruim. Um dia ruim para os vermes com a pança cheia de rosbife. Vejo sangue na lua para eles. Canhões e tochas. Uma força que anda e que fala.

— Tem gente vendo essas coisas há dois mil anos.

A sirene dos cinco minutos tocou e Richards procurou a maçaneta da porta, desajeitado.

— Obrigado — disse. — Não sei como dizer isso de outro jeito...

— Vai andando — respondeu Bradley —, antes que me deem uma multa.

A mão forte e escura segurou a batina.

— E, quando o pegarem, leve alguns com você.

Richards abriu a porta traseira e destrancou o porta-malas para pegar a sacola lá dentro. Bradley lhe entregou uma bengala, sem dizer nada.

O carro entrou suavemente no trânsito. Richards ficou um instante junto ao meio-fio, vendo-o se afastar — olhando-o com jeito de míope, esperava. As luzes traseiras piscaram uma vez na esquina, depois o carro dobrou uma rua e desapareceu, voltando para o estacionamento onde Bradley o deixaria e pegaria o outro, para retornar a Boston.

Richards experimentou uma estranha sensação de alívio e se deu conta de sentir empatia por Bradley: *como ele deve estar feliz por finalmente se livrar de mim!*

Forçou-se a errar o primeiro degrau da entrada da Casa Winthrop, e o porteiro veio ajudá-lo.

... MENOS 56

E A CONTAGEM CONTINUA...

Passaram-se dois dias.

Richards desempenhou bem seu papel — ou seja, como se sua vida dependesse disso. Jantou no hotel as duas noites, no quarto. Levantava-se às sete, lia a Bíblia no saguão e saía para sua "reunião". Os funcionários do hotel tratavam-no com uma cordialidade desenvolta e desdenhosa — do tipo reservado para padres meio cegos e atrapalhados (que pagavam suas contas), naquela época de assassinato legal limitado, de guerra biológica no Egito e na América do Sul e da infame lei de aborto de Nevada, tenha-um-mate-um. O papa era um velho resmungão de noventa e seis anos, cujos éditos disparatados sobre esses acontecimentos atuais eram noticiados como as notas humorísticas que encerravam o noticiário das sete.

Richards realizava suas "reuniões" de um homem só num cubículo alugado de uma biblioteca, onde, com a porta trancada, lia sobre a poluição. Havia pouquíssimas informações posteriores a 2002, e o que havia parecia combinar muito mal com o que fora escrito antes. O governo, como de praxe, fazia um trabalho tardio, mas eficiente, de confundir as ideias.

Na hora do almoço, ele se dirigia a uma lanchonete na esquina de uma rua não muito distante do hotel, esbarrando nas pessoas e pedindo desculpas ao passar. Algumas diziam que estava tudo bem, padre. A maioria simplesmente praguejava, com ar desinteressado, e o empurrava para o lado.

As tardes ele passava no quarto, e jantava assistindo a *O Fora-gido*. Já tinha despachado quatro fitas a caminho da biblioteca, na parte da manhã. A remessa feita de Boston parecia estar correndo sem problemas.

Os produtores do programa haviam adotado uma nova tática para liquidar o discurso de Richards contra a poluição (no qual ele persistia, numa espécie de frenesi sorridente — era fundamental que estivesse transmitindo a mensagem para os que sabiam fazer leitura labial, pelo menos): o público abafava a voz com uma enxurrada crescente de vaias, gritos, obscenidades e vituperações. O som que produzia tornava-se cada vez mais frenético e ameaçador, a ponto de chegar à demência.

Em suas longas tardes, Richards ponderou que uma mudança involuntária havia ocorrido nele durante aqueles cinco dias de fuga. Bradley a havia provocado... Bradley e a garotinha. Já não era apenas ele, um homem solitário lutando por sua família, fadado a ser eliminado. Havia todos eles lá fora, sendo sufocados pela própria respiração — inclusive sua família.

Richards nunca fora um homem voltado para o social. Tinha evitado as causas com desdém e repulsa. Aquilo era para babacas idiotas e para gente com tempo e dinheiro demais nas mãos, como aqueles garotos tapados das universidades, com seus bótons bonitinhos e suas bandas de neorock.

O pai de Richards havia sumido à noite, quando o filho tinha cinco anos. Richards era pequeno demais para ter alguma lembrança, a não ser por alguns fragmentos. Nunca odiara o pai por isso. Compreendia bastante bem que, diante da opção entre o orgulho e a responsabilidade, o homem quase sempre escolhia o orgulho — uma vez que a responsabilidade lhe roubava a virilidade. Um homem não pode ficar por perto e ver sua mulher ganhar o dinheiro da comida deitada de costas. Quando um homem não pode fazer outra coisa senão servir de cafetão para a mulher com quem se casou, avaliava Richards, valia mais a pena se jogar de um prédio alto.

Entre os cinco e os dezesseis anos, o menino passara a vida aplicando golpes — ele e seu irmão, Todd. A mãe tinha morrido de sífilis quando Richards tinha dez anos, e Todd, sete. O irmão morreria cinco anos depois, quando um caminhão aéreo de um noticiário perdeu o freio numa ladeira enquanto o rapaz empilhava sua carga. A cidade havia depositado mãe e filho no Crematório Municipal. Os garotos da rua chamavam o local de Fábrica de Cinzas ou Leiteria; eram amargos, mas impotentes, e sabiam ser muito provável que eles mesmos acabassem por ser cuspidos pelas chaminés para o ar da cidade. Aos dezesseis anos, Richards estava sozinho, trabalhando uma jornada completa de oito horas como limpador de motores, depois de terminadas as aulas na escola. E, apesar do horário arrasador, sentia um pânico constante, que provinha de saber que era sozinho e anônimo, vagando livremente. Às vezes, acordava às três da manhã, com o cheiro de repolho podre do apartamento de um cômodo só, instalado num cortiço, abrigando o pavor nos cantos mais recônditos da alma. Era um homem independente.

E assim havia se casado, e Sheila passara o primeiro ano num silêncio orgulhoso, enquanto seus amigos (e os inimigos de Richards, que fizera muitos, por se recusar a participar das expedições de vandalismo em massa e a entrar numa gangue local) aguardavam a chegada do Expresso Uterino. Quando ele não chegou, o interesse diminuiu. Os dois foram deixados no limbo especial reservado aos recém-casados na Co-Op City. Poucos amigos e um círculo de conhecidos que se estendia apenas até a escada de entrada do prédio. Richards não se incomodava; isso lhe convinha. Atirou-se de corpo e alma no trabalho, com risonha intensidade, fazendo hora extra sempre que podia. O salário era ruim, não havia chance de promoção, e a inflação corria solta, mas eles estavam apaixonados. E continuaram apaixonados, por que não? Richards era o tipo de homem solitário capaz de gastar somas gigantescas de amor, afeição e, quem sabe, dominação psíquica com a mulher de sua escolha. Até aquele momento, suas emoções haviam permanecido quase inteiramente intactas. Durante os onze anos de casamento, os dois nunca haviam tido uma briga significativa.

Ele largou o emprego em 2018, porque as probabilidades de vir a ter filhos diminuíam a cada turno que passava atrás dos escudos de chumbo da GA, antiquados e mal vedados. Poderia ter ficado tudo bem, se ele houvesse respondido com uma mentira à pergunta do contramestre irritado: "Por que você está pedindo demissão?". Mas Richards dissera, em termos simples e claros, o que pensava da General Atomics, finalizando com a sugestão de que o contramestre pegasse todos os seus escudos contra radiação gama e os fizesse percorrer o caminho inverso da evacuação. A coisa terminara numa briga curta e selvagem. O contramestre era musculoso e parecia durão, mas Richards o fizera gritar feito uma mulher.

E a bola preta havia começado a rolar. Ele é perigoso. Fique longe. Se precisar muito de um operário, contrate-o por uma semana e, em seguida, livre-se dele. No jargão da GA, Richards tinha Acendido a Luz Vermelha.

Nos cinco anos seguintes, ele passara muito tempo enrolando e carregando jornais, mas as oportunidades de trabalho foram minguando até sumir. A GratuiTV havia liquidado com muita eficiência a palavra impressa. Richards tinha batido perna. Richards foi mandado embora. Havia trabalhado intermitentemente em empresas que contratavam mão de obra por dia.

Os grandes movimentos da década tinham passado em branco por ele, como fantasmas aos olhos do incrédulo. Richards só tomou conhecimento do Massacre das Donas de Casa, ocorrido em 2024, quando sua mulher lhe contou, umas três semanas depois — duzentos policiais, armados de submetralhadoras e pontentes cacetetes elétricos, haviam rechaçado um exército de mulheres que faziam uma manifestação no Depósito de Alimentos do Sudoeste. Sessenta foram mortas. Richards tinha uma vaga noção de que andavam usando gás asfixiante no Oriente Médio. Mas nada daquilo o afetava. Protestar não adiantava. A violência não adiantava. O mundo era como era, e Ben Richards passava por ele como uma foice afiada, sem pedir nada, à procura de trabalho. Havia desencavado uma centena de trabalhos desgraçados de um dia, um dia e meio. Limpara um lodo espesso como gelatina da parte inferior do píer e de fossas sanitárias, enquanto outros na rua, que acreditavam sinceramente estar à procura de trabalho, não faziam nada.

"Vai andando, seu bosta." "Suma daqui." "Nada de trabalho." "Caia fora." "Vá botar seus sapatinhos de dança." "Explodo a porra da sua cabeça, paizinho." "Mexa-se."

E então os trabalhos sumiram. Impossível achar alguma coisa. Um ricaço de camiseta de seda, bêbado, abordou-o na rua, uma noite, quando Richards se arrastava para casa depois de um dia infrutífero, e disse que lhe daria dez dólares novos se ele arriasse as calças. Queria ver se os pirados da rua tinham mesmo picas de trinta centímetros. Richards o derrubou com um soco e saiu correndo.

Foi nessa época, após nove anos de tentativas, que Sheila engravidou. Richards era limpador de motores, disseram as pessoas do prédio. Dava para acreditar que tinha sido limpador por seis anos e a havia engravidado? Nasceria um monstro, disseram as pessoas do prédio. Teria duas cabeças e nenhum olho. *Radiação, radiação, seus filhos serão monstros...*

Em vez disso, viera Cathy. Roliça, perfeita, berrando. Trazida ao mundo por uma parteira da esquina, que tinha recebido cinquenta centavos e quatro latas de feijão.

E então, pela primeira vez desde a morte do irmão, Richards estava de novo andando a esmo. Todas as pressões (até a da perseguição, temporariamente) haviam sido eliminadas.

Ele voltou o pensamento e a raiva contra a Federação dos Jogos, com seu elo imenso e poderoso de comunicações com o mundo inteiro. Gente gorda com filtros nasais, passando as noites com gatas de calcinhas de seda. Que a guilhotina descesse. E descesse. E descesse. Mas não havia jeito de pegá-los. Eles se erguiam indistintamente acima de todos, como o próprio Edifício dos Jogos.

No entanto, por ser quem era e por estar só e mudando, Richards pensou naquilo. Sozinho em seu quarto, não se deu conta de que, enquanto pensava, arreganhava um enorme sorriso de lobo branco que, por si só, parecia ter força suficiente para vergar ruas e derreter edifícios. O mesmo sorriso que exibira naquele dia quase esquecido em que derrubara um ricaço e fugira, com os bolsos vazios e a cabeça pegando fogo.

... MENOS 55

E A CONTAGEM CONTINUA...

A segunda-feira foi exatamente igual ao domingo — o mundo dos trabalhadores já não tirava nenhum dia específico de folga —, até às seis e meia.

O padre Ogden Grassner pediu que lhe mandassem o *suprème* de bolo de carne (a comida do hotel, que pareceria execrável a quem tivesse sido criado com qualquer coisa melhor do que hambúrgueres de lanchonete e pílulas sintéticas, tinha um sabor excelente para Richards) com uma garrafa de vinho Thunderbird, e se acomodou para assistir a O *Foragido*. O primeiro segmento, que versava sobre o próprio Richards, correu como nas duas noites anteriores. O áudio das gravações foi abafado pela plateia do estúdio. Bobby Thompson foi cortês e virulento. Uma busca de casa em casa vinha sendo conduzida em Boston. Qualquer um que fosse apanhado dando abrigo ao fugitivo seria executado. Richards sorriu sem humor, enquanto a imagem mudava para uma propaganda da Rede. Não era tão ruim; era até engraçada, num sentido restrito. Ele podia suportar qualquer coisa, desde que não exibissem os policiais outra vez.

A segunda metade do programa foi marcantemente diferente. Thompson exibiu um sorriso largo.

— Depois das últimas fitas enviadas pelo monstro conhecido pelo nome de Ben Richards, fico feliz por dar uma boa notícia...

Tinham apanhado Laughlin.

Ele fora avistado em Topeka na sexta-feira, mas a busca intensa feita na cidade no sábado e no domingo não o havia localizado. Richards presumira que Laughlin tinha escapado ao cerco, tal como ele. Nessa tarde, porém, duas crianças o avistaram. Estava escondido num galpão de estrada do Departamento Rodoviário. Em algum momento, quebrara o pulso direito.

Apareceram as crianças, Bobby e Mary Cowles, dando um grande sorriso para a câmera. Faltava um dente em Bobby Cowles. *Será que a fadinha dos dentes lhe deu uma moeda?*, pensou Richards, enojado.

Thompson anunciou com orgulho que Bobby e Mary, os "cidadãos número um de Topeka", estariam em O *Foragido* na noite seguinte para receberem seus diplomas de honra ao mérito, um estoque vitalício de cereais FunTwinks e um cheque de mil dólares novos para cada um, a serem entregues pelo governador do Kansas. Isso provocou vivas frenéticos na plateia.

A seguir vieram as gravações do cadáver de Laughlin, mole e cravejado de balas, sendo retirado do galpão, que fora reduzido a madeira para fósforos pelo tiroteio concentrado. Houve uma mescla de vivas, apupos e assobios na plateia do estúdio.

Richards desviou os olhos, enojado. Parecia haver dedos finos e invisíveis comprimindo suas têmporas.

Ao longe, as palavras continuaram a rolar. O corpo estava em exposição na rotunda da câmara estadual do Kansas. Já havia longas filas de cidadãos passando pelo cadáver. Um policial que participara da matança foi entrevistado e disse que Laughlin não oferecera grande resistência.

Ah, que ótimo para vocês, pensou Richards, lembrando-se de Laughlin, com sua voz amarga e seu olhar direto e zombeteiro.

Uma amiga minha da carona.

E então havia apenas um grande espetáculo. E o grande espetáculo era Ben Richards. Que perdeu a vontade de comer seu *suprème* de bolo de carne.

.. MENOS 54

E A CONTAGEM CONTINUA...

Naquela noite, ele teve um sonho terrível, o que era incomum. O antigo Ben Richards nunca sonhava.

Mais peculiar ainda foi o fato de ele não existir como personagem no sonho. Apenas observava, invisível.

O cômodo era vago, esmaecido nas sombras das extremidades do seu campo de visão. Parecia haver água pingando e uma sensação de umidade. Richards teve a impressão de estar num subterrâneo profundo.

No centro do aposento, Bradley estava sentado numa cadeira reta de madeira, com tiras de couro amarrando seus braços e pernas. A cabeça fora raspada como a de um penitenciário. Em volta dele havia figuras com capuzes pretos. *Os Caçadores*, pensou Richards, com o pavor aflorando. *Ai, meu Deus, são os Caçadores.*

— Não sou o cara — disse Bradley.

— É sim, maninho — retrucou gentilmente um dos encapuzados, e enterrou um alfinete na bochecha do rapaz. Bradley soltou um grito.

— Você é o cara?

— Vá se danar.

Um alfinete foi enfiado devagar no globo ocular de Bradley, e depois retirado, gotejando um líquido incolor. O olho de Bradley assumiu uma aparência esmurrada, achatada.

— Você é o cara?

— Enfie isso no rabo.

Um cassetete elétrico encostou no pescoço de Bradley. Ele tornou a gritar e ficou com o cabelo em pé. Parecia a caricatura cômica de um negro, um Stepinfetchit* futurista.

— Você é o cara, maninho?

— Filtro nasal dá câncer — disse Bradley. — Vocês estão todos podres por dentro, branquelos.

Seu outro olho foi vazado.

— Você é o cara?

Bradley, cego, abriu um sorriso.

Uma das figuras encapuzadas fez um gesto, e das sombras vieram Bobby e Mary, saltitando alegremente. Começaram a pular ao redor de Bradley, cantando:

— Quem tem medo do Lobo Mau, Lobo Mau, Lobo Mau?

Bradley começou a gritar e a se contorcer na cadeira. Parecia tentar erguer as mãos, num gesto de repúdio. A música foi ficando cada vez mais alta, mais sonora. As crianças se transformaram. As cabeças se alongaram, escurecendo-se de sangue. As bocas se abriram e, em seu interior cavernoso, as presas reluziam feito lâminas.

— Eu falo! — berrou Bradley. — Eu falo! Eu falo! Eu não sou seu cara! O cara é Ben Richards! Eu falo! Meu Deus... ah... Meu D-D-Deus...

— Onde está o cara, maninho?

— Eu falo! Eu falo! Ele está...

Mas as palavras foram abafadas pela cantoria. Elas avançavam para o pescoço de Bradley, tenso e esticado feito uma corda, quando Richards acordou, banhado em suor.

* Stepinfetchit, ou Stepin Fetchit (1902-1985), era o nome artístico de Lincoln Theodore Monroe Andrew Perry, um comediante afro-americano nascido na Flórida, cujo nome se tornou sinônimo de estereótipos raciais degradantes nos filmes de Hollywood da primeira metade do século xx. (N. T.)

... MENOS 53

E A CONTAGEM CONTINUA...

Manchester não servia mais.

Ele não soube dizer se tinha sido a notícia do fim brutal de Laughlin no Meio-Oeste, o sonho, ou apenas uma premonição.

Mas, na manhã de terça-feira, ficou no quarto do hotel, sem ir à biblioteca. Pensou que cada minuto que permanecesse naquele lugar seria um convite a um fim trágico e rápido. Ao olhar pela janela, Richards via um Caçador de capuz preto no interior de cada birosca velha e em cada taxista recurvado. Sentiu-se atormentado por fantasias de pistoleiros esgueirando-se em silêncio pelo corredor, em direção a seu quarto. Era como se um imenso relógio tiquetaqueasse em sua cabeça.

Deixou a indecisão para trás pouco depois das onze da manhã de terça-feira. Era impossível ficar. Sabia que eles sabiam.

Pegou a bengala, foi batendo desajeitadamente com ela até os elevadores e desceu para o saguão.

— Vai sair, padre Grassner? — perguntou o recepcionista do dia, com seu habitual sorriso agradável e desdenhoso.

— Dia de folga — respondeu Richards, dirigindo-se ao ombro do recepcionista. — Há algum cinema nesta cidade?

Sabia que havia pelo menos dez, oito dos quais exibiam filmes pornográficos em 3-D.

— Bem — respondeu o recepcionista, cauteloso —, tem o Center. Acho que passam filmes da Disney...

— Ótimo — disse Richards, com vivacidade, e deu uma topada num vaso de plantas a caminho da rua.

A dois quarteirões do hotel, entrou numa farmácia e comprou um rolo enorme de ataduras e um par de muletas baratas de alumínio. O balconista pôs suas compras numa caixa comprida de compensado e Richards pegou um táxi na esquina seguinte.

O carro estava exatamente onde havia sido deixado e, se havia alguém acampanado no estacionamento U-Park-It, estava fora de vista. Richards entrou no automóvel e deu a partida. Passou por um momento de desconforto ao se dar conta de que não tinha uma carteira de habilitação com algum nome que não fosse procurado pela polícia, depois descartou a ideia. Achava que seu novo disfarce lhe permitiria escapar de uma inspeção rigorosa, afinal. Se houvesse bloqueios na estrada, tentaria furá-los. Isso o mataria, mas ele seria morto de qualquer jeito se o identificassem.

Jogou os óculos de Ogden Grassner no porta-luvas e saiu, acenando vagamente para o garoto que estava de serviço no portão. O garoto mal ergueu os olhos da revista pornográfica que lia.

Parou para encher os tanques de ar comprimido nos arredores do norte da cidade, que eram uma zona em acelerada expansão urbana. O frentista que o atendeu estava em meio a uma erupção vulcânica de acne, e pareceu pateticamente ansioso por evitar olhar para Richards. Até ali, tudo bem.

Ele saiu da rota 91 para a 17, e desta para uma estrada asfaltada vicinal sem nome nem número. Cinco quilômetros adiante, parou num acostamento de terra esburacado e desligou o motor.

Inclinando o espelho retrovisor no ângulo certo, enrolou a atadura em volta da cabeça, o mais depressa que pôde, segurando a ponta e prendendo-a. Um passarinho chilreava, inquieto, num olmo de aparência cansada.

Não estava muito ruim. Se tivesse tempo para respirar em Portland, poderia acrescentar um colete cervical.

Pôs as muletas no banco ao lado e deu a partida. Quarenta minutos depois, entrou no trevo de Portsmouth. Seguindo pela rota 95, enfiou a mão no bolso e tirou o pedaço de papel pautado amassado que Bradley lhe entregara. O rapaz escrevera nele, com a letra cuidadosa dos autodidatas, usando um lápis macio:

Rua State, 94, Portland
A PORTA AZUL, HOSPEDARIA
Elton Parrakis (& Virginia Parrakis)

Richards fitou o papel por um instante, franzindo o cenho, depois ergueu os olhos. Uma radiopatrulha preta e amarela deslocava-se devagar acima do trânsito da autoestrada, paralelamente a uma patrulha terrestre pesada, logo abaixo. Os carros emparelharam com ele por um momento e se foram, ziguezagueando pelas seis faixas num balé gracioso. Patrulha rodoviária de rotina.

À medida que os quilômetros passavam, uma sensação enjoativa de alívio, quase relutante, começou a se formar em seu peito. Sentiu vontade de rir e vomitar ao mesmo tempo.

... MENOS 52

E A CONTAGEM CONTINUA...

O trajeto para Portland ocorreu sem incidentes.

Quando Richards chegou aos limites da cidade, entretanto, ao atravessar os densos bairros residenciais de Scarborough (casas ricas, ruas ricas, escolas particulares ricas e protegidas por cercas eletrificadas), a sensação de alívio já começara a desaparecer. Eles podiam estar em qualquer lugar. Podiam cercá-lo por todos os lados. Ou talvez não estivessem em parte alguma.

A rua State era uma área de sobrados antigos e decrépitos, não muito distante de um parque de mato alto, que mais parecia uma floresta — um esconderijo, pensou Richards, para assaltantes, namorados, viciados e ladrões daquela cidadezinha. Ninguém se arriscaria a passar pela rua State, depois do anoitecer, sem um cão policial preso numa coleira ou comparsas da gangue.

O número 94 era uma construção caindo aos pedaços, com uma crosta de fuligem e persianas verdes velhíssimas, fechadas sobre as janelas. A Richards a casa pareceu um homem extremamente velho, que tivesse morrido com cataratas.

Ele estacionou junto ao meio-fio e desceu. A rua estava pontilhada de carros a ar abandonados, alguns reduzidos pela ferrugem a carcaças quase amorfas. Na extremidade do jardim havia um Studebaker caído de lado, como um cachorro morto. Obviamente, aquela não era uma zona policiada. Se um carro ficasse ali sem vigilância, em quinze minutos atrairia um punhado de garotos de olhos cinzentos encostando nele e cuspindo. Em meia hora, alguns dos garotos encostados exibiriam pés de cabra, chaves inglesas e de fenda. Eles alisariam, comparariam, girariam e usariam as ferramentas para brincar de lutas de espada. Iriam erguê-las com ar pensativo, como quem avaliasse o tempo ou recebesse por elas misteriosas transmissões de rádio. Em uma hora, o carro seria uma carcaça depenada, desde os cilindros de ar até o próprio volante.

Um garotinho correu até Richards quando ele ajeitava as muletas embaixo dos braços. Cicatrizes franzidas e brilhosas de queimadura haviam transformado um lado de seu rosto num horror frankensteiniano imberbe.

— Vai um papelote aí, moço? Coisa de primeira. Bota o cara na lua.

O menino deu um risinho dissimulado, com a carne repuxada e encalombada do rosto queimado a se estufar e contorcer grotescamente.

— Cai fora — disse Richards, curto e grosso.

O menino tentou chutar uma das muletas para tirar seu apoio, e Richards descreveu um arco baixo com a outra, acertando-o no traseiro. O garoto fugiu, correndo e xingando.

Richards subiu devagar os degraus lascados de pedra e olhou para a porta. Um dia ela fora azul, mas a tinta desbotada e descascada havia assumido uma coloração abatida de céu do deserto. Um dia houvera uma campainha, mas algum vândalo dera um jeito nisso com uma talhadeira de aço.

Ele bateu e esperou. Nada. Tornou a bater.

Já era fim de tarde, e aos poucos a friagem se insinuava pela rua. Vagamente, do parque para lá do fim do quarteirão, vinha o estalar tristonho dos galhos de outubro, que perdiam suas folhas.

Não havia ninguém em casa. Era hora de ir.

Mas ele tornou a bater, curiosamente convencido de que *havia* alguém lá.

E, dessa vez, foi recompensado com um lento arrastar de chinelos. Uma parada junto à porta. Em seguida:

— Quem está aí? Não compro nada. Vá embora.

— Disseram para eu lhe fazer uma visita — respondeu Richards.

Um olho mágico se abriu com um chiado diminuto, e um olho castanho espiou por dentro dele. Em seguida, fechou-se com um estalo.

— Não conheço você. — Foi a rejeição categórica.

— Disseram para eu procurar Elton Parrakis.

Com má vontade:

— Ah. Você é um daqueles...

Atrás da porta, começaram a girar trancas e a se abrir trincos, um por um. Caíram correntes. Veio o giro dos tambores de uma fechadura Yale, depois outra. E o ruído metálico da pesada tranca TrapBolt sendo retirada.

A porta se abriu, e Richards se viu diante de uma mulher magricela, sem seios e com mãos enormes e cheias de nós. O rosto era liso, quase angelical, mas parecia ter levado centenas de ganchos, jabs e cruzados numa briga de vale-tudo contra o próprio tempo. Talvez o tempo estivesse ganhando, mas ela não era de sangrar fácil. Tinha um metro e oitenta de altura, mesmo com os chinelos achatados, e os joelhos inchados de artrite pareciam tocos de árvore. O cabelo estava preso numa touca de banho. Os olhos castanhos, que fitavam Richards por baixo do osso protuberante da testa (as próprias sobrancelhas agarravam-se ao precipício como moitas desesperadas na montanha, lutando contra a aridez e a altitude), eram inteligentes e tinham um toque desvairado, que podia ser de medo ou de fúria. Mais tarde, ele compreendeu que a mulher estava simplesmente confusa, assustada, cambaleando à beira da loucura.

— Meu nome é Virginia Parrakis — disse ela, sem modulação na voz. — Sou a mãe do Elton. Entre.

... MENOS 51

E A CONTAGEM CONTINUA...

Ela só o reconheceu depois de levá-lo à cozinha para fazer um chá.

A casa era velha, caindo aos pedaços e escura, decorada com um mobiliário que ele identificou de imediato, similar ao da sua própria casa: estilo ferro-velho moderno.

— O Elton não está — disse a mulher, curvando-se sobre a chaleira de alumínio gasta no fogão.

Ali a luz era mais forte, revelando as manchas escuras de infiltração no papel de parede, as moscas mortas — lembrança de verões passados — nos parapeitos das janelas, o velho piso de linóleo, vincado por linhas pretas, e o bolo de papel de embrulho molhado embaixo do cano furado da pia. Havia um cheiro de desinfetante que fez Richards pensar em quartos de moribundos.

A mulher atravessou o cômodo, e seus dedos inchados fizeram uma busca penosa no monte de quinquilharias em cima da bancada, até encontrarem dois saquinhos de chá, um dos quais já fora usado. Richards recebeu o usado. Não ficou surpreso.

— Ele trabalha — disse Virginia, enfatizando vagamente a primeira palavra e fazendo a frase soar como uma acusação. — Você veio daquele sujeito lá de Boston, o tal para quem o Eltie escreve sobre poluição, não é?

— Sim, sra. Parrakis.

— Eles se conheceram em Boston. Meu Elton faz manutenção de vendedoras automáticas — informou ela. Envaideceu-se por um momento e recomeçou sua lenta caminhada pelas dunas de linóleo de volta ao fogão. — Eu disse ao Eltie que o que aquele Bradley andava fazendo era contra a lei. Falei que iria para a prisão, ou coisa pior. Ele não dá ouvidos a *mim*. Não a sua velha mãe, não dá. — Ela sorriu com meiguice tristonha ao proferir a calúnia e prosseguiu: — O Elton sempre foi de construir coisas, sabe?... Construiu uma casa de quatro cômodos na árvore lá dos fundos quando era garoto. Isso foi antes de cortarem o olmo, sabe? Mas foi ideia daquele pretinho ele construir uma estação para medir a poluição em Portland.

Virginia pôs os saquinhos nas xícaras e ficou de costas para Richards, aquecendo as mãos sobre o queimador do fogão.

— Eles escrevem um para o outro — continuou. — Eu falei para ele que o correio não é seguro. Você vai acabar na cadeia, ou coisa pior, eu disse. E ele falou mas, mamãe, a gente faz tudo em código. Ele pede uma dúzia de maçãs, e eu digo que meu tio piorou um pouco, e eu perguntei, Eltie, você acha que eles não conseguem descobrir esse negócio de espionagem secreta? Ele não escuta. Ah, antigamente ele me dava ouvidos. Eu era sua melhor amiga. Mas as coisas mudaram. Depois que ele entrou na puberdade, as coisas mudaram. Revistas imorais embaixo da cama e *aquele negócio* todo. E agora, esse negrinho. Imagino que tenham apanhado você fazendo testes de poluição ou de carcinógenos, ou coisa parecida, e agora você está fugindo.

— Eu...

— Não importa! — disse ela, enfurecida, olhando pela janela que dava em um quintal cheio de sucata enferrujada, aros de rodas e uma caixa de areia de algum garotinho, que, decorridos muitos anos, estava cheia de pedaços desordenados de lenha de outubro.

— Não importa! — repetiu Virginia. — São os crioulinhos — acrescentou, virando-se para Richards, com os olhos semicerrados numa expressão furiosa e perplexa. — Tenho sessenta e cinco anos, mas era só uma mocinha de dezenove, no frescor da idade, quando isso começou a acontecer. Era 1979, e os negrinhos estavam em toda parte! Em toda parte! Estavam, sim! — insistiu ela, quase num grito, como se Richards houvesse discordado. — Em toda parte! Mandaram aqueles negrinhos para a escola com os brancos. Puseram eles em cargos altos do governo. Radicais, agitadores e rebeldes. Eu não sou tão...

Interrompeu-se, como se as palavras houvessem se estilhaçado em sua boca. Encarou Richards, vendo-o pela primeira vez.

— Valha-me Deus! — resmungou.

— Sra. Parrakis...

— Não! — exclamou a mulher, com a voz enrouquecida de medo. — Não! Não e não!

Começou a avançar em direção a Richards, parando junto à bancada para tirar da confusão geral um facão comprido e reluzente.

— Fora! Fora! Fora!

Ele se levantou e começou a recuar lentamente, primeiro pelo pequeno corredor entre a cozinha e a sala ensombrecida, depois cruzando a sala.

Notou que havia um antigo telefone público pendurado na parede, dos tempos em que o lugar tinha sido uma hospedaria de verdade. A Porta Azul, Hospedaria. Quando foi isso?, perguntou-se Richards. Vinte anos antes? Quarenta? Antes ou depois de os negrinhos saírem de controle?

Mal começara a recuar pelo corredor, entre a sala e a porta da frente, quando uma chave fez barulho na fechadura. Os dois ficaram imóveis, como se uma mão celestial houvesse parado o filme, enquanto decidia o que fazer em seguida.

A porta se abriu, e Elton Parrakis entrou. Era imensamente gordo, e o cabelo, de um louro fosco, era penteado para trás em ondas ridículas que saíam da testa, deixando à mostra um rosto redondo de bebê que tinha um toque de perene perplexidade. Ele usava o uniforme azul e dourado da Companhia Vendo-Spendo. Olhou para Virginia Parrakis, ponderando.

— Abaixe essa faca, mamãe.

— Não! — gritou ela, mas o desmoronar da derrota já começara a lhe franzir o rosto.

Parrakis fechou a porta e começou a andar em direção à mãe. O homem bamboleava.

Ela se afastou, encolhendo-se.

— Você tem que mandá-lo embora, meu filho. É aquele bandido. Aquele Richards. Isso vai dar prisão, ou coisa pior. *Não quero que você vá embora!* — Ela começou a chorar, deixou cair a faca e desabou nos braços do filho.

Elton a abraçou e começou a balançá-la delicadamente, enquanto a mulher chorava.

— Não vou para a cadeia. Vamos, mamãe, não chore. Por favor, não chore.

Ele sorriu para Richards por sobre o ombro recurvado da mãe, ainda sacudido pelos soluços; era o sorriso constrangido de quem sentia muitíssimo por aquilo. Richards esperou.

— Pronto — disse Parrakis, depois que os soluços se reduziram a uma fungação. — O sr. Richards é amigo do Bradley Throckmorton e vai passar uns dias com a gente, mamãe.

Ela começou a gritar e o rapaz cobriu a boca da mãe com uma das mãos, sobressaltando-se ao fazê-lo.

— Sim, mamãe. Ele vai, sim. Vou levar o carro dele lá para o parque e instalar um alarme. E amanhã de manhã você vai levar um pacote ao correio e despachá-lo para Cleveland.

— Boston — corrigiu Richards, numa reação automática. — As fitas vão para Boston.

— Agora vão para Cleveland — disse Elton Parrakis, com um sorriso paciente. — O Bradley está foragido.

— Ai, meu Deus.

— Você também vai ficar foragido! — berrou a sra. Parrakis para o filho. — E eles vão pegá-lo, ainda por cima! Você é gordo demais!

— Vou levar o sr. Richards lá para cima e mostrar o quarto dele, mamãe.

— Sr. Richards? Sr. Richards? Por que você não o chama pelo nome certo? Veneno!

O rapaz desprendeu-se da mãe com toda a delicadeza e Richards o acompanhou, obedientemente, pela escada às escuras.

— Há vários quartos aqui — disse Parrakis, meio arfante, enquanto suas nádegas imensas se dobravam e se contraíam. — Isto aqui foi uma hospedaria, muitos anos atrás... quando eu era menino. O senhor vai ter vista para a rua.

— Talvez seja melhor eu ir embora — disse Richards. — Se Bradley foi descoberto, talvez sua mãe tenha razão.

— Este é o seu quarto — disse Parrakis, abrindo a porta para um cômodo úmido e empoeirado, que carregava o peso dos anos. Não parecia ter ouvido o comentário de Richards. — Receio que não seja grande coisa como acomodação, mas... — Virou-se para fitar Richards, com seu sorriso paciente de quem quer agradar. — Pode ficar o tempo que quiser. Bradley Throckmorton é o melhor amigo que já tive — esclareceu ele. O sorriso vacilou um pouco. — O *único* amigo que já tive. Vou cuidar da mamãe. Não se preocupe.

Richards apenas repetiu:

— É melhor eu ir embora.

— O senhor sabe que não pode. Aquela atadura na cabeça não enganou nem a mamãe por muito tempo. Vou levar seu carro para um lugar seguro, sr. Richards. Depois volto para conversarmos.

Retirou-se depressa, com o andar pesado. Richards notou que os fundilhos do uniforme dele tinham uma camada brilhante de uso. O homem pareceu deixar no quarto um vago aroma de desculpas.

Ao afastar um pouco a velha persiana verde, Richards o viu emergir na calçada rachada da frente, lá embaixo, e entrar no carro. Em seguida, tornou a sair. Voltou apressado em direção à casa, e Richards sentiu uma pontada de medo.

Passos pesados subindo a escada. A porta se abriu, e Elton sorriu para Richards.

— A mamãe tem razão — disse ele. — Não dou um agente secreto muito bom. Esqueci a chave.

Richards entregou o chaveiro e ensaiou uma piada:

— Meio agente secreto é melhor do que nenhum.

A brincadeira tocou num ponto sensível, ou talvez não tenha despertado emoção alguma; Elton Parrakis carregava seus tormentos consigo, de modo muito claro, e Richards quase pôde ouvir o fantasma das vozes zombeteiras das crianças que o seguiriam para sempre, como pequenos rebocadores atrás de um grande transatlântico.

— Obrigado — completou Richards, baixinho.

Parrakis se retirou e o carrinho em que Richards viera de New Hampshire foi levado em direção ao parque.

Richards tirou a capa plástica que cobria a cama e se deitou devagar, respirando de leve e sem olhar para nada além do teto. A cama pareceu agarrá-lo num abraço perversamente úmido, mesmo através dos lençóis, da colcha e de sua roupa. Um cheiro de orvalho infiltrou-se por suas narinas, feito uma rima sem sentido.

Lá embaixo, a mãe de Elton chorava.

... MENOS 50

E A CONTAGEM CONTINUA...

Richards cochilou um pouco, mas não conseguiu dormir. A escuridão era quase completa quando ouviu outra vez na escada os passos pesados de Elton, e então girou o corpo e se sentou na cama, apoiando os pés no chão, aliviado.

Quando Parrakis bateu à porta e entrou, Richards notou que trocara o uniforme por uma camisa esportiva, que mais parecia uma barraca, e jeans.

— Consegui — disse ele. — Está no parque.

— Vão depená-lo?

— Não — respondeu Elton. — Tenho um aparelhinho. Uma bateria e dois grampos denteados. Se alguém encostar a mão ou um pé de cabra no carro, leva um choque e ouve a buzina rápida de uma sirene. Funciona bem. Eu mesmo montei.

Ele se sentou com um suspiro pesado.

— Que história é essa de Cleveland? — perguntou Richards (era fácil fazer perguntas a Elton, constatou).

Parrakis deu de ombros.

— Ah, ele é um sujeito como eu. Eu o vi uma vez em Boston, na biblioteca com o Bradley. Nosso clubinho antipoluição. Imagino que mamãe tenha dito alguma coisa sobre isso.

Esfregou as mãos e deu um sorriso infeliz.

— Ela me disse alguma coisa — concordou Richards.

— Ela... é meio obtusa — explicou Parrakis. — Não entende

muito do que tem acontecido nos últimos vinte anos, mais ou menos. Passa o tempo todo com medo. Sou tudo que ela tem.

— Vão pegar o Bradley?

— Não sei. Ele tem uma bela... hã... rede secreta — respondeu Elton, mas desviou os olhos dos de Richards.

— Você...

A porta se abriu, e a sra. Parrakis apareceu. Estava com os braços cruzados e sorria, mas havia pavor em seus olhos.

— Chamei a polícia — declarou. — Agora você vai ter que ir embora.

O rosto de Elton desbotou-se num branco-amarelo perolado.

— Você está mentindo — disse ele.

Richards pôs-se de pé, cambaleante, e parou, com a cabeça inclinada num gesto de quem ouvia.

Vagamente, aumentando, o som de sirenes.

— Ela não está mentindo — afirmou ele. Uma sensação nauseante de inutilidade percorreu seu corpo. De volta à estaca zero. — Leve-me até meu carro.

— Ela está mentindo — insistiu Elton. Levantou-se, quase tocou o braço de Richards, mas afastou a mão, como se o contato com o outro homem fosse queimá-lo. — São caminhões dos bombeiros.

— Leve-me até meu carro. Depressa.

As sirenes iam ficando mais altas, seus gemidos subindo e descendo. O som encheu Richards de um pavor onírico, trancado ali com aqueles dois birutas, enquanto...

— Mãe... — O rosto do rapaz se contorceu, implorando.

— Chamei, sim! — explodiu ela, e agarrou um dos braços estufados do filho, como se fosse sacudi-lo. — Tive que chamar! Por você! Aquele negrinho deixou você todo confuso! A gente diz que ele invadiu a casa e recebe o dinheiro da recompensa...

— Venha — rosnou Elton para Richards, e tentou se soltar da mãe.

Mas ela continuou a agarrá-lo, obstinadamente, como um cãozinho infernizando um cavalo percherão.

— Tive que ligar. Você tem que parar com essa história radical, Eltie! Você tem que...

— Eltie! — gritou ele. — *Eltie!*

Ele a jogou longe. Virginia tropeçou pelo quarto e caiu atravessada na cama.

— Depressa — disse Elton, com o rosto cheio de pavor e sofrimento. — Vamos, ande depressa!

Aos trancos, os dois desceram a escada e saíram pela porta da frente, Elton partindo num trote gigantesco e trêmulo. Recomeçou a arquejar.

E, lá em cima, filtrando-se pela janela fechada e pela porta aberta no térreo, o grito da sra. Parrakis elevou-se a um uivo, que se encontrou e se misturou com as sirenes que se aproximavam:

— FIZ ISSO POR VOCÊ, MEU FIIIIIIIIIIILHO...

... MENOS 49

E A CONTAGEM CONTINUA...

Suas sombras os perseguiram ladeira abaixo, em direção ao parque, aumentando e diminuindo à medida que eles se aproximavam e passavam pelos postes de luz da GA, protegidos por redes metálicas. Elton Parrakis respirava feito uma locomotiva, em enormes golfadas de vento e assobios.

Atravessaram a rua e, de repente, os faróis os captaram na calçada oposta, num relevo nítido. As luzes piscantes azuis continuaram a brilhar quando o carro da polícia parou num solavanco, cantando os pneus, a cem metros de distância.

— *RICHARDS! BEN RICHARDS!*

A voz gigantesca, trovejando no megafone.

— Seu carro... lá adiante... viu? — arquejou Elton.

Richards mal conseguiu discernir o veículo. Elton o estacionara bem, sob uma moita de bétulas dormentes perto do lago.

De repente, a viatura voltou à vida, com os pneus traseiros deixando as marcas da borracha quente no asfalto, e o motor a gasolina gemendo em giros crescentes. Deu um salto ao passar sobre o meio-fio, erguendo os faróis para o céu, e desceu apontando diretamente para eles.

Richards virou-se para encarar a viatura, de repente sentindo-se muito calmo, quase entorpecido. Tirou do bolso a pistola de Bradley, ainda andando de costas. Não havia outros policiais à vista. Era só aquele. O carro veio gritando na direção deles pelo árido chão outonal do parque, com os pneus autovedantes das rodas traseiras arrancando grandes nacos de terra preta.

Ben disparou dois tiros contra o para-brisa, que rachou, mas não se estilhaçou. No último segundo, deu um pulo para o lado e rolou no chão. A grama seca roçou seu rosto. De joelhos, ele fez mais dois disparos em direção à traseira do carro, que começou a voltar depois de um cavalo de pau acelerado, com as luzes azuis transformando a noite num louco pesadelo que saltava sobre as sombras. A viatura estava entre Richards e seu carro, mas Elton havia pulado para o lado oposto e, nesse momento, trabalhava freneticamente para tirar seu dispositivo elétrico da porta.

Havia alguém com meio corpo para fora da janela do carona no carro da polícia, que se pusera outra vez em movimento. Um som alto e intermitente encheu a escuridão. Metralhadora. As balas perfuraram a relva em volta de Richards, num desenho absurdo. A terra acertou o rosto dele, tamborilando em sua testa.

Richards se ajoelhou como se rezasse e disparou de novo contra o para-brisa. Dessa vez, a bala perfurou o vidro.

O carro estava quase em cima dele…

Richards deu um pulo para a esquerda e o para-choque de aço reforçado atingiu seu pé esquerdo, quebrando o tornozelo e fazendo-o cair de cara no chão.

O ruído do motor da viatura avolumou-se num ronco de superalimentação, acelerando mais um giro. Os faróis tornaram a atingi-lo em cheio, transformando tudo numa completa monocromia. Richards tentou ficar de pé, mas o tornozelo quebrado não sustentou seu peso.

Engolindo grandes golfadas de ar, ele viu o carro da polícia avultar novamente. Tudo se intensificou, tornou-se surreal. Richards estava vivendo um delírio de adrenalina, e tudo parecia lento, deliberado, orquestrado. A patrulha policial que se aproximava lembrava um enorme búfalo cego.

A metralhadora tornou a disparar com estrépito e, dessa vez, uma bala atravessou seu braço esquerdo, derrubando-o de lado. O veículo pesado tentou virar para pegá-lo e, por um instante, ele teve a chance de um tiro direto contra a figura atrás do volante. Fez um disparo e o para-brisa se estilhaçou, voando para dentro do carro. A viatura guinchou, numa guinada lenta e impetuosa, depois subiu e capotou, desabando sobre o teto e tombando de lado. O motor parou e, no silêncio repentino e assustador, ouviu-se claramente o estalar do rádio.

Richards ainda não conseguia ficar de pé, de modo que começou a se arrastar em direção a seu carro. Parrakis já havia entrado e tentava dar a partida, mas, tomado pelo pânico, devia ter se esquecido de baixar a alavanca que abria as válvulas de segurança da saída de ar; toda vez que girava a chave, só se ouvia o estrondo oco e tossido do ar nas câmaras.

A noite começou a se encher de sirenes convergentes.

Richards ainda tinha que percorrer quase cinquenta metros para chegar ao carro, quando Elton percebeu o que estava errado e baixou a alavanca. Assim que girou a chave outra vez, o motor pegou, depois de engasgar algumas vezes, e o automóvel aeromotor planou velozmente em direção a Richards.

Ele se pôs parcialmente de pé, abriu a porta do passageiro e se jogou para dentro. Parrakis dobrou à esquerda na rota 77, que cruzava a rua State acima do parque, com a base do carro a não mais de cinco centímetros do chão, quase baixo o bastante para que fossem arrastados e explodissem.

Elton engolia enormes golfadas de ar e as soltava com tanta força que seus lábios tremiam como persianas nas janelas.

Outros dois carros de polícia uivaram atrás deles, dobraram a esquina, acenderam as luzes azuis e começaram a perseguição.

— Estamos devagar demais! — gritou Elton. — Estamos devagar…

— Os carros deles são de rodas! — berrou Richards de volta. — Corte caminho por aquele terreno baldio!

O aerocarro virou à esquerda, e eles levaram uma pancada violenta de baixo para cima ao passarem sobre o meio-fio. A pressão repetida do ar empurrou-os para a frente e o carro ganhou impulso.

Os carros da polícia avultaram atrás e começaram a atirar. Richards ouviu os dedos de aço perfurarem a lataria do carro. O vidro traseiro foi lançado com enorme estrondo para dentro, e fragmentos do vidro de segurança os acertaram.

Aos gritos, Elton jogou o carro para a esquerda e para a direita.

Uma das viaturas, a cem quilômetros por hora ou mais, perdeu o controle ao passar pelo meio-fio. O carro deu uma guinada violenta, as luzes giratórias azuis nas cúpulas sobre o teto cortaram a escuridão com raios desvairados de luz, e o veículo desabou de lado, cavando um sulco quente em meio ao lixo acumulado no terreno baldio, até que uma centelha atingiu seu tanque de gasolina, cuja traseira fora descascada. Ele explodiu num clarão branco, como um foguete de sinalização rodoviário.

A segunda viatura seguia novamente pela estrada, mas Elton a deixou para trás. Os dois se distanciaram do automóvel, mas ele não tardaria a recuperar a distância perdida. Os carros terrestres movidos a gasolina eram quase três vezes mais velozes do que os carros a ar. E, quando um aerocarro tentava afastar-se demais da estrada, o terreno acidentado abaixo dos propulsores podia jogá-lo para cima e fazê-lo capotar, como quase havia acontecido com Parrakis ao passar pelo meio-fio.

— Vire à direita! — gritou Richards.

Parrakis deu outra guinada rangente, daquelas de embrulhar o estômago. Estavam na rota 1; lá adiante, Richards viu que logo seriam forçados a entrar no acesso ao Trevo Costeiro. Lá, nenhuma ação evasiva seria possível; somente a morte.

— Pare! Pare, porra! Naquela viela!

Por um instante, o carro da polícia ficou uma curva atrás deles, perdido de vista.

— NÃO! Não! — balbuciou Parrakis, falando depressa. — Vamos ser como ratos numa ratoeira!

Richards inclinou o corpo e girou o volante, no mesmo gesto arrancando a mão de Elton do acelerador manual. O aerocarro rodopiou quase noventa graus e ricocheteou no concreto do prédio à esquerda da entrada do beco, o que fez com que ele se projetasse para a frente, descrevendo uma curva. O nariz rombudo do carro acertou uma pilha de detritos, latas de lixo e caixotes. Atrás deles, tijolos sólidos.

Com o impacto, Richards foi violentamente lançado contra o painel e seu nariz quebrou-se num estalo súbito, esguichando sangue com uma força brutal.

O aerocarro ficou meio de banda na viela, com um dos cilindros ainda tossindo um pouco. Parrakis era uma massa disforme, debruçado sobre o volante. Mas não tinha tempo para lidar com ele agora.

Richards deu um tranco com o ombro na porta do carona, que estava emperrada. Quando se abriu, Ben foi pulando numa perna só até a entrada do beco. Recarregou o revólver, usando balas da caixa amassada de munição que Bradley fornecera. Elas transmitiam uma sensação fria e gordurosa ao serem tocadas. Richards derrubou algumas. Seu braço havia começado a latejar como um dente ulcerado, deixando-o aflito e nauseado de dor.

Os faróis fizeram a autoestrada municipal deserta passar da noite para um dia sem sol. A viatura derrapou na curva, com os pneus traseiros lutando para recobrar a tração e desprendendo o cheiro fragrante de borracha queimada. Marcas escuras e sinuosas entalharam parábolas no asfalto. Depois, o carro tornou a avançar. Richards segurou o revólver com as duas mãos, encostado no prédio à esquerda. Num instante, perceberiam que as luzes traseiras não eram visíveis mais adiante. O policial que segurava a metralhadora veria o beco, saberia…

Fungando o sangue que escorria do nariz quebrado, ele começou a atirar. O alcance era quase à queima-roupa e, dessa distância, os projéteis potentes destroçaram o vidro à prova de balas como se fosse papel. Cada coice da pistola pesada fazia um latejo atravessar o braço ferido de Richards e o levava a gritar.

O carro roncou sobre o meio-fio, alçou um breve voo sem asas e arremeteu contra o muro branco de tijolos do outro lado da rua. No muro, um anúncio desbotado dizia: ECO — CONSERTOS DE GRATUITV. COMO OS PROGRAMAS LHE SÃO CAROS, GARANTIMOS NOSSOS REPAROS.

A viatura, ainda uns trinta centímetros acima do chão, chocou-se com o muro em alta velocidade e explodiu.

Mas havia outras chegando, sempre outras.

Arfante, Richards voltou ao aerocarro. A perna boa estava muito cansada.

— Estou machucado — disse Parrakis num gemido oco. — Estou muito ferido. Cadê a mamãe? Cadê a minha mamãe?

Richards caiu de joelhos, contorceu-se de costas por baixo do aerocarro, e começou a puxar lixo e detritos das câmaras de ar, feito um louco. O sangue lhe escorria do nariz quebrado, descia pelo rosto e se acumulava em poças junto às orelhas.

... MENOS 48

E A CONTAGEM CONTINUA...

O carro rodava com apenas cinco dos seis cilindros e não passava de sessenta quilômetros por hora, tombando feito bêbado para um dos lados.

Parrakis dava instruções do banco do carona, para onde Richards o havia deslocado. A barra de direção havia perfurado o abdômen dele feito uma estaca de trilho, e Richards achou que o rapaz estava morrendo. O sangue sobre o volante amassado era quente e pegajoso nas palmas de suas mãos.

— Sinto muito — disse Parrakis. — Vire à esquerda aqui... A culpa é minha mesmo. Eu devia saber. Ela... ela não raciocina direito. Ela não...

Tossiu uma golfada de sangue escuro e a cuspiu apaticamente no colo. As sirenes enchiam a noite, mas estavam muito atrás e mais à esquerda. Tinham saído pela Via Marginal, de onde Parrakis orientara Richards por estradas de terra. Haviam entrado na rota 9, em direção ao norte, e os subúrbios de Portland iam se transformando num árido cerrado rural de outubro. Os madeireiros vorazes haviam passado por ali feito gafanhotos, e o resultado final era um emaranhado espantoso de vegetação secundária e pântanos.

— Você sabe para onde está me guiando? — perguntou Richards. Todo ele era uma dor imensa, da cabeça aos pés. Tinha certeza de que seu tornozelo estava quebrado, e não havia a menor dúvida quanto ao nariz. A respiração passava em arquejos rasos.

— Para um lugar que eu conheço — respondeu Elton Parrakis, e tossiu mais sangue. — Ela sempre me dizia que a melhor amiga de um rapaz é sua mãe. Dá para acreditar? Eu acreditava. Será que vão machucá-la? Levá-la para a cadeia?

— Não. — Foi a resposta curta de Richards, que não sabia se o fariam ou não. Faltavam vinte minutos para as oito. Ele e Elton tinham saído da Porta Azul às dez para as sete. Era como se décadas tivessem se passado.

Ao longe, mais sirenes juntavam-se ao coro geral. *O inominável em plena perseguição do incomível*, foi a ideia desconexa de Richards. *Se você não aguenta o calor, saia da cozinha.* Ele havia despachado sozinho duas viaturas. Outro bônus para Sheila. Dinheiro sujo de sangue. E Cathy. Será que Cathy ia adoecer e morrer com o leite pago com o dinheiro da recompensa? *Como vão, meus amores? Amo vocês. Aqui, nos meandros dessa louca estrada de terra que só serve para caçadores de veados e casais em busca de um bom lugar para transar, amo vocês e desejo que tenham doces sonhos. Desejo...*

— Vire à esquerda — grunhiu Elton.

Richards virou à esquerda numa estrada lisa, revestida de breu, que atravessava um emaranhado de sumagres e olmos, pinheiros e píceas desnudos, arbustos rasteiros que pareciam um pesadelo. Um rio fedorento e sulfuroso, por causa dos dejetos industriais, agrediu seu olfato. Alguns ramos baixos arranharam o teto do carro, com grasnidos esqueléticos. Elton e Richards passaram por uma placa que dizia: SUPER SHOPPING PINHEIRO — EM CONSTRUÇÃO — ENTRADA PROIBIDA! — INVASORES SERÃO PUNIDOS!

Chegaram ao topo de uma última ladeira, e lá estava o Super Shopping Pinheiro. O trabalho devia ter sido interrompido pelo menos dois anos antes, pensou Richards, e não devia estar muito adiantado quando isso ocorreu. O lugar era um labirinto, um viveiro de ratos, feito de armazéns e lojas parcialmente construídos, pedaços de canos descartados, pilhas de blocos de concreto e tábuas, barracões e abrigos pré-fabricados de metal corrugado enferrujados, e tudo invadido pela vegetação alta, formada por genebreiros e loureiros mirrados, milheiras e abetos-azuis, amoreiras-pretas e abrunheiros, piloselas e varas-de-ouro desfolhadas. E se estendia por quilômetros. Imensos buracos oblongos das fundações, que pareciam sepulturas cavadas para deuses romanos. Estruturas de aço enferrujadas. Paredes de cimento de onde se projetavam vergalhões de aço, como obscuros criptogramas. Áreas terraplanadas que deveriam vir a ser estacionamentos, já cobertas de vegetação.

Em algum ponto, no alto, uma coruja planava com as asas imóveis e silenciosas, caçando.

— Ajude-me… a passar para o banco do motorista.

— Você não está em condições de dirigir — disse Richards, empurrando sua porta com força para abri-la.

— É o mínimo que posso fazer — insistiu Elton Parrakis, com uma gravidade absurda e ensanguentada. — Vou bancar a lebre… dirigir o máximo que eu puder.

— Não — retrucou Richards.

— Me deixe ir! — gritou Elton, com uma expressão terrível e grotesca no rosto gordo de bebê. — Estou morrendo, e é melhor você me deixar…

A fala se extinguiu num acesso de tosse medonho e silencioso, que provocou novas golfadas de sangue. Havia um cheiro muito úmido no carro, como o de um matadouro.

— Me ajude — sussurrou Elton. — Sou gordo demais para fazer isso sozinho. Por favor, me ajude a fazer isso, meu Deus!

Richards ajudou-o. Empurrou e arquejou, e suas mãos escorregaram e patinaram no sangue de Elton. O banco da frente era um abatedouro. E Elton (quem imaginaria que uma pessoa pudesse ter tanto sangue?) continuava a sangrar.

Depois, se encaixou atrás do volante, e o aerocarro subiu cambaleando e fez a volta. As luzes de freio acenderam e apagaram, acenderam e apagaram, e o carro roçou de leve nas árvores até Elton encontrar a estrada.

Richards achou que ouviria o estrondo da batida, mas não houve ruído algum. O bate-bate irregular dos cilindros de ar foi ficando mais fraco, pulsando no ritmo mortífero do cilindro vazio, que queimaria os outros em cerca de uma hora. O barulho diminuiu aos poucos.

Depois, não houve som algum, a não ser o zunir distante de um avião. Richards percebeu, tarde demais, que deixara na traseira do carro as muletas que havia comprado para servirem de disfarce.

No céu, as constelações rodopiavam, indiferentes.

Ele conseguia ver sua respiração em pequenos sopros congelados; a noite estava mais fria.

Afastou-se da estrada e mergulhou no matagal do canteiro de obras.

... MENOS 47

 E A CONTAGEM CONTINUA...

Richards avistou uma pilha de mantas de isolamento no fundo de um buraco do galpão e desceu, usando os vergalhões protuberantes como se fossem alças. Achou um pedaço de pau e bateu nas mantas para espantar os ratos. Nada veio recompensá-lo senão uma poeira densa e fibrosa, que o fez espirrar e gritar ante a explosão de dor no nariz maltratado. Nada de ratos. Estavam todos na cidade. Ele soltou uma gargalhada áspera, que soou entrecortada e estilhaçada em meio à vasta escuridão.

Enrolou-se em pedaços das mantas de isolamento até parecer um iglu humano — mas ficou aquecido. Recostou-se na parede e caiu num cochilo superficial.

Quando despertou por completo, uma lua tardia, que não passava de uma tira fria de luz, pairava no leste do horizonte. Ele continuava sozinho. Não havia sirenes. Talvez fossem três horas da manhã.

O braço latejava incomodamente, mas o fluxo de sangue havia parado por si só, o que Richards percebeu ao tirar o braço da manta isolante e soltar delicadamente as fibras do coágulo que se formara. A bala da metralhadora parecia haver arrancado um pedaço bem grande e triangular de carne da lateral do braço, pouco acima do cotovelo. Achou ter tido sorte de a bala não haver destroçado o osso. Mas o tornozelo latejava com uma dor incessante e profunda. O pé em si parecia estranho e etéreo, mal ligado ao corpo. Achou que deveria pôr uma tala na fratura.

Pensando nisso, tornou a adormecer.

Quando acordou, sentia-se mais lúcido. A lua subira até metade do céu, mas ainda não havia sinal de aurora, verdadeira ou falsa. *Ele estava esquecendo alguma coisa...*

A lembrança lhe veio num incômodo sobressalto de percepção.

Tinha que despachar duas gravações pelo correio antes do meio-dia para que chegassem ao Edifício dos Jogos antes das seis e meia, quando o programa ia ao ar. Isso significava deslocar-se ou abrir mão do dinheiro.

Mas Bradley estava foragido ou fora capturado.

E Elton Parrakis não chegara a lhe dar o nome da pessoa de Cleveland.

E seu tornozelo estava quebrado.

De repente, alguma coisa grande (um veado?, mas eles não estavam extintos no leste?) chocou-se com as moitas à sua direita, fazendo-o dar um salto. Os pedaços de manta isolante escorregaram de seu corpo feito cobras, e ele tornou a puxá-los com esforço, fungando pelo nariz quebrado.

Richards era um cidadão urbano, sentado num canteiro de obras que voltara à condição de mata virgem, no meio de lugar nenhum. De repente, a noite lhe pareceu viva e maléfica, assustadora por si só, repleta de encontrões e rangidos.

Ele respirou pela boca, considerando suas alternativas e as consequências de cada uma.

1. *Não fazer nada.* Apenas ficar sentado ali e esperar as coisas se acalmarem. Consequência: o dinheiro que ele vinha acumulando, à razão de cem dólares por hora, seria cortado às seis horas da noite. Ele fugiria de graça, mas a caçada não cessaria, nem mesmo se conseguisse evitá-los pelo total dos trinta dias. Continuaria até ele ser carregado numa tábua.

2. *Enviar os vídeos para Boston.* Isso não poderia prejudicar Bradley ou sua família, porque o disfarce deles já fora descoberto. Consequências: (1) as fitas certamente seriam enviadas a Harding pelos Caçadores que vigiavam a correspondência de Bradley, mas (2) eles continuariam aptos a rastreá-lo diretamente até qualquer

lugar de onde as despachasse, sem a intermediação do carimbo postal de Boston.

3. *Enviar as fitas diretamente para o Edifício dos Jogos, em Harding.* Consequências: a caçada prosseguiria, mas era provável que ele fosse reconhecido em qualquer cidade grande o bastante para dispor de uma caixa de correio.

Eram escolhas terríveis, todas.

Obrigado, sra. Parrakis. Obrigado.

Richards se levantou, pôs de lado as tiras de manta isolante e jogou por cima a atadura inútil da cabeça. Ao pensar melhor, enterrou-a no material de isolamento.

Começou a vasculhar o local em busca de algo que pudesse usar como muleta (a ironia de ter deixado as muletas de verdade no carro lhe veio de novo à mente), e, ao encontrar uma tábua que vinha mais ou menos até a altura da axila, jogou-a pela borda do buraco do galpão e começou a escalá-lo penosamente, segurando-se nos vergalhões.

Ao chegar lá em cima, ao mesmo tempo suando e tremendo de frio, percebeu que conseguia enxergar as mãos. Os primeiros raios cinzentos e vagos do amanhecer tinham começado a varar a escuridão. Richards olhou com tristeza para o canteiro de obras deserto e pensou: *Teria sido um esconderijo tão bom...*

Nada disso. Não era para ele ser um homem escondido; ele era um foragido. Não era isso que mantinha os índices de audiência elevados?

Uma bruma baixa e nebulosa feito catarata insinuava-se aos poucos por entre as árvores desfolhadas. Richards parou para se orientar e partiu em direção às árvores que ladeavam o Super Shopping abandonado, ao norte.

Só parou uma vez, para enrolar o paletó no topo da muleta improvisada, e seguiu em frente.

... MENOS 46

E A CONTAGEM CONTINUA...

Fazia duas horas de plena luz do dia e Richards quase se convencera de estar andando em grandes círculos, quando ouviu, através das amoreiras-pretas exuberantes e das moitas baixas mais adiante, o rangido dos aerocarros.

Avançou com cautela e avistou uma estrada pavimentada de duas pistas. Os carros passavam de um lado para outro com bastante regularidade. Uns oitocentos metros adiante, conseguiu discernir um aglomerado de casas e o que seria um posto de abastecimento de ar, ou um antigo armazém com bombas na parte da frente.

Continuou a avançar em paralelo à estrada, caindo de vez em quando. Seu rosto e suas mãos eram um rendilhado de sangue, por causa das urzes e sarças, e sua roupa estava cravejada de carrapichos marrons. Ele havia desistido de tentar tirá-los. Tufos de dente-de-leão flutuavam de leve sobre seus ombros, dando-lhe a aparência de quem estivera numa briga de travesseiros. Richards estava molhado da cabeça aos pés; conseguira atravessar a salvo os dois primeiros riachos, mas, no terceiro, a "muleta" havia escorregado no fundo traiçoeiro, e ele caíra de cabeça. A câmera, óbvio, não sofrera nenhum dano. Era à prova d'água e à prova de choques. Óbvio.

As moitas e árvores foram rareando. Richards pôs-se de quatro e começou a engatinhar. Depois de avançar tanto quanto pareceu possível prosseguir em segurança, estudou a situação.

Estava numa pequena elevação de terra, uma península em meio aos arbustos mirrados que atravessara. Abaixo ficavam a estrada, algumas casas térreas e um armazém com bombas de ar. Havia um carro sendo abastecido enquanto o motorista, um homem vestindo um agasalho de suede, conversava com o frentista. Ao lado da loja, junto a três ou quatro vendedoras automáticas de chicletes e uma de maconha, havia uma caixa de correio azul e vermelha. Ficava a pouco menos de duzentos metros de distância. Ao olhá-la, Richards percebeu com amargura que, se houvesse chegado antes do amanhecer, provavelmente poderia ter resolvido seu problema sem ser visto.

Bem, não chorar por leite derramado e coisa e tal. Os melhores planos de ratos e homens.

Recuou até conseguir ajustar a câmera e fazer a gravação sem ser visto.

— Olá, pessoal, gente maravilhosa da terra da GratuiTV — começou. — Aqui é o jovial Ben Richards, levando-os para sua excursão anual pela natureza. Se olharem com atenção, poderão ver um destemido tangará vermelho ou um grande chupim sarapintado. Talvez até um ou dois pássaros-porcos de barriga amarela. — Fez uma pausa e prosseguiu: — Pode ser que eles deixem passar esta parte, mas não o restante. Se vocês forem surdos e souberem fazer leitura labial, lembrem-se do que estou dizendo. Contem a um vizinho ou a um amigo. Espalhem a informação. A Rede está envenenando o ar que vocês respiram e negando à população uma proteção barata, porque...

Gravou as duas fitas e guardou-as nos bolsos das calças. Certo. E agora? A única saída possível era ir até lá empunhando o revólver, depositar as fitas na caixa e correr. Poderia roubar um carro. Afinal, não era como se não fossem descobrir onde ele estava.

Deixando a mente vagar, perguntou-se até onde Parrakis teria chegado antes de o derrubarem. Já havia sacado e empunhado o revólver quando ouviu a voz, assustadoramente próxima, talvez junto a seu ouvido esquerdo.

— Vem, Rolf!

Houve uma irrupção súbita de latidos, que fez Richards saltar bruscamente e mal lhe deu tempo para pensar: *Cães policiais, meu*

Deus, eles têm cães policiais, e então uma coisa enorme e negra saiu do esconderijo e arremeteu contra ele.

O revólver foi derrubado no mato e Richards caiu de costas. O cachorro ficou em cima dele, um enorme pastor-alemão com um toque generoso de vira-lata, lambendo seu rosto e babando em sua camisa. O rabo se agitava de um lado para outro, em vigorosos sinais de alegria.

— Rolf! Ei, Rolf! Rol... ah, meu Deus!

Richards teve um vislumbre obscuro de pernas que corriam dentro de uma calça de brim azul-marinho, e então um garotinho começou a puxar o cachorro para afastá-lo.

— Puxa, desculpe, moço. Puxa, ele não morde, é burro demais pra morder, só faz carinho, ele não... Nossa, o senhor tá todo ferrado! Está perdido?

O menino segurava Rolf pela coleira e olhava para Richards com franco interesse. Era um menino bonito, bem-proporcionado, com uns onze anos, e o rosto não exibia nada da expressão pálida e manchada dos rostos dos bairros miseráveis. Havia algo suspeito e estranho em seus traços, mas também familiar. Passado um instante, Richards reconheceu do que se tratava. Era a inocência.

— Sim — respondeu, secamente. — Eu me perdi.

— Puxa, o senhor deve ter levado um bocado de tombos.

— Foi mesmo, parceiro. Quer dar uma olhada de perto em meu rosto, para ver se está muito arranhado? Eu não consigo, sabe como é.

O menino inclinou-se obediente e examinou o rosto de Richards. Nem sinal de um lampejo de reconhecimento. Richards ficou satisfeito.

— Tá tudo cortado pelos carrapichos — disse o menino (havia em sua voz um delicado sotaque nasalado da Nova Inglaterra; não exatamente do Maine, mas ligeiramente saltitante, sarcástico) —, mas o senhor sobrevive. — Ele franziu o cenho. — O senhor fugiu de Thomaston? Sei que não é de Pineland, porque o senhor não parece retardado.

— Não fugi de lugar nenhum — disse Richards, pensando consigo mesmo se aquilo era mentira ou verdade. — Estava pegando carona. Mau hábito, parceiro. Você nunca faz isso, não é?

— De jeito nenhum — respondeu o garoto, com seriedade. — Tem uns caras malucos andando pelas estradas hoje em dia. É o que meu pai diz.

— Ele tem razão — concordou Richards. — Mas é que eu tinha que chegar ao… hã…

Estalou os dedos, numa pantomima de quem acabara de esquecer.

— Você sabe, ao jatódromo.

— O senhor deve querer dizer o Campo Voigt.

— Isso mesmo.

— Xi, isso fica a quase duzentos quilômetros daqui, moço. Em Derry.

— Eu sei — disse Richards, com ar pesaroso, e passou a mão no pelo de Rolf. O cachorro rolou no chão, obsequioso, e se fez de morto. Richards refreou a ânsia de dar uma risada mórbida.

— Peguei uma carona na fronteira de New Hampshire com três sujeitos. Uns caras valentões de verdade. Eles me deram uma surra, roubaram minha carteira e me jogaram num shopping abandonado…

— Sei, eu conheço aquele lugar. Nossa, o senhor quer dar uma chegada lá em casa e tomar um café?

— Eu gostaria, rapaz, mas o tempo voa. Tenho que chegar àquele jatódromo hoje à noite.

— Vai pegar outra carona? — disse o menino, arregalando os olhos.

— Tenho que pegar.

Richards começou a se levantar, depois deitou de novo, como se lhe houvesse ocorrido uma grande ideia.

— Escute, será que você me faz um favor?

— Acho que sim — respondeu o menino, cauteloso.

Richards pegou as duas fitas gravadas.

— Isto aqui são comprovantes de despesas — explicou ele, com desenvoltura. — Se você as puser numa caixa de correio para mim, minha empresa vai enviar um bocado de dinheiro pra mim em Derry. E aí eu sigo alegremente meu rumo.

— Mesmo sem endereço?

— Eles têm remessa direta.

— Ah, entendi. Está bem. Tem uma caixa de correio ali no Armazém do Jarrold.

Ele se levantou, sem que seu rosto inexperiente conseguisse disfarçar a impressão de que Richards estava mentindo descaradamente.

— Vamos, Rolf.

Richards deixou o menino andar uns cinco metros e disse:

— Não. Volte aqui.

O menino deu meia-volta e retornou, arrastando os pés. Havia pavor em seu rosto. É claro, os buracos na história de Richards eram tão grandes que dava para passar um caminhão.

— Acho que tenho que contar tudo — declarou ele. — Eu falei a verdade sobre quase tudo, parceiro. Mas não queria correr o risco de você dar com a língua nos dentes.

O sol matinal de outubro aquecia maravilhosamente as costas e o pescoço de Richards, e ele desejou poder ficar o dia inteiro na colina e dormir um doce sono no calor outonal fugidio. Puxou o revólver de onde havia caído e o deixou solto na grama. Os olhos do menino se arregalaram.

— Governo — disse ele, calmo.

— Nossa! — sussurrou o menino. Rolf sentou-se ao lado dele, com a língua cor-de-rosa pendendo descuidada de um dos lados da boca.

— Estou atrás de uns sujeitos muito brabos, garoto. Você já viu que eles me ferraram pra valer. Esses clipes que você tem na mão *precisam* ser enviados.

— Eu ponho eles no correio — disse o menino, sem fôlego. — Puxa, espera só até eu contar…

— Pra ninguém — interrompeu Richards. — Não diga nada a ninguém por vinte e quatro horas. Pode haver represálias — acrescentou ele, em tom sinistro. — Portanto, até amanhã, a esta hora, você nunca me viu. Entendeu?

— Sim! É claro!

— Então, pode ir. E obrigado, parceiro.

Estendeu a mão e o menino a apertou, cheio de assombro.

Richards observou-os saltitarem colina abaixo, um menino de camisa escocesa vermelha e seu cachorro, correndo alegres por entre as varas-de-ouro que os ladeavam. *Por que minha Cathy não pode viver algo assim?*

Seu rosto se contorceu numa careta assustadora e totalmente inconsciente, feita de ira e ódio, e ele teria amaldiçoado o próprio Deus, se um alvo melhor não se houvesse interposto na tela escura de sua mente: a Federação dos Jogos. E, por trás dela, como a sombra de um deus mais tenebroso, a Rede.

Richards ficou olhando até ver o menino, reduzido a um tamanho minúsculo pela distância, jogar as fitas na caixa de correio.

Depois, levantou-se com dificuldade, ajeitando a muleta embaixo do braço, e voltou para os arbustos, tomando o rumo da estrada.

Pois então, para o jatódromo. Quem sabe alguém mais pagasse umas dívidas antes de tudo terminar.

... MENOS 45

E A CONTAGEM CONTINUA...

Richards tinha visto um cruzamento um quilômetro e meio antes, e foi nesse ponto que saiu do arvoredo, descendo desajeitadamente a encosta de cascalho entre as árvores e a estrada.

Sentou-se ali, como quem houvesse desistido de tentar pegar carona e resolvido desfrutar o sol morno. Deixou os dois primeiros carros passarem; ambos com dois homens, e achou que o risco seria alto demais.

Quando o terceiro se aproximou do sinal luminoso, entretanto, pôs-se de pé. A sensação de se ver cercado estava de volta. Era fatal que toda aquela área fosse perigosa, por mais longe que Parrakis tivesse conseguido chegar. O carro seguinte poderia ser uma viatura, e seria o fim do jogo.

No carro havia uma mulher, e ela estava sozinha. Não olharia para ele — os caroneiros eram desagradáveis e, portanto, deviam ser ignorados. Richards abriu a porta e entrou no carro, no instante em que ele recomeçava a acelerar. Foi levantado do chão e jogado de lado, com uma das mãos agarrando-se desesperadamente à coluna da porta, enquanto o pé bom se arrastava do lado de fora.

O silvo repentino dos freios; o aerocarro guinou loucamente.

— O que... quem... o senhor não pode...

Richards apontou-lhe o revólver, sabendo que sua aparência devia ser grotesca, vista de perto, como um homem que tivesse sido espremido num moedor de carne. Arrastou o pé para dentro e bateu a porta, sem que a arma oscilasse. A mulher estava vestida para as compras e usava óculos escuros recurvados. Bonita, pelo que ele podia ver.

— Pise fundo — disse Richards.

Ela fez o que seria previsível: fincou os dois pés no freio e soltou um grito. Richards foi projetado para frente, e o tornozelo ruim levou uma pancada excruciante. O aerocarro bamboleou até parar no acostamento, quinze metros depois de cruzar o sinal.

— Você é aquele... você é... R... R... R...

— Ben Richards. Tire as mãos do volante. Coloque-as no colo.

Ela obedeceu, tremendo convulsivamente. Não queria olhá-lo. Com medo de ser transformada em pedra, pensou Richards.

— Como é seu nome, moça?

— A-Amelia Williams. Não atire. Não me mate. Eu... eu... pode ficar com meu dinheiro, *só não me mate, pelo amor de Deus...*

— Psssiu — disse Richards, acalmando-a. — Psssiu, psssssiu.

Quando ela se aquietou um pouco, Richards disse:

— Não vou tentar fazê-la mudar de ideia a meu respeito, sra. Williams. É "senhora"?

— Sim — respondeu a mulher, automaticamente.

— Mas não tenho intenção de machucá-la. Compreende isso?

— Sim — disse ela, ansiosa. — O senhor quer o carro. Pegaram seu amigo e agora o senhor precisa de um carro. Pode levá-lo... está no seguro... eu nem conto a ninguém. Juro que não conto. Vou falar que alguém o roubou no estacionamento...

— A gente conversa disso depois — interrompeu Richards. — Comece a dirigir. siga pela Rota 1 e vamos falar desse assunto. Há algum bloqueio na estrada?

— N... sim. Centenas deles. Vão pegar você.

— Não minta, sra. Williams. Está bem?

Ela começou a dirigir, a princípio de forma atabalhoada, depois mais serena. O movimento pareceu acalmá-la. Richards repetiu a pergunta sobre os bloqueios.

— Perto de Lewiston — disse ela, num tom infeliz e amedrontado. — Foi lá que pegaram aquele outro verm... sujeito.

— A que distância fica isso?

— Cinquenta quilômetros ou mais.

Parrakis chegara mais longe do que Richards teria sonhado.

— O senhor vai me estuprar? — perguntou Amelia Williams, e foi tão repentino que Richards quase caiu na gargalhada.

— Não — respondeu ele, e acrescentou em tom displicente: — Sou casado.

— Eu a vi — disse Amelia, com uma espécie de dúvida zombeteira que fez Richards sentir vontade de socá-la. *Vá comer lixo, sua vaca. Mate o rato que estava escondido na caixa do pão, e depois veja se você pode falar da minha mulher.*

— Posso descer aqui? — perguntou ela, em tom súplice, e Richards tornou a se condoer um pouco da moça.

— Não — respondeu. — A senhora é minha proteção, sra. Williams. Tenho que chegar ao Campo Voigt, num lugar chamado Derry. A senhora vai me ajudar a chegar lá em segurança.

— Isso fica a duzentos e quarenta quilômetros daqui! — lamuriou-se.

— Outra pessoa me disse que não fica nem a duzentos.

— Pois ela estava errada. O senhor nunca vai chegar lá.

— Talvez eu chegue — disse Richards, e olhou para Amelia. — E talvez a senhora também, se agir direito.

Ela recomeçou a tremer, mas não disse nada. Sua atitude era a de uma mulher que torcia para acordar.

... MENOS 44

E A CONTAGEM CONTINUA...

Seguiram para o norte, por um outono que queimava como uma tocha.

As árvores, naquela região tão setentrional, não haviam sido assassinadas pelas grandes colunas de fumaça venenosa de Portland, Manchester e Boston; exibiam todos os matizes de amarelo, vermelho e um roxo intenso, que parecia explodir feito uma estrela. Despertaram em Richards um sentimento pungente de melancolia. Era um sentimento que, duas semanas antes, ele nunca teria suspeitado que suas emoções abrigassem. Dali a mais um mês, a neve cairia e cobriria tudo.

As coisas terminavam no outono.

Amelia pareceu intuir seu estado de espírito e ficou calada. O carro em movimento enchia o silêncio entre eles, embalava-os. Passaram pela ponte de Yarmouth e, depois disso, houve apenas bosques e trailers e barracos miseráveis com latrinas do lado de fora (mas era sempre possível avistar a conexão dos cabos da GratuiTV, aparafusada sob um peitoril de janela dilapidado e sem pintura, ou junto a uma porta com as dobradiças arrebentadas, piscando e enviando seus sinais heliográficos sob o sol), até entrarem em Freeport.

Havia três viaturas estacionadas logo na entrada da cidade, com os policiais reunidos numa espécie de conferência de beira de estrada. A mulher enrijeceu-se como um arame, com o rosto desesperadamente pálido, mas Richards sentia-se calmo.

Passaram pela polícia sem ser notados, e ela afundou no banco.

— Se eles estivessem monitorando o trânsito, viriam atrás de nós feito um raio — disse Richards, em tom casual. — A senhora poderia até ter escrito BEN RICHARDS ESTÁ NESTE CARRO na testa com tinta fosforescente.

— Por que o senhor não pode me soltar? — explodiu Amelia, e emendou, no mesmo fôlego: — Você tem um baseado?

Gente com Grana Fuma Juana. A ideia provocou um risinho irônico em Richards, que balançou a cabeça.

— Está rindo de mim? — perguntou a mulher, ofendida. — O senhor é mesmo descarado, não é, seu assassinozinho covarde? Metendo medo em mim, arrancando-me da minha vida, provavelmente planejando me matar, do jeito que matou aqueles pobres rapazes de Boston...

— Havia uma legião daqueles pobres rapazes — retrucou Richards. — Prontos para me matar. É o trabalho deles.

— Matar por dinheiro. Disposto a fazer qualquer coisa por dinheiro. Querendo subverter o país. Por que não arranja um trabalho decente? Porque é preguiçoso demais! Gente da sua laia cospe na cara de qualquer coisa decente.

— A senhora é decente? — perguntou Richards.

— Sou! — vociferou ela. — Não foi por isso que o senhor me escolheu? Por eu ser indefesa e... e decente? Para poder me usar, me fazer descer ao seu nível, e depois rir disso?

— Se a senhora é tão decente, por que é que tem seis mil dólares novos para comprar este carro de luxo, enquanto minha filhinha morre de *gripe*?

— O que... — ia dizendo Amelia, com ar estarrecido. Sua boca começou a se abrir, mas ela a fechou num estalo. — O senhor é inimigo da Rede. É o que dizem na GratuiTV. Vi algumas daquelas coisas asquerosas que o senhor fez.

— Sabe o que é asqueroso? — perguntou Richards, acendendo um cigarro do maço que estava sobre o painel. — Vou falar para você. Asqueroso é ser excluído do mercado por não querer trabalhar num emprego da General Atomics que vai deixar a gente estéril.

Asqueroso é ficar sentado em casa e ver a própria mulher ganhar o dinheiro da comida deitada numa cama. Asqueroso é saber que a Rede está matando milhões de pessoas com poluentes, todo ano, quando poderia fabricar filtros nasais por seis dólares cada um.

— O senhor está mentindo — disse ela. Os nós de seus dedos tinham ficado brancos no volante.

— Quando tudo acabar — continuou Richards —, a senhora pode voltar para seu belo apartamento duplex, acender um Juana, ficar chapada e adorar o jeito como sua nova prataria reluz sobre a cômoda. Não vai ter ninguém combatendo ratos com cabos de vassoura em seu bairro, nem ninguém fazendo cocô na escada dos fundos, porque o banheiro não funciona. Conheci uma garotinha de cinco anos que está com câncer de pulmão. Que tal isso como asqueroso? O que...

— Pare! — gritou Amelia. — *O senhor diz coisas obscenas!*

— Tem razão — disse ele, observando a paisagem campestre que passava. A desesperança o inundou feito água fria. Não havia nenhuma base de comunicação com aqueles belos escolhidos. Eles viviam onde o ar era rarefeito. Richards teve uma ânsia furiosa e repentina de fazer aquela mulher parar o carro: de derrubar seus óculos escuros no cascalho, arrastá-la pela terra, fazê-la comer uma pedra, estuprá-la, pular em cima dela, quebrar seus dentes e vê-los voando pelo ar, deixá-la nua e perguntar se estava começando a enxergar o panorama geral, aquele que passa vinte e quatro horas por dia no canal um, onde o hino nacional nunca toca antes do término da transmissão.

— Tem razão — resmungou Richards. — Eu e minhas obscenidades.

E A CONTAGEM CONTINUA...

Eles chegaram mais longe do que poderiam esperar, pensou Richards. Fizeram todo o trajeto até uma bonita cidadezinha à beira-mar, chamada Camden, a mais de cento e sessenta quilômetros de onde ele pegara uma carona com Amelia Williams.

— Escute — disse ele ao entrarem em Augusta, a capital do estado —, há uma boa chance de que eles nos farejem aqui. Não tenho o menor interesse em te matar. Entendeu?

— Sim — retrucou ela, e acrescentou, com vivo ódio: — O senhor precisa de uma refém.

— Certo. Logo, se um policial vier atrás de nós, a senhora para. Imediatamente. Abre a porta e se inclina para fora. Só se *inclina*. Seu bumbum não sai desse assento. Entendeu?

— Sim.

— Aí a senhora grita: "Benjamin Richards me tomou como refém. Se vocês não derem passe livre, ele me mata".

— E o senhor acha que *isso* vai funcionar?

— É melhor que funcione — disse ele, com tensa ironia. — É o seu que está na reta.

Ela mordeu o lábio e não disse nada.

— Vai funcionar. Eu acho. Vai surgir uma dúzia de câmeras em um piscar de olhos, esperando ganhar algum dinheiro dos Jogos, ou até o próprio prêmio Zapruder.* Com esse tipo de publicidade, eles vão ter que jogar limpo. Lamento que a senhora vá perder a oportunidade de nos ver abatidos por uma saraivada de balas para que eles pudessem se referir hipocritamente à senhora como a última vítima de Ben Richards.

— Por que o senhor *diz* essas coisas? — explodiu Amelia.

Ben não respondeu; apenas deixou-se deslizar para baixo no banco, até ficar apenas com o alto da cabeça à mostra, e esperou pelas luzes azuis no retrovisor.

Mas não houve luzes azuis em Augusta. Eles prosseguiram por mais uma hora e meia, margeando o oceano enquanto o sol começava a se pôr, captando pequenos lampejos e cristais da água, atravessando campos, cruzando pontes e passando por abetos carregados.

Eram mais de duas horas quando fizeram uma curva, não muito longe da fronteira da cidade de Camden, e viram um bloqueio na estrada, com duas viaturas estacionadas de cada lado. Dois policiais verificavam um lavrador numa velha picape e lhe faziam sinal para seguir em frente.

— Avance mais uns sessenta metros e pare — disse Richards. — Faça exatamente o que eu falei.

Amelia estava pálida, mas parecia controlada. Resignada, talvez. Pisou com calma no freio, e o aerocarro parou tranquilamente no meio da estrada, a quinze metros da barreira.

O policial que segurava a prancheta fez sinais imperiosos para que ela avançasse. Quando o carro não se moveu, ele olhou com ar indagador para seu parceiro. Um terceiro policial, que estivera sentado num dos carros da patrulha, com os pés para cima, de repente segurou o microfone preso sob o painel e começou a falar depressa.

Lá vamos nós, pensou Richards. *Ah, meu Deus, lá vamos nós.*

---

* O prêmio, que não existe como tal, refere-se à filmagem feita por Abraham Zapruder, um espectador de Dallas que usava sua câmera para filmar a passagem da carreta presidencial em 1963 e que, por acidente, filmou o assassinato de John Kennedy. (N. T.)

... MENOS 42

E A CONTAGEM CONTINUA...

Era um dia muito luminoso (a chuva constante de Harding parecia estar a anos-luz de distância) e tudo tinha contornos muito nítidos e definidos. Quase se conseguiria desenhar as sombras dos policiais com *giz de cera*. Eles afrouxavam as correias que prendiam o punho de seus revólveres.

A sra. Williams escancarou a porta e se inclinou para fora.

— Não atirem, por favor — disse ela, e, pela primeira vez, Richards se deu conta de como sua voz era culta e sonora. Ela poderia estar numa sala de visitas, exceto pelos pálidos nós dos dedos e pelo latejar palpitante na garganta, que fazia lembrar um pássaro. Com a porta aberta, Richards pôde sentir o aroma fresco e revigorante dos pinheiros e da relva.

— Saiam do carro com as mãos para o alto — disse o policial que segurava a prancheta. Soava como uma máquina bem programada. *Modelo 6925-A9 da General Atomics*, pensou Richards. *Soldado de Hicksville. Baterias de irídio de 16-psm incluídas. Apenas na cor Branca.*

— A senhora e seu passageiro. Podemos vê-lo.

— Meu nome é Amelia Williams — disse ela, com toda clareza. — Não posso sair, como o senhor está pedindo. Benjamin Richards me tomou como refém. Ele falou que me vai me matar se vocês não derem passe livre.

Os dois policiais se entreolharam e algo quase imperceptível se transmitiu entre eles. Richards, com os nervos tensos a um ponto em que parecia funcionar com um sétimo sentido, captou o significado.

— *Dirija!* — gritou ele.

Amelia voltou-se para olhá-lo, perplexa.

— Mas eles não vão...

A prancheta caiu no chão com estardalhaço. Os dois policiais assumiram quase simultaneamente a postura de joelhos, segurando a arma na mão direita, com a mão esquerda servindo de apoio para o pulso direito. Um de cada lado da sólida faixa branca.

As folhas de papel fino da prancheta tremulavam em movimentos irregulares.

Richards chapou o pé machucado sobre o pé direito de Amelia Williams, repuxando os lábios numa trágica máscara de dor quando o tornozelo quebrado estalou. O aerocarro partiu num arranco.

No instante seguinte, dois ruídos ocos de perfuração atingiram o automóvel, fazendo-o vibrar. Em mais um instante, o para-brisas estilhaçou-se dentro do carro, cobrindo-os de fragmentos do vidro de segurança. Amelia levantou as duas mãos para proteger o rosto e Richards inclinou-se selvagemente sobre ela, girando o volante.

Arremeteram pelo corredor entre as viaturas, que formavam um V na estrada, e mal chegaram a roçá-las com a traseira. Richards teve um vislumbre perturbador dos policiais, que giravam o corpo para atirar outra vez e, em seguida, voltou toda a atenção para a estrada.

Subiram uma ladeira e veio mais um impacto oco de um projétil perfurando o porta-malas do carro, que começou a derrapar de traseira, mas Richards segurou firme, gingando o volante em arcos cada vez menores. Teve uma vaga percepção de que Williams estava aos berros.

— Pegue o volante! — gritou ele. — Pegue o volante, caralho! Dirija! Dirija!

As mãos de Amelia tatearam num reflexo em busca do volante e o encontraram. Richards soltou-o e, com a mão espalmada, arrancou de um só golpe os óculos escuros da mulher, que ficaram pendurados numa das orelhas por um instante e depois caíram.

— Pare o carro!

— Eles atiraram em nós! — disse Amelia, cuja voz começou a se elevar. — Atiraram em nós. *Atiraram em...*

— *Pare o carro!*

O grito das sirenes aumentou às costas deles.

Amelia atrapalhou-se ao parar, fazendo o carro dar uma meia-volta apavorante, que lançou uma nuvem de cascalho no ar.

— Eu disse para eles, e eles tentaram nos matar — repetiu Amelia, perplexa. — Tentaram nos matar.

Mas Richards já estava fora do carro, voltando numa perna só, desajeitado, em direção ao lugar de onde tinham vindo, com o revólver em punho. Perdeu o equilíbrio e caiu pesadamente, arranhando os dois joelhos.

Quando a primeira viatura subiu a ladeira, ele estava sentado no acostamento da estrada, segurando a pistola com firmeza no nível do ombro. O carro avançava a mais de cem por hora, e continuava a acelerar — algum caubói de estrada de terra ao volante, com motor demais na dianteira e visões de glória no olhar. Talvez os policiais o tivessem visto, talvez houvessem tentado parar. Não importava. Não havia pneus à prova de balas naqueles carros. O pneu mais próximo de Richards explodiu como se dentro houvesse dinamite. A viatura decolou como um pássaro de bunda grande, disparando por sobre o acostamento num voo uivante e descontrolado. Espatifou-se na cratera deixada por um olmo gigantesco. A porta do motorista voou longe. O motorista foi ejetado pelo para-brisa feito um torpedo, e voou uns trinta metros antes de se esborrachar nas moitas de alecrim-do-norte.

O segundo carro se aproximou quase na mesma velocidade, e Richards precisou de quatro tiros para achar o pneu. Duas balas levantaram areia do chão, perto de onde ele estava. A viatura derrapou, girou meia-volta soltando fumaça e capotou três vezes, soltando uma chuva de vidro e metal.

Richards se levantou com esforço, olhou para baixo, e viu sua camisa escurecer aos poucos, logo acima do cinto. Começou a voltar para o carro, pulando numa perna só, e se estatelou de cara no chão quando a segunda viatura explodiu, cuspindo estilhaços acima e ao redor.

Tornou a se erguer, arquejando e fazendo estranhos barulhos chiados com a boca. A lateral de seu tronco havia começado a latejar em lentos ciclos de dor.

Talvez Amelia pudesse ter fugido, mas não fizera nenhum esforço para isso. Olhava fixo, imóvel, para a viatura que ardia em chamas na estrada. Quando Richards entrou no carro, a mulher encolheu o corpo, afastando-se.

— Você os matou. Você matou aqueles homens.

— Eles tentaram me matar. E a você também. Dirija. Depressa.

— *ELES NÃO TENTARAM ME MATAR!*

— Dirija!

Ela dirigiu.

A máscara de dona de casa abastada, voltando do supermercado, havia se transformado em frangalhos. Por baixo, havia algo primitivo, algo com lábios contraídos e olhos revirados. Talvez houvesse estado ali o tempo todo.

Os dois avançaram uns oito quilômetros até um posto de abastecimento de ar com uma loja de conveniência na beira da estrada.

— Pare aqui — disse Richards.

... MENOS 41

E A CONTAGEM CONTINUA...

— Saia.

— Não.

Richards encostou o revólver no seio direito de Amelia, que gemeu.

— Não faça isso. Por favor.

— Sinto muito, mas não temos mais tempo para você brincar de prima-dona. Saia.

Ela desceu do carro e Richards deslizou o corpo, seguindo-a.

— Deixe eu me apoiar em você.

Pôs um braço sobre os ombros dela e apontou com o revólver para a cabine telefônica atrás da máquina de gelo. Os dois começaram a se arrastar para lá como uma grotesca dupla de *vaudevile*. Richards saltava sobre o pé bom. Sentia-se cansado. Revia mentalmente os carros se espatifando, o corpo voando como um torpedo, as explosões violentas. As cenas se repetiam sem parar, como uma gravação contínua, voltando sempre ao começo.

O dono da loja, um sujeito idoso, de cabeça branca e pernas finas, escondidas por um avental sujo de açougueiro, veio até o lado de fora e os fitou com ar apreensivo.

— Olá — disse ele, em tom manso. — Não quero vocês aqui. Tenho família. Sigam pela estrada. Por favor, não quero problemas.

— Vá para dentro, vovô — disse Richards. O homem entrou.

Richards se deixou escorregar para dentro da cabine, respirando pela boca, e enfiou desajeitadamente uma moeda de cinquenta centavos no orifício. Segurando o revólver e o fone numa das mãos, teclou 0.

— Qual é esta estação, telefonista?

— Rockland, senhor.

— Ligue-me com a estação de notícias local, por favor.

— O senhor mesmo pode ligar. O número é...

— Você liga.

— O senhor quer...

— *Apenas ligue!*

— Sim, senhor — disse a telefonista, sem se deixar perturbar. Houve estalidos e cliques no ouvido de Richards. O sangue escurecera sua camisa até um tom de roxo sujo. Ele desviou os olhos. Aquilo o deixava enjoado.

— Noticiário Rockland — disse uma voz no ouvido de Richards. — Tabloide Número 6943 da GratuiTV.

— Aqui é Ben Richards.

Houve um silêncio demorado. E depois:

— Escute, cara, eu gosto de piada como qualquer um, mas hoje foi um dia longo e dif...

— Cale a boca. Você vai receber a confirmação disso em dez minutos, no máximo. Pode conseguir agora, se tiver um rádio na faixa da polícia.

— Eu... espere um segundo.

Veio o ruído do fone sendo largado, do outro lado da linha, e um tênue silvo agudo. Quando o fone tornou a ser apanhado, a voz era seca e profissional, com um toque de agitação ao fundo.

— Onde você está, cara? Metade dos policiais do leste do Maine acaba de passar por Rockland... a quase duzentos quilômetros por hora.

Richards espichou o pescoço para olhar o letreiro acima da loja.

— Num lugar chamado Gilly's, Armazém e Posto de Ar da Fronteira Municipal, na rota 1. Conhece?

— Conheço. Só...

— Escute aqui, verme. Não telefonei para contar a história da minha vida. Mande uns fotógrafos para cá. Depressa. E ponha isto no ar. Notícia Urgente, Alerta Máximo. Tenho uma refém. O nome dela é Amelia Williams. De… — Ele olhou para a mulher.

— Falmouth — completou ela, com ar desolado.

— De Falmouth. Quero um salvo-conduto, senão vou matá-la.

— Caramba, já estou cheirando o prêmio Pulitzer!

— Não, você vai só cagar as calças, mais nada — retrucou Richards. Sentia-se zonzo. — Trate de espalhar a notícia. Quero que os Porcos do Estado descubram que todo o mundo sabe que não estou sozinho. Três deles tentaram estourar nossos miolos num bloqueio de estrada.

— O que aconteceu com os policiais?

— Eu os matei.

— Os três? Cacete! — Afastando-se do fone, a voz gritou para longe: — Dicky, abra a rede a cabo nacional!

— Vou matá-la se eles atirarem — disse Richards, tentando simultaneamente injetar sinceridade na voz e se lembrar dos antigos filmes de bandidos que vira na televisão quando menino. — Se quiserem salvar a moça, é melhor me deixarem passar.

— Quando…

Richards desligou e saiu da cabine, saltitando desengonçado.

— Me ajude — disse ele.

Ela o envolveu com um braço e fez uma careta para o sangue.

— Viu no que está se metendo?

— Vi.

— Isto é loucura. Vão matá-lo.

— Dirija para o norte — resmungou ele. — É só dirigir para o norte.

Acomodou-se no carro, respirando com dificuldade. O mundo insistia em entrar e sair de foco. Uma melodia atonal alta soava em seus ouvidos, desafinada. Amelia arrancou e entrou na pista. O sangue de Richards havia sujado sua bonita blusa verde e preta de listras. O velho, Gilly, entreabriu a porta de tela e apontou uma antiga máquina Polaroid. Acionou o disparador, puxou a fotografia e esperou. Seu rosto era uma mescla de horror, empolgação e deleite.

Ao longe, aumentando o volume e convergindo, sirenes.

... MENOS 40

E A CONTAGEM CONTINUA...

Percorreram oito quilômetros antes que as pessoas começassem a correr para os jardins, a fim de vê-los passar. Muitas seguravam máquinas fotográficas, e Richards relaxou.

— Estavam atirando nos cilindros de ar naquele bloqueio — disse Amelia, baixinho. — Foi um engano. Foi só isso. Um engano.

— Se aquele desgraçado mirou um cilindro de ar quando arrebentou o para-brisa, devia haver uma mira de quase um metro de altura naquela pistola.

— *Foi um erro!*

Estavam entrando no distrito residencial do que Richards presumiu ser Rockland. Casas de veraneio. Estradas de terra que conduziam a chalés à beira-mar. Hospedaria Brisa. *Rua particular.* Só Eu & Patty. *Proibida a entrada.* Pousada Elizabeth. *Os invasores serão recebidos a bala.* Pisando em nuvens. *Cinco mil volts.* Feitiço. *Cães de guarda em patrulha.*

Olhos doentios e rostos ávidos os espiavam por trás das árvores, feito gatos de Cheshire. A gritaria dos aparelhos portáteis da GratuiTV entrava pelo para-brisa destroçado.

Em tudo, um ar estranho e insano de espetáculo circense.

— Essa gente só quer ver alguém sangrar — disse Richards. — Quanto mais, melhor. Eles prefeririam que fôssemos nós dois. Acredita nisso?

— Não.

— Então meus parabéns.

Um homem mais velho, com uma cabeleira prateada feita na barbearia e uma bermuda quadriculada que cobria os joelhos, correu para a beira da estrada. Carregava uma enorme máquina fotográfica cuja lente mais parecia uma serpente. Começou a tirar fotos como um louco, curvando o tronco e se abaixando. Tinha as pernas brancas feito barriga de peixe. Richards soltou uma gargalhada repentina, que fez Amelia dar um salto.

— O que...

— Ele está com a lente tampada — disse Richards. — Está...
— Mas o riso o dominou.

O acostamento estava abarrotado de carros quando eles chegaram ao alto de uma ladeira longa e suave e começaram a descer, em direção à cidade abarrotada de Rockland. Talvez, em alguma época, tivesse sido uma aldeia pesqueira pitoresca à beira-mar, cheia de homens saídos de uma aquarela de Winslow Homer, com suas capas impermeáveis amarelas, lançando-se ao mar em pequenos barcos para capturar a matreira lagosta em redes. Se era assim, fazia muito que isso havia acabado. De ambos os lados da estrada, via-se um enorme shopping. Uma fileira de cabarés de segunda, bares e empórios de caça-níqueis enchiam a avenida principal. Havia belas casas de classe média com vista da parte alta para as ruas centrais, enquanto uma favela crescente erguia os olhos para as alturas à beira da água putrefata. Na linha do horizonte, o mar ainda estava inalterado. Reluzia, azul e atemporal, cheio de pontos dançantes e redes de luz, ao sol do fim da tarde.

Richards e Amelia começaram a descer, e havia duas viaturas atravessadas na estrada. As luzes azuis piscavam em pulsos intermitentes, instáveis e sem sincronia entre os dois carros. Perpendicularmente, estacionado no acostamento, um veículo blindado tinha o cano grosso e curto de um obus apontado para eles, acompanhando-os.

— Você já era — disse ela baixinho, quase com pesar. — Será que eu também tenho que morrer?

— Pare a cinquenta metros do bloqueio e faça o que tem que fazer — instruiu Richards, escorregando para baixo no banco. Um tique nervoso contraiu seu rosto.

Amelia parou e abriu a porta do carro, mas não se inclinou para fora. Havia um silêncio pesado no ar. *Um silêncio cai sobre a multidão*, pensou Richards com ironia.

— Estou com medo — disse ela. — Por favor, estou com muito medo.

— Eles não vão baleá-la. Tem gente demais. Não matam reféns, a menos que não haja ninguém olhando. São as regras do jogo.

A mulher o fitou por um momento e, de repente, ele desejou que pudessem ter compartilhado uma xícara de café. Escutaria atentamente a conversa dela e serviria um pouco de leite de verdade na própria bebida quente — cortesia de Amelia, óbvio. Depois, os dois discutiriam as possibilidades da desigualdade social, o jeito como as meias sempre escorregam quando a gente usa botas de borracha e a importância da seriedade.

— Vamos lá, sra. Williams — disse Richards, num tom brando e tenso de zombaria. — O mundo inteiro está te olhando.

Ela inclinou o corpo para fora.

Seis carros de polícia e outra caminhonete blindada haviam parado uns dez metros atrás dos dois, bloqueando a retaguarda.

Richards refletiu: *Agora, a única saída é a morte.*

.. MENOS 39

E A CONTAGEM CONTINUA...

— Meu nome é Amelia Williams. Benjamin Richards me tomou como refém. Falou que, se vocês não nos derem um salvo-conduto, ele vai me matar.

Por um momento, o silêncio foi tão completo, que Richards ouviu o longínquo apito a vapor de um iate distante.

Depois, uma voz assexuada, estridente, amplificada:

— QUEREMOS FALAR COM BEN RICHARDS.

— Não — disse ele, depressa.

— Ele está dizendo que não.

— SAIA DO CARRO, SENHORA.

— Ele vai me matar! — gritou Amelia, desvairada. — Vocês não estão ouvindo? Uns homens quase nos mataram *lá atrás*! Ele falou que vocês não ligam para quem estão matando. *Meu Deus, será que ele tem razão?*

Uma voz rouca na multidão gritou:

— Deixe-a passar!

— SAIA DO CARRO, SENÃO VAMOS ATIRAR.

— Deixe-a passar! Deixe-a passar! — gritou a massa, adotando o bordão como os torcedores ansiosos de um jogo de matabol.

— SAIA...

A multidão abafou a voz. De algum lugar, alguém atirou uma pedra. O para-brisa de uma viatura se transformou numa teia de rachaduras.

De repente, ouviu-se o giro de motores e as duas patrulhas começaram a se afastar, liberando uma faixa estreita de asfalto. A multidão deu vivas alegres e silenciou, à espera do segundo ato.

— TODOS OS CIVIS DEVEM DEIXAR A ÁREA — entoou o megafone. — PODE HAVER TIROTEIO. TODOS OS CIVIS DEVEM EVACUAR A ÁREA, OU PODERÃO SER ACUSADOS DE OBSTRUÇÃO DA JUSTIÇA E AJUNTAMENTO ILÍCITO. A PENA POR OBSTRUÇÃO E AJUNTAMENTO É DE DEZ ANOS NA PENITENCIÁRIA ESTADUAL, OU MULTA DE DEZ MIL DÓLARES, OU AMBOS. EVACUEM A ÁREA. EVACUEM A ÁREA.

— Sei, só pra ninguém ver vocês atirarem na moça! — gritou uma voz histérica. — Vão se foder, porcos!

A multidão não arredou o pé. Uma unidade móvel preta e amarela do noticiário havia parado, com uma freada espalhafatosa. Dois homens pularam do caminhão e começaram a posicionar uma câmera.

Dois policiais correram até eles e houve uma luta breve e selvagem pela posse da câmera. Depois, um dos policiais a puxou bruscamente, segurou-a pelo tripé e a espatifou na estrada. Um dos jornalistas tentou se aproximar do policial que fizera isso e levou uma porretada.

Um garotinho destacou-se da multidão e atirou uma pedra na cabeça do policial, por trás. O sangue espirrou no chão quando ele caiu. Outra meia dúzia caiu em cima do menino e o levou embora. Incrivelmente, trocas de murros rápidas e violentas haviam começado nos dois lados do acostamento, entre cidadãos bem-vestidos e favelados maltrapilhos. Uma mulher vestindo um roupão desbotado e rasgado, de repente, avançou sobre uma matrona gorda e começou a puxar os cabelos dela. As duas caíram no chão com um baque e começaram a rolar pelo asfalto, aos gritos e pontapés.

— Meu Deus — disse Amelia, enojada.

— O que está acontecendo? — perguntou Richards. Não se atrevia a erguer a cabeça acima do relógio do painel para olhar.

— Brigas. Policiais batendo em pessoas. Alguém quebrou uma câmera dos jornalistas.

— DESISTA, RICHARDS. SAIA.

— Dirija — disse Richards, baixinho.

O aerocarro avançou, a sacolejos irregulares.

— Eles vão atirar nos cilindros de ar — disse Amelia. — Depois vão esperar até você sair.

— Não vão atirar — contrapôs Richards.

— Por quê?

— São burros demais.

Não atiraram.

O carro passou lentamente pela fileira de viaturas e pelos espectadores perplexos. Estes haviam se dividido em dois grupos, numa segregação inconsciente. Num dos lados da estrada estavam os cidadãos de classe média e alta, as senhoras que tinham feito o cabelo no salão de beleza, e os homens que usavam camisas Arrow e mocassins. Sujeitos de macacões com nomes de empresas nas costas e os próprios nomes no bolso da frente, bordados em letras douradas. Mulheres como a própria Amelia Williams, vestidas para ir aos supermercados e às lojas. Cada rosto diferia em todos os aspectos, mas todos se assemelhavam em um: pareciam curiosamente incompletos, como retratos com buracos no lugar dos olhos ou quebra-cabeças em que faltava uma pecinha. Era a falta de desespero, Richards concluiu. Nenhum lobo uivava naquelas barrigas. Aquelas cabeças não estavam cheias de sonhos destruídos e desvairados nem de esperanças loucas.

Essas pessoas estavam do lado direito da estrada, que dava para a combinação de marina e clube campestre por onde Richards e Amelie passavam.

Do lado oposto, à esquerda, ficaram os pobres. Narizes vermelhos, com veias arrebentadas. Seios achatados e murchos. Cabelos desgrenhados. Meias soquetes brancas. Herpes labial. Espinhas. As bocas inexpressivas e abertas da idiotia.

O destacamento policial era maior nesse ponto, e mais homens chegavam a todo instante. Richards não ficou surpreso com a rapidez e a intensidade da repressão, a despeito de sua aparição repentina. Mesmo ali, na Terra dos Matutos, Estados Unidos da América, o porrete e o revólver estavam sempre à mão. Mantinham-se os cães famintos nos canis. Os pobres invadem os chalés de veraneio, fechados durante o outono e o inverno. Os pobres assaltam supermercados em bandos de pré-adolescentes. Todo mundo sabe que os pobres rabiscam obscenidades cheias de erros ortográficos nas vitrines das lojas. Os pobres sempre têm coceira na bunda, e todo mundo sabe que a visão de couro, cromo, ternos de duzentos dólares e barrigas protuberantes faz suas bocas salivarem raivosamente. E os pobres precisam ter seu Jack Johnson, seu Muhammad Ali, seu Clyde Barrow. Os pobres ficaram parados, observando.

À direita, amigos, temos os veranistas. Gordos e piegas, mas com um armamento pesado. À esquerda, pesando apenas cinquenta e oito quilos — mas lutadores aguerridos, que reviram os olhos perversos —, temos os Branquelas Famintos. Eles adotam a política da fome; trocariam o próprio Jesus Cristo por meio quilo de salame. Chegou a polarização à Matutolândia Ocidental. Mas observem esses dois desafiantes. Não ficam no ringue; tendem a lutar nas cadeiras de dez dólares. Será que podemos encontrar um bode expiatório para os dois?

Vagarosamente, avançando a menos de cinquenta por hora, Ben Richards passou entre eles.

... MENOS 38

E A CONTAGEM CONTINUA...

Passou uma hora. Eram quatro da tarde. As sombras se infiltraram pela estrada.

Encolhido no banco, abaixo do nível dos olhos, Richards perdia e recobrava a consciência, sem o menor esforço. Desajeitado, puxara a camisa para fora das calças, a fim de examinar o novo ferimento. A bala escavara um canal profundo e ominoso na lateral do corpo, que havia sangrado muito. O sangue coagulara, mas de má vontade. Quando ele tinha que fazer um movimento rápido, a ferida reabria e tornava a sangrar muito. Não importava. Iam estourar os miolos dele. Diante daquele arsenal maciço, o plano de Richards era uma piada. Mas ele o levaria adiante, preenchendo as lacunas, até que houvesse um "acidente" e o carro explodisse em parafusos entortados e estilhaços de metal ("... um acidente terrível... o policial foi suspenso, até que haja uma investigação completa... nosso pesar pela perda de uma vida inocente...", tudo isso enterrado no último noticiário do dia, entre as informações sobre a bolsa de valores e o pronunciamento mais recente do papa), mas era só um reflexo. Ele se preocupava cada vez mais com Amelia Williams, cujo grande erro fora escolher a manhã de quarta-feira para fazer suas compras de mercado.

— Há tanques lá fora — disse ela, de repente. Estava com a voz leve, tagarela, histérica. — Dá pra acreditar? Dá pra... — E começou a chorar.

Richards esperou. Por fim, perguntou:

— Em que cidade estamos?

— Win-Win-Winterport, de acordo com a pla-placa. Ah, eu não posso! Não posso esperar por eles! *Não posso!*

— Está bem — disse Richards.

Ela piscou devagar, balançando milimetricamente a cabeça, como que para pôr as ideias em ordem.

— O quê?

— Pare. Saia.

— Mas eles vão matar vo...

— Vão. Mas não vai haver sangue. Você não vai ver nenhum sangue. Eles têm poder de fogo suficiente lá fora para me pulverizar, a mim e ao carro.

— Você está mentindo. Vai me matar.

O revólver pendia entre os joelhos de Richards. Ele o deixou cair no chão. A arma bateu, inofensiva, no tapete de borracha.

— Quero um baseado — disse Amelia, irrefletida. — Ai, meu Deus, eu quero ficar chapada! Por que você não esperou o carro seguinte? Cacete! Cacete!

Richards começou a rir. Ria em arquejos sibilantes e rasos, que mesmo assim provocavam pontadas de dor na lateral do corpo. Fechou os olhos e riu até as lágrimas escorrerem sob as pálpebras.

— Está frio aqui, com esse para-brisa quebrado — disse Amelia, numa observação irrelevante. — Ligue o aquecimento.

Seu rosto era uma mancha pálida nas sombras do fim da tarde.

... MENOS 37

E A CONTAGEM CONTINUA...

— Estamos em Derry — anunciou ela.

As ruas estavam abarrotadas de gente. Gente pendurada nos beirais dos telhados e sentada em sacadas e varandas, de onde os móveis de veraneio tinham sido retirados. Gente que comia sanduíches e frango frito em recipientes gordurosos.

— Alguma placa do jatódromo?

— Sim. Estou seguindo as placas. Mas eles vão fechar os portões.

— Eu ameaço matar você de novo, se fecharem.

— Você vai sequestrar um avião?

— Vou tentar.

— Não pode.

— Tenho certeza de que você tem razão.

Dobraram à direita, depois à esquerda. Os megafones exortavam monotonamente a multidão a recuar, dispersar-se.

— Ela é mesmo sua esposa, aquela mulher das fotografias?

— É. O nome dela é Sheila. Nossa filhinha, Cathy, tem um ano e meio. Estava com influenza. Talvez já tenha melhorado. Foi por isso que entrei nessa.

Um helicóptero zuniu acima deles, deixando uma imensa sombra aracnídea na estrada adiante. Uma voz imensamente amplificada incitou Richards a soltar a mulher. Quando se afastou e eles puderam voltar a falar, Amelia disse:

— Sua mulher parece uma vadiazinha. Poderia se cuidar melhor.

— A fotografia foi adulterada — disse Richards, com voz monótona.

— Eles fariam isso?

— Fariam.

— O jatódromo. Estamos chegando.

— Os portões estão fechados?

— Não consigo ver... espere... abertos, mas bloqueados. Um tanque. Está com o canhão apontado para nós.

— Avance até ficar a uns dez metros dele e pare.

O carro rastejou devagar pela estrada de acesso de quatro faixas, passando por entre as viaturas estacionadas e a gritaria incessante e tagarela da multidão. No alto havia uma placa: CAMPO DE AVIAÇÃO VOIGT. Amelia viu uma grande cerca eletrificada, encimada por arame farpado, que atravessava uma espécie de terreno inútil e pantanoso de ambos os lados da estrada. Mais adiante, havia uma combinação de cabine de informações e posto de segurança, numa ilha entre as pistas de trânsito. Depois, estava o portão principal, bloqueado por um tanque A-62, capaz de disparar projéteis de um quarto de megaton do canhão. Mais para a frente, uma confusão de estradas e estacionamentos, todos tendendo para os complexos terminais dos jatos, que impediam a visão das pistas. Uma enorme torre de controle assomava sobre tudo, como um marciano de H.G. Wells, com o sol poente refletido em sua massa polarizada de janelas, a transformá-las em fogo. Funcionários e passageiros tinham se amontoado no estacionamento mais próximo, onde eram contidos por outros policiais. Ouviu-se um zunido pulsante e pesado e Amelia viu um Superbird cinza-prateado da Lockheed/GA decolar, numa subida nivelada e potente, de uma das pistas atrás dos prédios principais.

— RICHARDS!

Ela teve um sobressalto e o olhou, assustada. Richards fez um aceno descontraído. Tudo bem, mamãe. Só estou morrendo.

— VOCÊ NÃO TEM PERMISSÃO PARA ENTRAR — alertou a sonora voz amplificada. — DEIXE A MULHER IR EMBORA. SAIA DO CARRO.

— E agora? — perguntou Amelia. — É um impasse. Eles vão esperar até...

— Vamos pressioná-los mais um pouco — disse Richards. — Eles vão blefar um pouquinho mais. Incline-se para fora. Diga que estou ferido e meio louco. Diga que quero me entregar à Polícia Aérea.

— Você quer fazer *o quê?*

— A Polícia Aérea não é estadual nem federal. Foi internacionalizada desde o tratado da ONU de 1995. Antigamente, diziam que, se a pessoa se entregasse a eles, conseguiria a anistia. É meio parecido com parar na casa do Estacionamento Grátis no Banco Imobiliário. Conversa mole, óbvio. Eles entregam o sujeito para os Caçadores, e os Caçadores o arrastam para os fundos do galpão.

Amelia estremeceu.

— Mas talvez achem que eu acredito nisso. Ou que sou idiota a ponto de me iludir e acreditar. Vá em frente, pode falar isso para eles.

A mulher se inclinou para o lado de fora, e Richards ficou tenso. Se tivesse que haver um "acidente lamentável" que a tirasse de cena, provavelmente aconteceria naquele momento. A cabeça e a parte superior do tronco dela estavam clara e diretamente expostas a mil armas. Um aperto num gatilho e a farsa toda teria um fim rápido.

— Ben Richards quer se entregar à Polícia Aérea! — gritou ela. — Está ferido em dois lugares!

Olhou apavorada por cima do ombro e sua voz falhou de modo alto e claro no silêncio repentino deixado pelo jato que partia.

— Ele está ensandecido metade do tempo e, meu Deus, estou muito *assustada... por favor... por favor... POR FAVOR!*

As câmeras registravam tudo, mandando ao vivo o material que seria transmitido em toda a América do Norte e em metade do mundo, em questão de minutos. Isso era bom. Era ótimo. Richards sentiu a tensão voltar a dominar seus membros e entendeu que começava a ter esperanças.

Silêncio por um instante; estava havendo uma conferência atrás do posto de *segurança*.

— Muito bom — disse Richards, baixinho.

Amelia o olhou.

— Você acha que é difícil parecer assustada? Não estamos nisso juntos, pense você o que pensar. Só quero que você vá embora.

Richards notou pela primeira vez como os seios dela eram perfeitos por baixo da blusa preta e verde manchada de sangue. Como eram perfeitos e preciosos.

Houve um estrondo súbito, rangente, e Amelia soltou um grito.

— É o tanque — disse Richards. — Está tudo bem. É só o tanque.

— Está se mexendo — retrucou Amelia. — Vão nos deixar entrar.

— RICHARDS! VOCÊ VAI SEGUIR PARA O ESTACIONAMENTO 16. A POLÍCIA AÉREA ESTARÁ À SUA ESPERA PARA LEVÁ-LO SOB CUSTÓDIA.

— Está bem — disse ele, num fiapo de voz. — Continue andando. Quando passar um quilômetro do portão, pare.

— Você vai dar um jeito de eles me matarem — retrucou Amelia, desamparada. — Eu só preciso ir ao banheiro, e você vai arranjar um jeito de me matarem.

O aerocarro elevou-se dez centímetros e avançou com um zunido suave. Richards se agachou ao cruzar o portão, prevendo uma possível emboscada, mas não houve nenhuma. O asfalto macio fazia uma curva tranquila em direção aos prédios principais. Uma placa com uma seta informava que aquele era o caminho para os Estacionamentos 16-20.

Nesse ponto, havia policiais de pé e de joelhos atrás de barricadas amarelas.

Richards sabia que, ao menor movimento suspeito, destroçariam o carro.

— Agora, pare — ordenou, e ela o fez.

A reação foi instantânea.

— RICHARDS! PROSSIGA IMEDIATAMENTE PARA O ESTACIONAMENTO 16!

— Diga que quero um megafone — murmurou ele. — Diga que o deixem no caminho, a vinte metros daqui. Quero falar com eles.

Amelia gritou o recado e os dois esperaram. Um minuto mais tarde, um homem de uniforme azul deu uma corrida até a estrada e depositou no chão um megafone. Ficou parado um instante, talvez saboreando a ideia de estar sendo visto por quinhentos milhões de pessoas, e depois recuou para o anonimato das barricadas.

— Siga em frente — disse Richards.

Avançaram devagar até o megafone e, quando a porta do motorista emparelhou com ele, Amelia a abriu e puxou o aparelho para dentro. Era vermelho e branco. Do lado trazia as letras G e A, gravadas sobre um relâmpago.

— Certo — disse ele. — A que distância estamos do prédio principal?

Ela semicerrou os olhos.

— Meio quilômetro, acho.

— A que distância estamos do Estacionamento 16?

— Metade disso.

— Bom. Isso é bom. Certo.

Richards percebeu que mordia compulsivamente os lábios e tentou se obrigar a parar. Sua cabeça doía; o corpo todo doía com a adrenalina.

— Continue dirigindo. Vá até a entrada do Estacionamento 16 e pare.

— E depois?

Ele deu um sorriso tenso e tristonho.

— Esse vai ser o lugar da resistência final de Richards.

... MENOS 36

E A CONTAGEM CONTINUA...

Quando Amelia parou o carro na entrada do estacionamento, a reação foi rápida e imediata.

— CONTINUE ANDANDO — instigou o megafone. — A POLÍCIA DO AEROPORTO ESTÁ LÁ DENTRO. CONFORME O COMBINADO.

Richards ergueu o próprio megafone pela primeira vez.

— DEZ MINUTOS — disse ele. — PRECISO PENSAR.

Novo silêncio.

— Você não percebe que está forçando essa gente a matá-lo? — perguntou Amelia, num tom estranho e controlado.

Richards soltou um risinho abafado, que soou como vapor de alta pressão escapando de um bule de chá.

— Eles sabem que estou me preparando para lhes passar a perna. Só não sabem como.

— Você não vai conseguir — disse Amelia. — Será que *ainda não enxerga* isso?

— Talvez eu consiga.

... MENOS 35

E A CONTAGEM CONTINUA...

— Escute: quando os Jogos começaram, as pessoas diziam que era a maior diversão do mundo, porque nunca tinham visto nada parecido. Mas nada é tão original assim. Já haviam existido os gladiadores, em Roma, que faziam a mesma coisa. E há também um outro jogo. Pôquer. No pôquer, a jogada mais alta é a sequência real de espadas. E o tipo mais difícil de jogar é o pôquer aberto com cinco cartas. Quatro cartas abertas na mesa e uma fechada. Por alguns trocados, qualquer um pode jogar. Talvez você tenha que pagar meio dólar para ver a carta fechada do outro sujeito. Mas, quando as apostas sobem, a carta fechada começa a parecer cada vez maior. Depois de uma dúzia de rodadas de aposta, com as economias da sua vida inteira, seu carro e sua casa em jogo, aquela carta fechada fica mais alta do que o monte Everest. O *Foragido* é assim. Só que não se espera que eu tenha algum dinheiro para apostar. Eles têm os homens, o poder de fogo e o tempo. Jogamos com as cartas e as fichas deles, no cassino deles. Acham que por terem me encurralado, minha única saída é me render. Mas talvez eu tenha marcado um pouquinho as cartas. Telefonei para os noticiários em Rockland. Os noticiários são o meu dez de espadas. Eles *tinham* que me dar o salvo-conduto, porque o mundo inteiro estava olhando. Depois daquele primeiro bloqueio na estrada, não houve mais chance de uma eliminação tranquila. E é engraçado, porque é a GratuiTV que dá à Rede toda a influência que ela tem. Se você vê uma coisa na GratuiTV, deve ser verdade. Logo, se o país inteiro visse a polícia assassinar minha refém — uma refém abastada de classe média —, teria que acreditar. Eles não podem correr esse risco; o sistema anda sobrecarregado com um excesso de incredulidade. Engraçado, não é? Meu pessoal está aqui. Já houve distúrbios na estrada. Se os policiais e os Caçadores virarem todas as armas contra nós, pode acontecer alguma coisa desagradável. Um homem me disse para ficar perto da minha própria gente. Tinha mais razão do que imaginava. Um dos motivos de eles estarem me tratando com luvas de pelica é que minha gente está aqui.

"Minha gente: esse é o valete de espadas", prosseguiu Richards. "A rainha, a dama da história, é você. Eu sou o rei, o homem preto que segura a espada. Minhas cartas são essas. A imprensa, a possibilidade de grandes distúrbios, você e eu. Sem o ás de espadas, isso não presta para nada. Com o ás, é imbatível."

De repente, Richards pegou a bolsa de Amelia, uma carteira de mão feita de imitação de pele de crocodilo, com uma correntinha prateada servindo de alça. Enfiou-a no bolso do paletó, onde fez um volume protuberante.

— Não tenho o ás — prosseguiu, baixinho. — Com um pouquinho mais de previsão, poderia ter tido. Mas *tenho* uma carta fechada, uma carta que não podem ver. Então, vou blefar.

— Você não tem chance — comentou Amelia, em tom abafado.

— Vai fazer o quê com minha bolsa? Atirar neles com um batom?

— Acho que eles estão fazendo um jogo de cartas marcadas há tanto tempo, que vão passar. Acho que estão completamente apavorados, cada fio de cabelo.

— RICHARDS, SEUS DEZ MINUTOS ACABARAM!

Richards levou o megafone à boca.

.. MENOS 34

E A CONTAGEM CONTINUA...

— ESCUTEM COM ATENÇÃO! — disse Richards. Sua voz ribombou e se espalhou pela planura do jatódromo. Os policiais aguardaram, tensos. A multidão se remexeu. — ESTOU CARREGANDO NO BOLSO DO PALETÓ CINCO QUILOS DE EXPLOSIVO PLÁSTICO DE ALTO IMPACTO DYNACORE, DO TIPO QUE CHAMAM DE IRLANDÊS NEGRO. CINCO QUILOS SÃO O BASTANTE PARA ACABAR COM TUDO E TODOS NUM RAIO DE QUINHENTOS METROS E, PROVAVELMENTE, PARA EXPLODIR OS TANQUES DE ARMAZENAMENTO DE COMBUSTÍVEL DO AEROPORTO. SE NÃO SEGUIREM MINHAS INSTRUÇÕES AO PÉ DA LETRA, MANDO TODOS PARA O INFERNO. INSTALEI UM DETONADOR DA GENERAL ATOMICS NO EXPLOSIVO. ELE ESTÁ SEMIENGATILHADO. UMA MEXIDINHA E VOCÊS TODOS PODEM ENFIAR A CABEÇA ENTRE AS PERNAS E DAR ADEUS.

Houve gritos na multidão, seguidos por um súbito movimento que lembrava o da maré. De repente, os policiais das barricadas descobriram-se sem ter ninguém para conter. Homens e mulheres disparavam pelas estradas e campos, saíam em bando portão afora e escalavam a cerca em volta do jatódromo. Tinham os rostos ávidos e brancos de pânico.

Os policiais se remexeram, inquietos. Amelia Williams não viu incredulidade em nenhum rosto.

— RICHARDS! — trovejou a voz gigantesca. — ISSO É MEN-TIRA. SAIA.

— EU *VOU* SAIR — trovejou ele de volta —, MAS, ANTES, DEIXEM-ME DAR AS SUAS ORDENS. QUERO UM JATO COM O TANQUE CHEIO E PRONTO PARA DECOLAR, COM UMA TRIPULAÇÃO MÍNIMA. ESSE JATO TEM QUE SER UM LOCKHEED/GA OU UM SUPERSÔNICO DELTA. A AUTO-NOMIA DE VOO DEVERÁ SER DE PELO MENOS TRÊS MIL E DUZENTOS QUILÔMETROS. TEM QUE ESTAR PRONTO DAQUI A NOVENTA MINUTOS.

As câmeras oscilavam e ziguezagueavam. Havia flashes fotográficos. A imprensa também parecia inquieta. Mas, é claro, era preciso levar em conta a pressão psíquica daqueles quinhentos milhões de espectadores. Eles eram reais. O trabalho era real. E podia ser que os cinco quilos de Irlandês Negro de Richards fossem apenas produto da imaginação de sua admirável mente criminosa.

— RICHARDS?

Um homem usando apenas calças pretas e camisa branca, com as mangas arregaçadas até os cotovelos, apesar da friagem outonal, saiu de trás de um grupo de carros sem identificação, uns cinco metros adiante do Estacionamento 16. Segurava um megafone maior que o de Richards. A distância, Amelia só conseguiu ver que usava óculos pequenos, que faiscavam à luz agonizante do sol.

— SOU EVAN MCCONE.

Ele conhecia esse nome, óbvio. Deveria instilar pavor em seu coração. Richards não se surpreendeu ao constatar que *de fato* instilou pavor em seu coração. Evan McCone era o Caçador-Chefe. Descendente direto de J. Edgar Hoover e Heinrich Himmler. A personificação da mão de ferro sob as luvas de pelica da Rede. Um bicho-papão. Um nome com que assustar as crianças levadas. Se você não parar de brincar com fósforos, Joãozinho, eu deixo o Evan McCone sair de debaixo da cama.

Por um instante fugaz, no olho da memória, ele se lembrou de uma voz onírica: *Você é o cara, maninho?*

— VOCÊ ESTÁ MENTINDO, RICHARDS. SABEMOS DISSO. UM HOMEM SEM APROVAÇÃO DA GA NÃO TEM COMO

OBTER DYNACORE. DEIXE A MULHER IR EMBORA E SAIA. NÃO QUEREMOS TER QUE MATÁ-LA TAMBÉM.

Amelia emitiu um som fraco, sibilante e infeliz.

Richards trovejou:

— ISSO PODE FUNCIONAR LÁ PROS LADOS DE SHAKER HEIGHTS, EM OHIO, GAROTO. NA RUA VOCÊ PODE COMPRAR DYNACORE EM QUASE QUALQUER ESQUINA SE TIVER GRANA NA MÃO. E EU TINHA. DINHEIRO DA FEDERAÇÃO DOS JOGOS. VOCÊS TÊM OITENTA E SEIS MINUTOS.

— NADA FEITO.

— MCCONE?

— SIM?

— VOU MANDAR A MULHER SAIR AGORA. ELA VIU O EXPLOSIVO.

Amelia o olhava, estarrecida de pavor.

— ENQUANTO ISSO, É MELHOR VOCÊS POREM A MÃO NA MASSA. RESTAM OITENTA E CINCO MINUTOS. NÃO ESTOU BLEFANDO, BABACA. UM TIRO, E VAMOS TODOS PARA A LUA.

— Não — sussurrou Amelia, cujo rosto era um ricto de incredulidade. — Você não pode acreditar que eu vá *mentir* por você.

— Se não mentir, estou morto. Estou baleado e fraturado, e mal entendo o que eu mesmo estou dizendo, mas sei que este é o melhor caminho, de um jeito ou de outro. Agora, escute. Dynacore é branco e sólido, e é meio gorduroso ao toque. É…

— Não, não! *Não!* — gritou ela, tapando os ouvidos.

— É parecido com um sabonete Ivory. Só que muito denso. Agora vou descrever o anel do disparador. Ele parece…

Amelia começou a chorar.

— Não posso, será que você não *entende?* Tenho meu dever de cidadã. Minha consciência. Tenho minha…

— Sei, e eles podem descobrir que você mentiu — acrescentou Richards, secamente. — Só que não vão descobrir. Porque, se você me apoiar, eles vão ceder. E eu levanto voo feito um grande pássaro.

— *Não posso!*

— RICHARDS, MANDE A MULHER SAIR!

— O anel do disparador é dourado — prosseguiu ele. — Tem uns cinco centímetros de diâmetro. Parece um chaveiro sem as chaves. Fica preso a uma haste fina, parecida com uma lapiseira, com um gatilho GA preso a ele. O gatilho parece a borracha da lapiseira.

Amelia balançava o corpo para a frente e para trás, gemendo um pouco. Segurava as bochechas com as duas mãos e torcia a pele como se fosse massa de pão.

— Eu disse pra eles que o tinha deixado semiengatilhado. Isso significa que você só conseguiria ver um único tracinho, logo acima da superfície do Irlandês. Entendeu?

Nenhuma resposta; ela chorava, gemia e balançava o corpo.

— É claro que entendeu — disse Richards, baixinho. — Você é uma menina inteligente, não é?

— Não vou mentir — retrucou ela.

— Se perguntarem mais alguma coisa, você não sabe nadica de nada. Não viu. Estava apavorada demais. Exceto por uma coisa: estou segurando a argola desde aquele primeiro bloqueio na estrada. Você não sabia o que era, mas eu estava com isso na mão.

— É melhor me matar agora.

— Vamos lá — disse Richards. — Saia.

Ela o fitou, convulsionada, com a boca trêmula e os olhos transformados em buracos escuros. A mulher bonita e segura, de óculos escuros recurvados, desaparecera por completo. Richards se perguntou se algum dia ela reapareceria. Achava que não. Não inteiramente.

— Vá — disse ele. — Vá. Vá.

— Eu... eu... *ai, meu Deus...*

Ela empurrou a porta e meio que se jogou, meio que caiu do lado de fora. Pôs-se de pé no mesmo instante e correu. O cabelo balançava às suas costas, e ela pareceu muito bonita, quase uma deusa, correndo em direção à morna explosão estelar de um milhão de flashes.

Reluziram carabinas em prontidão, que foram baixadas quando a multidão a devorou. Richards se arriscou a erguer uma sobrancelha acima da janela lateral do motorista, mas não conseguiu ver nada.

Tornou a relaxar o corpo, olhou para o relógio em seu pulso e esperou a dissolução.

... MENOS 33

E A CONTAGEM CONTINUA...

O ponteiro vermelho dos segundos descreveu dois círculos. Mais dois. Mais dois.

— RICHARDS!

Ele levou o megafone à boca:

— JÁ FORAM SETENTA E NOVE MINUTOS, MCCONE.

Jogue até o fim. É a *única* maneira de jogar. Até o momento em que McCone der a ordem de disparar à vontade. Seria rápido. E, na verdade, não parecia ter tanta importância assim.

Após uma pausa prolongada, contrariada, quase eterna:

— PRECISAMOS DE MAIS TEMPO. PELO MENOS TRÊS HORAS. NÃO HÁ NENHUM L/GA NEM DELTA NESTE AERO-PORTO. VAI TER QUE SER TRAZIDO PARA CÁ.

Ela conseguira. Graças a Deus! A mulher tinha olhado para o precipício e o atravessara. Sem rede. Sem volta. Impressionante.

Óbvio que não acreditavam nela. O negócio deles era não acreditar em ninguém a respeito de nada. Nesse exato momento, deviam estar empurrando Amelia para uma sala particular num dos terminais, onde meia dúzia de interrogadores seletos de McCone estariam aguardando. E, quando a levassem até lá, começaria a ladainha. *A senhora está perturbada, sra. Williams, mas, apenas para nossos registros... Incomoda-se de repetir isso mais uma vez?... Estamos intrigados com uma coisinha aqui... Tem certeza de que não era o contrário?... Como a senhora sabe?... Por quê?... E aí, o que foi que ele disse?...*

Portanto, a providência correta era ganhar tempo. Engambelar Richards com uma desculpa atrás da outra. Houve um problema com o combustível, precisamos de mais tempo. Não há nenhuma tripulação na área do jatódromo, precisamos de mais tempo. Há um disco voador sobrevoando a Pista Zero Sete, precisamos de mais tempo. E ainda não conseguimos dobrá-la. Não conseguimos fazê-la admitir que seu explosivo de alto impacto é uma bolsa de couro de jacaré com um estoque variado de lenços Kleenex, dinheiro trocado, cosméticos e cartões de crédito. Precisamos de mais tempo.

Ainda não podemos nos arriscar a matá-lo. Precisamos de mais tempo.

— RICHARDS?

— ESCUTE AQUI — retrucou ele pelo megafone. — VOCÊS TÊM SETENTA E CINCO MINUTOS. DEPOIS, VAI TUDO PELOS ARES.

Nenhuma resposta.

Os espectadores haviam começado a voltar furtivamente, apesar da sombra do Apocalipse. Tinham os olhos arregalados, úmidos e erotizados. Vários refletores portáteis tinham sido requisitados e focalizados no pequeno automóvel, banhando-o num brilho sem sombras e enfatizando o para-brisa destroçado.

Richards tentou imaginar a salinha em que a deteriam, interrogando-a em busca da verdade, sem conseguir. A imprensa seria enxotada. Os homens de McCone tentariam fazê-la arrancar os cabelos de pavor, e sem dúvida teriam êxito. Mas, até onde se atreveriam a ir com uma mulher que não pertencia ao gueto formado pelos pobres, onde as pessoas não tinham rosto? Drogas. Havia as drogas, Richards sabia, drogas que McCone mandaria buscar de imediato, drogas capazes de fazer um indígena Yaqui balbuciar a história de sua vida inteira, feito uma criança de colo. Drogas capazes de fazer um padre revelar as confissões dos penitentes como o gravador de um estenógrafo.

Um pouquinho de violência? Os aparelhos modificados de choque elétrico que haviam funcionado tão bem nos tumultos de Seattle, em 2005? Ou apenas o bombardeio constante das perguntas?

Pensar não adiantava nada, mas ele não conseguia impedir os pensamentos nem desligá-los. Para lá dos terminais, ouviu-se o silvo inconfundível de um jato Lockheed aquecendo as turbinas. Seu pássaro. O som vinha em ciclos ascendentes e descendentes. Quando parou, de repente, ele soube que o abastecimento havia começado. Vinte minutos, se estivessem com pressa. Richards achou que não teriam pressa.

Bem, bem, bem. Aqui estamos. Todas as cartas na mesa, menos uma.

McCone? McCone, você ainda está bisbilhotando? Já se infiltrou na mente dela?

As sombras se alongaram pelo campo de aviação e todos esperaram.

... MENOS **32**

E A CONTAGEM CONTINUA...

Richards descobriu que o velho clichê era mentira. O tempo *não* parava. De certo modo, seria melhor que parasse. Nesse caso, pelo menos haveria um fim para a esperança.

Em duas ocasiões a voz amplificada informou a Richards que ele estava mentindo. Ele respondeu que, sendo assim, era melhor abrirem fogo. Cinco minutos depois, uma nova voz amplificada falou que os flapes do Lockheed estavam congelados e que seria preciso começar a abastecer outro avião. Richards respondeu que tudo bem. Desde que o avião estivesse pronto para decolar dentro do prazo original.

Os minutos se arrastaram. Restavam 26, 25, 22, 20 (*ela ainda não entregou os pontos, meu Deus, quem sabe...*), 18, 15 (de novo as turbinas do avião, elevando-se num uivo estridente, enquanto as tripulações faziam as verificações prévias do sistema de combustível e dos controles, antes do voo), dez minutos, depois oito.

— RICHARDS!

— PRESENTE.

— SIMPLESMENTE PRECISAMOS DISPOR DE MAIS TEMPO. OS FLAPES DO AVIÃO ESTÃO CONGELADOS. VAMOS IRRIGAR AS PÁS DAS TURBINAS COM HIDROGÊNIO LÍQUIDO, MAS PRECISAMOS DE TEMPO.

— VOCÊS TÊM TEMPO. SETE MINUTOS. DEPOIS DISSO, SEGUIREI PARA O CAMPO DE POUSO PELA RAMPA DE SER-

VIÇO. VOU DIRIGIR COM UMA DAS MÃOS NO VOLANTE E A OUTRA NA ARGOLA DO DISPARADOR. TODOS OS PORTÕES TÊM QUE ESTAR ABERTOS. E LEMBRE-SE, VOU ESTAR CADA VEZ MAIS PERTO DAQUELES TANQUES DE COMBUSTÍVEL.

— VOCÊ NÃO PARECE ENTENDER QUE NÓS...

— JÁ CHEGA DE FALAR, RAPAZES. SEIS MINUTOS.

O ponteiro dos segundos descreveu suas voltas ordeiras, regulares. Restavam três minutos, dois, um. Arriscariam tudo na salinha que Richards não conseguia imaginar. Ele tentou evocar mentalmente a imagem de Amelia, mas não conseguiu. Ela já começava a se confundir com outros rostos. Um rosto composto pelos de Stacey, Bradley, Elton e Virginia Parrakis e o menino do cachorro. Tudo que conseguia recordar era que ela era macia e bonita, daquele jeito pouco inspirado que são tantas mulheres, graças à Max Factor, à Revlon e aos cirurgiões plásticos que puxam, prendem, alisam e esticam. Macia. Macia. Mas dura em algum lugar profundo. Onde foi que você se endureceu, protestante branca anglo-saxônica? Será que é dura o bastante? Ou será que está abrindo o jogo neste exato momento?

Sentiu uma coisa quente escorrer pelo queixo e descobriu que havia mordido os lábios até cortá-los, não uma vez, mas várias.

Limpou a boca em um gesto distraído, deixando na manga uma mancha de sangue em forma de lágrima, e ligou o carro. Começou a se elevar obedientemente, com os elevadores roncando.

— RICHARDS! SE VOCÊ MOVER ESSE CARRO, VAMOS ATIRAR! A MOÇA FALOU! NÓS SABEMOS!

Ninguém disparou um tiro.

De certo modo, era quase um anticlímax.

... MENOS 31

E A CONTAGEM CONTINUA...

A rampa de serviço descrevia um arco ascendente em volta do Terminal dos Estados Setentrionais, com sua aparência futurista e transparente. O trajeto era ladeado por policiais que portavam de tudo, desde gás paralisante e gás lacrimogêneo até armas pesadas, capazes de perfurar blindados. O rosto de cada um deles era despido de emoção, embotado, uniforme. Richards dirigiu devagar, agora sentado ao volante, e eles o olhavam com um assombro vazio, bovino. Exatamente como as vacas olhariam para um fazendeiro enlouquecido, que ficasse no chão do celeiro dando pontapés, debatendo-se feito um peixe e gritando.

O portão da área de serviço (CUIDADO — SOMENTE FUNCIONÁRIOS — PROIBIDO FUMAR — PROIBIDA A ENTRADA DE PESSOAL NÃO AUTORIZADO) fora escancarado, e Richards o atravessou calmamente, passando por fileiras de caminhões-tanque de combustível de alta octanagem e pequenos aviões particulares, presos por seus calços. Além deles, ficava uma pista para taxiar — uma vasta extensão de cimento enegrecida por óleo, com juntas de dilatação. Ali, seu pássaro o esperava, um imenso jumbo branco com uma dúzia de turbinas que roncavam suavemente. Mais além, as pistas se estendiam, retas e desertas, em direção ao céu crepuscular, parecendo se aproximar de um ponto de encontro no horizonte. A escada do pássaro acabava de ser instalada por quatro homens de macacão. Para Richards, pareceu a escada para uma forca.

E, como que para completar a imagem, o carrasco emergiu claramente das sombras lançadas pela imensa barriga do avião. Evan McCone.

Richards o olhou com a curiosidade de quem vê uma celebridade pela primeira vez — por mais que a foto dele aparecesse nos filmes em 3-D, não se conseguia acreditar em sua realidade até ele aparecer em carne e osso, e aí a realidade assumia um toque curioso de alucinação, como se uma entidade não tivesse o direito de existir separada da imagem.

Era um homem baixo, que usava óculos sem aro, com a vaga sugestão de uma barriguinha por baixo do terno bem talhado. Corria o boato de que McCone usava sapatos de plataforma, porém, se era verdade, eram imperceptíveis. Na lapela, havia um pequeno alfinete em forma de bandeira. No conjunto, ele não se parecia nem um pouco com um monstro, herdeiro das temíveis agências que compunham uma sopa de letras, como FBI e CIA. Não parecia ser o homem que havia dominado a técnica do automóvel preto à noite, do cassetete de borracha, das perguntas sonsas sobre os parentes deixados em casa. Não parecia o homem que havia dominado todo o espectro do medo.

— Ben Richards! — disse ele. Não usou o megafone e, sem isso, sua voz era suave e culta, sem ser nem um pouco afeminada.

— Sim.

— Tenho um mandado autenticado da Federação dos Jogos, que é uma divisão autorizada da Comissão de Comunicações da Rede, para sua apreensão e execução. O senhor pretende respeitá-lo?

— Nem que a vaca tussa.

— Ah — fez McCone. Parecia satisfeito. — Já cuidamos das formalidades. Acredito em formalidades, o senhor não? Não, é claro que não. O senhor tem sido um concorrente muito informal. É por isso que ainda está vivo. Sabia que ultrapassou há umas duas horas o recorde vigente de O *Foragido*, que era de oito dias e cinco horas? É claro que não. Mas ultrapassou. Sim. E aquela sua fuga da ACM em Boston. Coisa de primeira. Ouvi dizer que o índice de audiência Nielsen subiu doze pontos no programa.

— Que maravilha.

— Quase o pegamos naquele interlúdio em Portland. Demos azar. Parrakis jurou, em seu último suspiro, que o senhor havia descido do carro em Auburn. Acreditamos nele; o garoto estava obviamente apavorado.

— Obviamente — ecoou Richards, em voz baixa.

— Mas essa sua última jogada foi simplesmente brilhante. Eu o cumprimento. De certo modo, quase lamento que o jogo tenha que terminar. Desconfio que nunca me depararei com um adversário mais criativo.

— Que pena — disse Richards.

— Acabou, o senhor sabe — afirmou McCone. — A mulher entregou os pontos. Usamos tiopental sódico, ou soro da verdade. Velho, mas confiável.

Sacou uma pequena pistola automática.

— Desça, sr. Richards. Eu prestarei a última homenagem ao senhor. Vou prestá-la aqui mesmo, onde ninguém pode filmar. Sua morte terá relativa privacidade.

— Então prepare-se. — Richards sorriu.

Abriu a porta e saiu do carro. Os dois homens se enfrentaram no cimento branco da área de serviço.

... MENOS 30

E A CONTAGEM CONTINUA...

Foi McCone quem rompeu primeiro o impasse. Jogou a cabeça para trás e riu.

Foi uma risada de muito requinte, suave e aveludada.

— Ah, o senhor é ótimo, sr. Richards. Incomparável. Aumenta a aposta, paga e torna a aumentar. Dou meus sinceros parabéns. A mulher não se dobrou. Sustenta obstinadamente que o volume que estou vendo em seu bolso é um Irlandês Negro. Não podemos aplicar o tiopental sódico nela porque deixa vestígios claros. Um simples eletroencefalograma, e nosso segredo seria revelado. Estamos no processo de trazer três ampolas de Canogyn de Nova York. Não deixa vestígios. Esperamos recebê-las em quarenta minutos. Não em tempo de detê-lo, infelizmente.

"Ela *está* mentindo. É óbvio. Se me perdoa um toque do que seus colegas gostam de chamar de elitismo, ofereço minha observação de que a classe média só mente bem no que diz respeito ao sexo. Permite-me fazer outra observação? Permite, claro. Vou fazer."

McCone sorriu.

— Desconfio que é a bolsa dela. Notamos que não usava nenhuma, embora houvesse saído para fazer compras. Somos muito observadores. O que aconteceu com a bolsa dela se não está no seu bolso, Richards?

Ele se recusou a aceitar o desafio.

— Atire em mim, se tem tanta certeza.

McCone abriu as mãos, num gesto de pesar.

— Como gostaríamos! Mas não se pode correr riscos com a vida humana, nem mesmo quando se tem uma probabilidade de cinquenta para um. É parecido demais com uma roleta-russa. A vida humana tem uma certa qualidade *sagrada*. O governo, *nosso* governo, percebe isso. Somos humanos.

— Sim, sim — disse Richards, com um sorriso selvagem. Mc-Cone piscou.

— Portanto, veja…

Richards se assustou. O homem o estava hipnotizando. Os minutos voavam, chegaria um helicóptero de Boston, carregando três ampolas de "me estimule e me vire pelo avesso" (e, se McCone tinha dito quarenta minutos, isso significava vinte), e ali estava ele, escutando a cantoriazinha sonora daquele sujeito. Meu Deus, ele *era mesmo* um monstro!

— Escute aqui — interrompeu Richards, com rispidez. — O discurso é curto, nanico. Quando vocês aplicarem a injeção, ela vai cantar a mesma música. Só para deixar registrado, está tudo aqui. Sacou?

Fixou os olhos nos de McCone e começou a avançar.

— Até mais tarde, seu comedor de merda.

McCone saiu da frente. Richards nem se incomodou em olhá-lo quando se cruzaram. As mangas dos paletós roçaram uma na outra.

— Só para deixar registrado, me disseram que a trava do detonador dava cerca de um quilo e meio na metade. Agora estou em cerca de um quilo. É pegar ou largar.

Richards teve a satisfação de ouvir a respiração do homem acelerar um pouco.

— Richards.

Na escada, ele se virou e viu McCone erguendo os olhos para ele, com as bordas douradas dos óculos luzindo e piscando.

— Quando você estiver no ar, vamos derrubá-lo com um míssil. A história contada ao público será que Richards estava meio irrequieto com o dedo no gatilho. Descanse em paz.

— Só que vocês não vão.

— Não?

Richards começou a sorrir e deu meia explicação.

— Vou voar muito baixo e sobre áreas densamente povoadas. Some doze reservatórios de combustível a cinco quilos de Irlandês, e vai notar um potencial significativo para uma explosão muito grande. Grande demais. Vocês o fariam, se pudessem se safar, mas não podem. — Fez uma pausa. — Vocês são muito inteligentes. Será que também previram o paraquedas?

— Ah, sim — respondeu McCone, calmo. — Está no compartimento de passageiros, na frente. Essa é tão velha, sr. Richards! Ou será que tem outra carta na manga?

— E vocês também não foram estúpidos a ponto de sabotar o paraquedas, aposto.

— Ah, não. Óbvio demais. E você puxaria essa argola inexistente do detonador um segundo antes de pousar, imagino. Uma explosão aérea muito eficaz.

— Adeus, nanico.

— Adeus, sr. Richards. E *bon voyage*. — Deu um risinho e completou: — É, o senhor merece ser tratado com honestidade. Portanto, vou lhe mostrar mais uma carta. Só uma. Vamos esperar pelo Canogyn antes de agir. O senhor está absolutamente certo quanto ao míssil. Por enquanto, é só um blefe. Pagar e tornar a subir a aposta, hein? Mas posso me dar ao luxo de esperar. Sabe, eu nunca erro. Nunca. E sei que está blefando. Portanto, podemos esperar. Mas estou de olho no senhor. *Au revoir*, sr. Richards — e acenou.

— Até breve — respondeu Richards, mas não alto o bastante para que McCone o ouvisse. E sorriu.

... MENOS 29

E A CONTAGEM CONTINUA...

O compartimento da primeira classe era comprido, com três fileiras de poltronas e revestido de sequoia envelhecida. Um tapete cor de vinho, com uma trama que dava a sensação de ter metros de espessura, cobria o chão. Uma tela de cinema em 3-D estava montada fora da passagem, na parede oposta, entre a primeira classe e a cozinha. Na cadeira 100 encontrava-se o pacote volumoso com o paraquedas. Richards deu-lhe um tapinha de leve e entrou na cozinha. Alguém havia até preparado café.

Cruzou outra porta e parou num pequeno corredor que levava à cabine dos pilotos. À direita, o operador de rádio, um homem talvez de uns trinta anos, de rosto apreensivo, dirigiu um olhar ressentido a Richards e se voltou novamente a seus instrumentos. Alguns passos à frente, à esquerda, sentava-se o navegador, diante de seus painéis, gráficos e mapas envoltos em plástico.

— O sujeito que vai matar todos nós está subindo, rapazes — disse ele no microfone preso a seu ouvido, lançando um olhar frio para Richards.

Ele não disse nada. Afinal, tinha quase certeza de que o homem estava certo. Capengou até o nariz da aeronave.

O piloto tinha cinquenta anos ou mais, um veterano com o nariz vermelho de quem bebia regularmente e os olhos límpidos e perspicazes de quem ainda não chegou nem perto do limite do alcoolismo. Seu copiloto era dez anos mais jovem, com uma exuberante cabeleira vermelha que saía por baixo do quepe.

— Olá, sr. Richards — disse o piloto. Deu uma olhada para o volume no bolso de Ben antes de fitá-lo no rosto. — Perdoe-me se não aperto sua mão. Sou o comandante Don Holloway. Este é meu copiloto, Wayne Duninger.

— Nestas circunstâncias, não tenho muito prazer em conhecê-lo — disse Duninger.

A boca de Richards contorceu-se e ele disse:

— Neste mesmo espírito, permita-me acrescentar que lamento estar aqui. Comandante Holloway, o senhor está em comunicação com McCone, não é?

— Sem dúvida. Através de Kippy Friedman, nosso oficial de comunicações.

— Me dê uma coisa em que falar.

Com infinito cuidado, Holloway estendeu um microfone.

— Prossiga com os preparativos do voo — disse Richards. — Cinco minutos.

— O senhor quer que as travas explosivas da porta traseira de carga sejam armadas? — perguntou Duninger, com grande ansiedade.

— Cuide do seu tricô — disse Richards com frieza. Era hora de acabar com aquilo, fazer a última aposta. Ele sentia a cabeça quente, o cérebro superaquecido, prestes a explodir. Pague e suba a aposta, o jogo era esse.

Agora o céu é o limite, McCone.

— Sr. Friedman?

— Sim.

— Aqui é Richards. Quero falar com McCone.

Silêncio total por meio minuto. Holloway e Duninger já não o olhavam; estavam às voltas com a checagem pré-voo, verificando medidores e pressões, flapes, portas e interruptores. O subir e descer das imensas turbinas GA recomeçou, muito mais alto e estridente. Quando a voz de McCone enfim soou, era ínfima em contraste com o barulho brutal.

— Aqui é McCone.

— Vamos lá, verme. Você e a mulher vão dar um passeio. Apareça na porta de carga dentro de três minutos, senão eu puxo a argola.

Duninger enrijeceu-se no assento dobrável, como se tivesse levado um tiro. Quando retornou a seus números, sua voz estava abalada e aterrorizada.

Se ele tiver raça, é aqui que paga para ver. Chamar a mulher é abrir o jogo. Se ele tiver coragem.

Richards esperou.

Em sua cabeça, um relógio tiquetaqueava.

... MENOS 28

E A CONTAGEM CONTINUA...

Quando a voz de McCone se manifestou, havia nela uma nota estranha e agressiva. Medo? Possivelmente. O coração de Richards cambaleou. Talvez tudo desabasse ao mesmo tempo. Talvez.

— Você é maluco, Richards. Não vou...

— *Escute* — interrompeu ele, esmurrando a voz de McCone. — E, enquanto isso, lembre-se de que esta conversa está sendo captada por tudo que é radioamador num raio de cem quilômetros. A notícia vai se espalhar. Você não está trabalhando nos bastidores, nanico. Está bem no meio do palco principal. Vai me obedecer porque é frouxo demais para tentar me passar a perna, sabendo que isso vai lhe custar a vida. A mulher vem porque eu quero que venha.

Fraco. Esmurre-o com mais força. Não o deixe pensar.

— Mesmo que você sobreviva quando eu puxar a argola, não vai conseguir arranjar emprego nem para vender maçãs.

Richards segurava a bolsa dentro do paletó com uma firmeza frenética, maníaca.

— Então é isso aí. Três minutos. Desligando.

— Richards, espere...

Ele desligou, sufocando a voz de McCone. Devolveu o microfone a Holloway, que o pegou com dedos quase imperceptivelmente trêmulos.

— Você tem colhões — disse o comandante, devagar. — Isso eu tenho que admitir. Acho que nunca vi tanto em uma pessoa só.

— Vai ter muito mais colhões espalhados aqui do que qualquer um de nós já viu se ele puxar aquela argola — disse Duninger.

— Continue a checagem para o voo, por favor — ordenou Richards. — Vou lá para trás dar as boas-vindas aos nossos convidados. Partimos em cinco minutos.

Voltou, empurrou o paraquedas para o assento da janela e se sentou, observando a porta entre a primeira e a segunda classes. Saberia em breve. Muito, muito em breve.

Sua mão movia-se com inquietação contínua e desamparada sobre a bolsa de Amelia Williams.

Lá fora, era noite quase fechada.

E A CONTAGEM CONTINUA...

Os dois subiram a escada quando ainda restavam quarenta e cinco segundos do prazo. Amelia arfava e tinha o ar assustado, com o cabelo despenteado pelo vento contínuo que soprava naquela planície feita pelo homem. Por fora, a aparência de McCone parecia inalterada; ele continuava arrumado e impassível, imperturbável, alguém diria, mas os olhos eram toldados por um ódio quase psicótico.

— Você não ganhou nada, seu verme — disse em voz baixa. — Ainda nem começamos a jogar nossos trunfos.

— É bom vê-la de novo, sra. Williams — disse Richards, em tom afável.

Como se ele houvesse feito um sinal para ela, puxado uma corda invisível, Amelia começou a chorar. Não era um choro histérico, mas um som de absoluto desamparo, que saía do peito como pedaços de escória. A força do choro a fez cambalear, depois desabar no carpete luxuoso do setor luxuoso de primeira classe, com as mãos cobrindo o rosto, como que para segurá-lo. O sangue de Richards havia secado na blusa dela, assumindo um tom amarronzado e pegajoso. A saia rodada escondia as pernas dela, fazendo com que parecesse uma flor murcha.

Richards sentiu pena da mulher. Era uma emoção superficial, a piedade, mas ele não era capaz de muito mais naquele momento.

— Sr. Richards?

A voz de Holloway soou pelo interfone da cabine.

— Sim?

— Será que... já temos o sinal verde?

— Sim.

— Então vou pedir para o pessoal de serviço retirar a escada e fechar a porta. Não fique nervoso com isso.

— Está bem, comandante. Obrigado.

— Você se entregou quando mandou trazer a mulher. Sabe disso, não sabe?

McCone parecia sorrir e lançar olhares furiosos ao mesmo tempo; o efeito era assustadoramente paranoico. Suas mãos se fechavam e se abriam.

— É mesmo? — disse Richards, afável. — E, já que você nunca erra, com certeza vai pular em cima de mim antes de levantarmos voo. Assim, não vai correr nenhum risco e sairá perfumado como uma rosa, certo?

Os lábios de McCone se afastaram com um rosnado baixo, depois se comprimiram até ficarem brancos. Ele permaneceu imóvel. O avião começou a vibrar levemente, enquanto as turbinas giravam em ciclos cada vez mais rápidos.

Quando a porta de embarque na segunda classe se fechou com um baque, o ruído emudeceu de repente. Ao se inclinar ligeiramente para espiar por uma das janelas circulares da esquerda, Richards viu o pessoal de terra levando a escada embora.

Agora estamos todos na forca, pensou.

... MENOS 26

E A CONTAGEM CONTINUA...

À direita da tela de cinema enrolada apareceu o sinal APERTE O CINTO — NÃO FUME. O avião começou a descrever um giro lento e pesado. Tudo que Richards sabia sobre jatos aprendera na GratuiTV e nos livros, grande parte destes de aventuras de ficção. Na realidade, aquela era apenas a segunda vez que pisava numa aeronave, e ela fazia o avião da ponte aérea entre Harding e Nova York parecer uma banheira de brinquedo. A intensa movimentação sob seus pés pareceu-lhe perturbadora.

— Amelia?

Ela ergueu os olhos devagar, com o rosto arrasado e banhado em lágrimas.

— Eu? — respondeu a mulher, com a voz rouca, atordoada e entupida de muco. Como se houvesse esquecido onde estava.

— Venha aqui para a frente. Estamos decolando.

Richards olhou para McCone.

— Você fique onde quiser, nanico. Tem toda a extensão da aeronave. Só não incomode a tripulação.

McCone ficou calado e se sentou perto da cortina que separava a primeira e a segunda classes. Depois, aparentemente pensando melhor, atravessou-a para o outro lado e sumiu.

Apoiando-se nos encostos dos assentos, Richards se aproximou de Amelia.

— Eu gostaria do assento da janela — disse ele. — Só andei de avião uma vez.

Tentou sorrir, mas ela apenas o fitou com ar embotado.

Richards sentou-se, e ela se acomodou ao lado dele. Prendeu o cinto de segurança de Richards, para que ele não tivesse que tirar a mão do bolso.

— Você é um pesadelo — disse. — Um pesadelo que nunca termina.

— Sinto muito.

— Eu não... — começou Amelia, mas Richards tapou a boca dela com a mão e balançou a cabeça. Formou um *não!* com os lábios, sem som, fitando-a nos olhos.

O avião descreveu um círculo completo, com lento e infinito cuidado, as turbinas em alto giro, e começou a rolar em direção às pistas, como um pato desajeitado, prestes a entrar na água. Era tão grande que Richards teve a sensação de que a aeronave estava parada e que era a própria Terra que se movia.

Talvez seja tudo uma ilusão, pensou, desvairado. *Talvez eles tenham montado projetores em terceira dimensão do lado de fora de todas as janelas e...*

Afastou o pensamento.

Haviam chegado ao fim da pista em que os aviões taxiavam, e a aeronave fez uma curva fechada à direita. Seguiram em ângulos retos em direção às pistas, passando pela Três e pela Dois. Na Um, viraram à esquerda e fizeram uma pausa de um segundo.

Pelo interfone, Holloway informou, em tom inexpressivo:

— Vamos decolar, sr. Richards.

O avião começou a se mover, a princípio devagar, não mais do que à velocidade de um aerocarro, e de repente, houve uma arrancada súbita e aterradora, que fez Richards querer gritar de pavor.

Ele foi empurrado para trás, contra o encosto macio do assento, e lá fora, as luzes da pista começaram a saltar com velocidade estonteante. A vegetação rasteira e as árvores atrofiadas pela fumaça poluidora, no horizonte desolado e banhado pelo sol poente, rugiram para eles. Os motores se aceleraram mais e mais e mais, e o chão voltou a vibrar.

De repente, Richards se deu conta de que Amelia Williams estava agarrada a seu ombro com as duas mãos, contorcendo o rosto numa careta aflita de medo.

Meu Deus, ela também nunca andou de avião!

— Estamos indo — disse ele. Descobriu-se repetindo essa frase vez após outra, sem conseguir parar. — Estamos indo. Estamos indo.

— Para onde? — sussurrou Amelia.

Ele não respondeu. Estava começando a saber.

... MENOS 25

E A CONTAGEM CONTINUA...

Os dois policiais de serviço no bloqueio rodoviário, na entrada leste do aeroporto, observaram a imensa aeronave avançar pela pista, ganhando velocidade. Suas luzes piscaram em tons de laranja e verde na escuridão crescente, enquanto o uivo das turbinas os ensurdecia.

— Ele está indo. Nossa, ele está indo.

— Para onde? — disse o outro.

Observaram a forma escura se afastar do solo. Os motores adquiriram um som curiosamente monótono, como o de exercícios de artilharia numa manhã fria. Elevou-se num ângulo agudo, tão real, tangível e prosaico quanto um tablete de manteiga num prato, mas improvável em seu voo.

— Você acha que ele tem mesmo um explosivo?

— Cacete, sei lá.

O rugir do jato começou a chegar em ciclos decrescentes.

— Mas vou dizer uma coisa — declarou o primeiro, desviando os olhos das luzes que diminuíam e levantando a gola. — Fico contente por ele ter levado aquele babaca com ele. Aquele tal de McCone.

— Posso fazer uma pergunta pessoal?

— Desde que eu não tenha que responder.

— Você gostaria que ele conseguisse?

O policial passou muito tempo calado. O som do jato foi esmaecendo, esmaecendo, até desaparecer no zunir subterrâneo dos nervos em ação.

— Sim.

— Acha que ele consegue?

Um sorriso crescente na escuridão.

— Meu amigo, acho que vai haver uma grande explosão.

... MENOS 24

E A CONTAGEM CONTINUA...

A terra havia ficado lá embaixo.

Richards ficou olhando para fora, admirado, incapaz de se saciar; havia dormido durante todo o outro voo, como se esperasse por esse. O céu se aprofundara num matiz que pairava na fronteira entre o azul real e o preto. As estrelas despontavam com um brilho hesitante. No oeste do horizonte, o único remanescente do sol era uma nítida luz laranja que não iluminava nem um pouco a terra escura. Lá embaixo, dava para ver um ninho de luzes que devia ser Derry.

— Sr. Richards?

— Sim — respondeu ele, dando um salto no banco, como se o houvessem cutucado.

— Estamos em padrão de espera. Isso significa que estamos fazendo um grande círculo acima do Aeroporto Voigt. Alguma instrução?

Richards pensou com cuidado. Não convinha dar informações demais.

— Qual é a menor altitude em que o senhor pode pilotar esta coisa?

Houve uma longa pausa para consultas.

— Conseguiríamos permanecer seguros a seiscentos metros — respondeu Holloway, cauteloso. — É contra as normas da Agência Nacional de Segurança, mas...

— Isso não importa — cortou Richards. — Tenho que me deixar nas suas mãos, até certo ponto, sr. Holloway. Entendo muito pouco de pilotagem e tenho certeza de que o senhor foi informado disso. Mas, por favor, lembre-se de que todas as pessoas cheias de ideias brilhantes sobre como me passar a perna estão em terra e fora de perigo. Se o senhor mentir para mim sobre alguma coisa e eu descobrir...

— Ninguém aqui vai contar nenhuma mentira — disse Holloway. — Só estamos interessados em aterrissar com este avião do jeito que ele subiu.

— Certo. Muito bem.

Resolveu dar-se algum tempo para pensar. Amelia Williams estava a seu lado, rígida, com as mãos cruzadas no colo.

— Siga na direção oeste — disse Richards, abruptamente. — A seiscentos metros. Vá apontando os lugares à medida que passarmos, por favor.

— Os lugares?

— Por onde estivermos passando — respondeu Richards. — Só andei de avião uma vez.

—Ah — fez Holloway, soando aliviado.

O avião descreveu uma curva e a linha escura do pôr do sol, fora da janela, inclinou-se. Richards observou, fascinado. Brilhava oblíqua na janela grossa, criando estranhos e fugidios raios de sol pouco além do vidro. *Estamos perseguindo o sol*, pensou ele. *Não é incrível?*

Eram 6h35.

... MENOS 23

E A CONTAGEM CONTINUA...

As costas do assento à frente de Richards eram uma caixa de surpresa. Havia um compartimento com um manual de segurança. Em caso de turbulência, aperte o cinto. Se a cabine perder pressão, puxe a máscara de oxigênio instalada acima de sua cabeça. Caso haja problemas com os motores, a comissária de bordo dará instruções adicionais. Em caso de morte explosiva repentina, torça para ter obturações em número suficiente para assegurar sua identificação.

Havia uma pequena tela da GratuiTV no painel do assento, no nível dos olhos. Um cartão de metal abaixo dela lembrava ao espectador que os canais entrariam e sairiam de sintonia com um grau razoável de velocidade. Havia um seletor de canais com teclas, para o espectador ávido.

Abaixo e à direita da GratuiTV ficavam um bloco com o timbre da empresa aérea e uma esferográfica presa a uma corrente. Richards tirou uma folha e escreveu sobre os joelhos, desajeitado:

"Há uma probabilidade de noventa e nove por cento de que você esteja com um equipamento de escuta, um microfone no sapato ou no cabelo, talvez um transmissor da Rede em sua manga. McCone está atento, à espera de que você acabe logo com isto, aposto. Daqui a um minuto, tenha um ataque histérico e me implore para não puxar a argola. Isso vai nos dar mais chances. Topa?"

Ela fez que sim com a cabeça e Richards hesitou, depois recomeçou a escrever:

"Por que você mentiu?"

Amelia tirou a esferográfica da mão dele, segurou-a sobre o papel no joelho de Richards por um instante e escreveu: "Não sei. Você fez eu me sentir uma assassina. Sua mulher. E você parecia muito…". A caneta fez uma pausa, hesitou e rabiscou: "… digno de pena".

Richards ergueu as sobrancelhas e deu um pequeno sorriso — o que doeu. Ofereceu de novo a esferográfica, mas ela fez que não, em silêncio. Ele escreveu: "Pode começar com a atuação daqui a uns cinco minutos."

Amelia assentiu e Richards amassou o papel, enfiando-o no cinzeiro embutido no apoio do braço. Ateou fogo ali. O papel soltou uma chama e brilhou forte por um instante, atiçando um minúsculo reflexo luminoso na janela. Depois se desfez em cinzas, que Richards pôs-se a tamborilar, pensativo.

Passados uns cinco minutos, Amelia Williams começou a gemer. Foi um som tão real que, por um instante, Richards levou um susto. Depois lhe ocorreu que, provavelmente, *era* real.

— Não, por favor — disse ela. — Por favor, não faça aquele homem… ter que pôr você à prova. Eu nunca lhe fiz nada. Quero voltar para minha casa e meu marido. Também temos uma filha. Ela tem seis anos. Deve estar perguntando onde está a mamãe.

Richards sentiu a sobrancelha subir e descer duas vezes, num tique involuntário. Não queria que ela fosse boa naquilo. Não *tanto*.

— Ele é burro — disse Ben para Amelia, tentando não se dirigir a uma plateia invisível —, mas acho que nem tanto. Vai ficar tudo bem, sra. Williams.

— É fácil você dizer isso. Você não tem nada a perder.

Richards não respondeu. Era flagrante que ela estava certa. Pelo menos, não havia nada que ele já não houvesse perdido.

— Mostre pra ele — implorou Amelia. — Pelo amor de Deus, por que não a mostra para ele? Aí ele teria que acreditar… suspender o trabalho do pessoal em terra. Estão rastreando nosso curso com mísseis. Eu o escutei dizer isso.

— Não posso mostrar pra ele — retrucou Richards. — Para tirar do bolso eu precisaria pôr a trava de segurança na argola, ou correr o risco de nos explodir por acidente. Além disso — acrescentou ele, injetando sarcasmo na voz —, acho que eu não a mostraria, mesmo que pudesse. Ele é que é o verme com alguma coisa a perder. Ele que aguente.

— Eu não aguento mais isso — disse Amelia, em tom abafado.

— Acho que prefiro dar um empurrão em você e acabar com tudo. É assim mesmo que vai terminar, não é?

— A senhora não... — começou Richards, mas a porta entre a primeira e a segunda classes se abriu e McCone entrou, meio andando, meio investindo. Tinha o rosto calmo, mas, por baixo da calma, havia um curioso brilho em seu olhar, que Richards reconheceu de imediato. O brilho do medo, branco, céreo e cintilante.

— Sra. Williams — disse McCone, falando depressa. — Café, por favor. Para sete. Receio que a senhora vá ter que bancar a aeromoça neste voo.

Ela se levantou sem olhar para nenhum dos dois.

— Onde?

— Ali adiante — respondeu McCone, afavelmente. — É só seguir reto.

Ele estava fazendo o papel de conciliador, meloso... e estava pronto para se atirar sobre Amelia Williams à mínima menção de ela se mover em direção a Richards.

A mulher seguiu pelo corredor sem olhar para trás.

McCone encarou Richards e disse:

— Você desistiria disso, se eu pudesse prometer uma anistia, parceiro?

— *Parceiro*. Essa palavra soa realmente sebosa na sua boca — comentou Richards, maravilhado. Flexionou a mão livre, olhou-a. Estava coberta de filetezinhos de sangue seco, pontilhada de pequenos cortes e arranhões de sua excursão com o tornozelo quebrado pelos bosques do sul do Maine. — Sebosa mesmo. Você a faz soar como um quilo de carne moída sebosa, cozinhando na panela. O único tipo que se consegue nos Armazéns Assistenciais da Co-Op City. — Olhou para a barriga bem disfarçada de McCone e acrescentou: — Agora, isso aí. Isso se parece mais com uma pança alimentada a filé.

Filé-mignon. Nada de gordura no filé, a não ser aquele anelzinho crocante em volta da parte de fora, não é?

— Anistia — repetiu McCone. — O que acha?

— Acho que é mentira — respondeu Richards, sorridente. — Uma grande de uma mentira filha da puta. Acha que não sei que você é só o ajudante contratado?

McCone enrubesceu. Não foi um rubor suave, nada disso; foi uma vermelhidão violenta, que lembrava um tijolo.

— Vai ser bom ter você no meu território — disse ele. — Temos balas de alto impacto que vão fazer sua cabeça parecer uma abóbora jogada na calçada do alto de um arranha-céu. Cheias de gás. Explodem ao contato. Um tiro na barriga, por outro lado...

Richards deu um grito:

— *É agora! Estou puxando a argola!*

McCone soltou um berro. Cambaleou dois passos para trás, bateu com o traseiro no braço acolchoado da poltrona 95, do outro lado, perdeu o equilíbrio e desabou sobre o assento como quem fosse catapultado, agitando os braços no ar em volta da cabeça, em gestos desesperados de rechaço.

Suas mãos se imobilizaram perto da cabeça, como pássaros petrificados, com os dedos abertos. Seu rosto olhou por entre a moldura grotesca dos dedos, como uma máscara mortuária de gesso em que alguém houvesse pendurado um par de óculos de aro dourado, por brincadeira.

Richards começou a rir. A princípio, foi um som entrecortado, hesitante, estranho a seus próprios ouvidos. Quanto tempo fazia desde que ele dera uma risada de verdade, uma risada franca, daquele tipo que vem livre e incontido das profundezas do peito? Achava que nunca havia dado uma gargalhada dessas, em toda a sua vida cinzenta e séria de luta. Mas ela estava ali, havia aparecido.

Seu otário.

McCone ficou sem voz; só conseguiu mover os lábios para formar as palavras, sem emitir um som. Tinha o rosto amarrotado e contorcido como a cara de um ursinho de pelúcia muito maltratado.

Richards riu. Segurou-se num dos braços da cadeira com a mão livre e só fez rir, rir, rir.

... MENOS 22

E A CONTAGEM CONTINUA...

Quando a voz de Holloway informou que o avião estava cruzando a fronteira entre o Canadá e o estado de Vermont (ele imaginou que o piloto devia entender do riscado, já que Richards, por si, não conseguia ver nada além de escuridão, interrompida por aglomerações ocasionais de luz lá embaixo), Richards descansou cuidadosamente a xícara de café e perguntou:

— O senhor pode me arranjar um mapa da América do Norte, comandante Holloway?

— Físico ou político? — perguntou outra voz. A do navegador, supôs Richards. Era o momento de se mostrar cortesmente burro e não saber que mapa queria. O que não sabia mesmo.

— Os dois — respondeu, em tom categórico.

— O senhor vai mandar a mulher buscá-los?

— Qual é seu nome, parceiro?

A pausa hesitante de um homem que percebe, com nervosismo repentino, que se fez notar.

— Donahue.

— Você tem pernas, Donahue. Quero que você mesmo os traga aqui.

Donahue levou-os. Tinha cabelos compridos, penteados para trás no estilo brilhantina, e calças de corte tão justo que mostravam o que parecia ser um saco de bolas de golfe na virilha. Os mapas estavam envoltos em plástico transparente. Richards não sabia de que eram revestidos os testículos de Donahue.

— Não tive intenção de dar palpite — disse o homem, a contragosto.

Richards pensou que era fácil reconhecer aquele tipo. Os jovens endinheirados costumavam gastar boa parte do tempo que tinham de sobra perambulando pelas zonas miseráveis de diversão das cidades grandes, circulando cheios da grana, às vezes a pé, mas em geral em motos. Eram caçadores de homossexuais. Os homossexuais tinham que ser erradicados. Salvem nossos banheiros para a democracia. Esse tipo raramente se aventurava além das obscuras zonas de diversão, arriscando-se a entrar nas trevas completas dos guetos. Quando o fazia, levava muita porrada.

Donahue se remexeu, constrangido pelo olhar demorado de Richards.

— Mais alguma coisa?

— Você é um caçador de homossexuais, parceiro?

— Quê?

— Deixa pra lá. Pode voltar. Ajude a pilotar o avião.

Donahue retornou a passos rápidos.

Richards logo descobriu que o mapa com os pequenos municípios, as cidades e as estradas era o mapa político. Correndo o dedo sobre o percurso entre Derry e a fronteira Canadá-Vermont numa reta em direção ao oeste, localizou sua posição aproximada.

— Comandante Holloway?

— Sim.

— Vire à esquerda.

— Como? — perguntou Holloway, francamente sobressaltado.

— Para o sul, digo. Rumo sul. E lembre-se...

— Estou lembrado — disse Holloway. — Não se preocupe.

O avião fez uma curva. McCone sentava-se com o tronco recurvado no banco em que havia caído, encarando Richards com um olhar faminto, voraz.

... MENOS 21

E A CONTAGEM CONTINUA...

Richards descobriu-se entrando e saindo de um estado de atordoamento, o que o assustou. O zunir regular dos motores era insidioso, hipnótico. McCone tinha ciência do que estava acontecendo, e sua postura recurvada tornava-se cada vez mais vulpina. Amelia também percebeu. Encolhia-se, angustiada, numa das poltronas da frente, perto da cozinha, observando os dois.

Richards tomou mais duas xícaras de café. Não ajudou muito. Ficava cada vez mais difícil concentrar-se na coordenação de seu mapa e no comentário indiferente de Holloway sobre seu voo ilícito.

Por fim, desferiu um murro no lado do corpo em que a bala o havia atingido. A dor foi imediata e intensa, como um balde de água fria no rosto. Um grito sibilante e meio sussurrado saiu dos dois lados de sua boca trincada, como num estéreo. O sangue novo empapou a camisa e escoou por entre os dedos.

Amelia deu um gemido.

— Sobrevoaremos Albany dentro de uns seis minutos — informou Holloway. — Se olhar para fora, o senhor a verá se aproximar pela esquerda.

— Relaxe — disse Richards a si mesmo, sem se dirigir a ninguém. — Relaxe. É só relaxar.

Deus do céu, será que vai acabar logo? Sim. Muito depressa.

Eram 7h45.

... MENOS 20

E A CONTAGEM CONTINUA...

Talvez fosse um sonho ruim, um pesadelo saído da escuridão, a se insinuar na penumbra doentia de sua mente semiadormecida — mais propriamente, uma visão ou uma alucinação. Seu cérebro funcionava e se concentrava num nível, lidando com o problema da navegação e com o perigo constante de McCone, mas, em outro, havia algo sombrio acontecendo. Coisas que se moviam nas trevas.

Continue a rastrear. Positivo.

Imensos servomecanismos rangentes, girando na escuridão da noite. Olhos infravermelhos, luzindo em espectros desconhecidos. Pálida luminescência verde de botões de controle e osciloscópios de radares girando.

Alvo localizado. Está na mira.

Caminhões rodando por estradas de terra e, sobre carretas em formação triangular a mais de trezentos quilômetros de distância umas das outras, antenas parabólicas vasculhando o céu noturno. Fluxos intermináveis de elétrons, voando nas asas de morcegos invisíveis. Contato, eco. O pulso intenso e a pós-imagem evanescente persistindo mais um pouco, até um novo pulso ser iluminado numa posição ligeiramente mais meridional.

Tem certeza?

Tenho. Trezentos e vinte quilômetros ao sul de Newark. Pode ser Newark.

Newark está em alerta vermelho, o sul de Nova York também.

Ainda vigora a ordem de espera do Executivo?

Correto.

Estávamos com ele bem na mira, em Albany.

Fique frio, parceiro.

Caminhões ribombando por cidades fechadas, gente olhando por janelas remendadas com papelão, com uma expressão apavorada de ódio. Veículos rugindo pela noite como bestas pré-históricas.

Abram os silos.

Motores gigantescos e rangentes, fazendo deslizar imensas tampas de concreto, manobrando-as por trilhos de aço reluzentes. Silos circulares, como as entradas do submundo dos Morlocks. Baforadas de hidrogênio líquido escapando pelo ar.

Rastreando. Estamos rastreando, Newark.

Certo, Springfield. Mantenha-nos informados.

Bêbados adormecidos em vielas, acordando zonzos com o estrondo dos caminhões que passavam, e fitando, chocados, as nesgas de céu entre prédios muito próximos. Tinham os olhos baços e amarelados, as bocas feito linhas pendentes. Num reflexo senil, as mãos tentavam puxar os jornais para protegê-los do frio, mas já não havia jornais, a GratuiTV acabara com o último deles. A GratuiTV era a rainha do mundo. Aleluia. Gente com Grana Fuma Juana. Os olhos amarelados captavam um lampejo desconhecido de luzes altas, piscando no céu. Pisca, pisca. Verde e vermelho, vermelho e verde. O estrondo dos caminhões diminuía, batendo de um lado e outro das gargantas de pedra como punhos de vândalos. Os bêbados voltavam a dormir. Resmungando.

Estamos com ele a oeste de Springfield.

Prosseguir ou abortar em cinco minutos.

Ordem de Harding?

Sim.

Ele está cercado e pronto para o impacto.

Pela noite voavam as asas invisíveis de morcego, desenhando uma rede cintilante sobre o canto noroeste da América. Os servomecanismos controlados pelos computadores da General Atomics funcionavam com tranquilidade. Mísseis giravam e mudavam sutilmente de posição em mil lugares, seguindo as luzes vermelhas e verdes que riscavam o céu. Eram como cascavéis de aço, cheias de veneno, à espera da hora do bote.

Richards via tudo, e continuava alerta a tudo que acontecia ao redor. A dualidade de seu cérebro era estranhamente reconfortante, de certo modo. Induzia a um desprendimento que se assemelhava muito à loucura. Seu dedo sujo de sangue acompanhava tranquilamente o progresso deles em direção ao sul. Agora, ao sul de Springfield, agora, a oeste de Hartford, agora...

Rastreando.

... MENOS 19

E A CONTAGEM CONTINUA...

— Sr. Richards?

— Sim.

— Estamos sobrevoando Newark, Nova Jersey.

— Sim — disse Richards. — Estou observando. Holloway?

O comandante não respondeu, mas Richards sabia que estava ouvindo.

— Eles estão com a mira apontada para nós o tempo todo, não é?

— Sim — respondeu Holloway.

Richards olhou para McCone.

— Imagino que estejam tentando decidir se podem se dar ao luxo de liquidar seu sabujo profissional aqui. Imagino que decidam pela afirmativa. Afinal, tudo que têm que fazer é treinar outro.

McCone rosnava para ele, mas Richards achou que era um gesto inconsciente, que provavelmente remontava aos mais antigos ancestrais do chefe dos Caçadores — os neandertalenses que haviam rastejado para pegar seus inimigos por trás, com grandes pedras na mão, em vez de lutarem até a morte da maneira honrada, mas pouco inteligente.

— Quando vamos voltar a sobrevoar regiões desertas, comandante?

— Não vamos. Não seguindo para o sul. Chegaremos ao mar aberto, depois que ultrapassarmos as plataformas de perfuração de petróleo da Carolina do Norte.

— Ao sul daqui, é tudo um subúrbio da cidade de Nova York?

— É mais ou menos isso — respondeu Holloway.

— Obrigado.

Newark se esparramava abaixo deles como um punhado de joias sujas, descuidadamente atiradas numa frasqueira feminina, forrada de veludo preto.

— Comandante?

Com ar cansado:

— Pois não.

— Agora o senhor seguirá para o oeste.

McCone deu um pulo, como se o tivessem espetado. Amelia produziu um ruído surpreso de tosse.

— Oeste? — perguntou Holloway. Soou insatisfeito e amedrontado pela primeira vez. — Se for por esse rumo, o senhor estará pedindo para ter problemas. A direção oeste nos levará para uma região bastante deserta. Toda a Pensilvânia, entre Harrisburg e Pittsburgh, é zona rural.

— O senhor está planejando minha estratégia para mim, comandante?

— Não, eu...

— Rumo ao oeste — repetiu Richards, secamente.

Newark fez um giro e se afastou abaixo deles.

— Você é louco — disse McCone. — Eles vão nos explodir em pedaços.

— Com você e outras cinco pessoas inocentes a bordo? Neste país honrado?

— Será um engano — retrucou McCone, ríspido. — Um erro proposital.

— Você não assiste ao *Repórter Nacional?* — perguntou Richards, ainda sorridente. — Não cometemos erros. Não cometemos um erro desde 1950.

Newark foi se afastando sob as asas, substituída pela escuridão.

— Você já não está rindo — disse Richards.

... MENOS 18

E A CONTAGEM CONTINUA...

Meia hora depois, Holloway voltou ao interfone. Soava agitado.

— Richards, o alerta de Harding nos informou que eles querem fazer uma transmissão para nós com sinal de alta intensidade. Da Federação dos Jogos. Disseram que vale muito a pena para você ligar a GratuiTV.

— Obrigado.

Olhou para a tela vazia da GratuiTV e quase a ligou. Retirou a mão, como se as costas da poltrona em que a televisão estava embutida queimassem. Foi invadido por uma sensação curiosa de pavor e déjà-vu. Aquilo se parecia demais com uma volta ao começo, a Sheila, com seu rosto magro e abatido, ao cheiro do repolho da sra. Jenner cozinhando, um pouco adiante no corredor. A barulheira dos Jogos. *Esteira para a Grana. Nade nos Crocodilos.* Os gritos de Cathy. Nunca mais haveria outra filha, nem mesmo se ele pudesse se retratar, recuar, voltar ao começo. Até o primeiro começo já havia contrariado todas as probabilidades.

— Ligue a GratuiTV — disse McCone. — Talvez nos ofereçam... lhe ofereçam um trato.

— Cale a boca — replicou Richards.

Esperou, deixando o sentimento de pavor enchê-lo como água pesada. Aquela sensação curiosa de pressentimento. Sentia dores terríveis. O ferimento continuava a sangrar e suas pernas pareciam fracas e distantes. Ele não sabia se conseguiria levantar para acabar com aquela farsa quando chegasse a hora.

Com um resmungo, tornou a se inclinar para a frente e apertou o botão para ligar o aparelho. A GratuiTV ganhou vida, com um sinal incrivelmente claro e amplificado. O rosto que encheu a tela, aguardando pacientemente, era muito negro e muito conhecido. Dan Killian. Estava sentado atrás da escrivaninha de mogno em forma de rim que tinha o símbolo dos Jogos.

— Olá — disse Richards, baixinho.

Por pouco não caiu da poltrona quando Killian se empertigou, deu um sorriso e disse:

— Como vai, sr. Richards?

... MENOS 17

E A CONTAGEM CONTINUA...

— Não posso vê-lo — disse Killian —, mas posso ouvi-lo. O som do interfone do jato é transmitido pelo equipamento de rádio da cabine do piloto. Disseram-me que o senhor levou um tiro.

— Não é tão ruim quanto parece — afirmou Richards. — Eu me arranhei no mato.

— Ah, sim. A famosa Corrida pelos Bosques. Bobby Thompson a glorificou agora há pouco, quando o programa foi ao ar. Junto à sua façanha atual, é claro. Amanhã aquela mata estará cheia de gente em busca de um retalho da sua camisa, ou, quem sabe, até de um cartucho.

— Que pena — disse Richards. — Eu vi um coelho.

— Você é o maior desafiante que já tivemos, Richards. Graças a uma combinação de sorte e habilidade, o senhor é, decididamente, o maior. A ponto de lhe oferecermos um acordo.

— Que acordo? Um pelotão de fuzilamento transmitido em cadeia nacional de televisão?

— O sequestro do avião foi a coisa mais espetacular que já vimos, porém também a mais burra. Sabe por quê? Porque, pela primeira vez, você não está perto da sua própria gente. Deixou-a para trás quando saiu do chão. Inclusive a mulher que o está protegendo. Você pode pensar que ela é sua. Talvez até *ela* pense que é. Mas não é. Não há ninguém aí em cima além de nós, Richards. Você já era. Finalmente.

— As pessoas estão sempre me dizendo isso, e eu continuo respirando.

— Nas últimas duas horas, você está respirando rigorosamente por ordem da Federação dos Jogos. Fui eu que mandei. E fui eu que finalmente consegui obter autorização para o trato que vou lhe oferecer. Houve uma intensa oposição da velha guarda... esse tipo de coisa nunca tinha sido feito... mas vou levá-lo adiante.

— Você me perguntou quem poderia matar se subisse ao alto do edifício com uma metralhadora — prosseguiu Killian. — Uma das pessoas seria eu, Richards. Isso o surpreende?

— Acho que sim. Eu tinha achado que você era o negrinho da casa.

Killian jogou a cabeça para trás e riu, mas o riso soou forçado — o riso de um homem que está jogando alto e suportando uma grande tensão.

— O trato é este, Richards: leve o avião para Harding. Uma limusine dos Jogos estará à sua espera no aeroporto. Haverá uma execução, uma execução de mentira. Depois disso, você se junta à nossa equipe.

McCone emitiu um ganido assustado de ódio.

— Seu crioulo safado...

Amelia Williams parecia estarrecida.

— Ótimo — disse Richards. — Eu sabia que você era bom, mas essa é realmente genial. Que belo vendedor de carros usados você daria, Killian.

— McCone deu a impressão de que estou mentindo?

— McCone é um ótimo ator. Fez uma encenaçãozinha no aeroporto que poderia ter recebido um Oscar.

Mas Richards ficou perturbado. O fato de McCone haver despachado Amelia para buscar café, quando ela parecia prestes a tropeçar no explosivo, e o antagonismo intenso e permanente de McCone, nada disso fazia sentido. Ou será que fazia? Sua cabeça começou a girar feito um cata-vento.

— Talvez você esteja jogando isso em cima do McCone sem que ele saiba. Contando com a reação dele, para fazer a coisa parecer melhor ainda.

Killian respondeu:

— O senhor já fez seu numerozinho com o explosivo, sr. Richards. Nós sabemos, *sabemos*, que está blefando. Mas há um botão aqui nesta escrivaninha, um botãozinho vermelho, que não é blefe. Vinte segundos depois que eu o apertar, esse avião será destroçado por mísseis terra-ar Diamondback com ogivas nucleares novinhas.

— O Irlandês Negro também não é blefe — retrucou Richards, mas havia um gosto de pavor em sua boca. O blefe fora descoberto.

— Ah, é sim. O senhor não conseguiria entrar num avião da Lockheed/GA com um explosivo. Não sem disparar os alarmes. Há quatro detectores separados no avião, instalados para frustrar sequestradores. Um quinto detector foi instalado no paraquedas que o senhor pediu. Posso garantir que as luzes de alarme da torre de controle, no Campo de Aviação Voigt, foram observadas com grande interesse e inquietação quando o senhor subiu a bordo. Havia um consenso de que, provavelmente, o senhor carregava o Irlandês. Afinal, tinha se revelado tão engenhoso durante todo o tempo, que parecia uma suposição viável. O alívio foi grande quando nenhuma daquelas luzes se acendeu. Presumo que o senhor não tenha percebido nenhum dos detectores. Bem, não importa. Isso piora sua situação, mas...

De repente, McCone estava de pé ao lado de Richards.

— É agora — disse ele, sorrindo. — É agora que eu arrebento a porra dos seus miolos, seu boçal.

Tinha o revólver apontado para a têmpora de Richards.

... MENOS 16

E A CONTAGEM CONTINUA...

— Se fizer isso, você está morto — disse Killian.

McCone hesitou, recuou um passo e fitou a GratuiTV, incrédulo. Seu rosto recomeçou a se contorcer e se fechar. Os lábios se espremeram, num esforço silencioso de recobrar a fala. Quando finalmente saiu, foi um sussurro de raiva frustrada.

— Posso acabar com ele! Neste instante! Aqui mesmo! Todos ficaremos seguros! Nós...

Entediado, Killian interrompeu:

— Você está seguro agora, seu idiota. E Donahue poderia tê-lo matado... se nós o quiséssemos morto.

— Esse homem é um criminoso! — exclamou McCone, com a voz se elevando. — Matou agentes de polícia! Cometeu atos de anarquia e pirataria aérea! Ele... ele humilhou publicamente a mim e a meu departamento!

— Sente-se — disse Killian, e sua voz era fria como o distante espaço interplanetário. — Está na hora de o senhor se lembrar de quem paga seu salário, sr. Caçador-Chefe.

— Vou levar isso ao presidente do Conselho! — retrucou McCone, já furioso. A saliva voava de seus lábios. — Você vai colher algodão quando isto tudo acabar, maldito! Seu filho da puta inútil, desgraçado, traiçoeiro...

— Por favor, deixe sua arma no chão — disse uma nova voz. Richards se virou, sobressaltado. Era Donahue, o navegador, com um ar mais frio e letal do que nunca. O cabelo engomado reluzia sob a luz indireta da cabine. Ele segurava uma pistola automática Magnum/Springstun de punho metálico, apontada para McCone.

— Robert S. Donahue, velhote. Controle do Conselho dos Jogos. Coloque a arma no chão.

... MENOS 15

E A CONTAGEM CONTINUA...

McCone o fitou por um segundo interminável, depois o revólver caiu com um baque na lanugem densa do tapete.

— Seu...

— Acho que já ouvimos toda a retórica de que precisamos — disse Donahue. — Volte para a segunda classe e fique lá sentado, como um bom menino.

McCone deu vários passos para trás, rosnando inutilmente. Olhou para Richards como um vampiro de filme de terror que tivesse sido barrado por um crucifixo.

Depois que ele se foi, Donahue bateu uma pequena continência sarcástica para Richards, com o cano do revólver, e sorriu.

— Ele não vai voltar a incomodá-lo.

— Você continua com cara de caçador de homossexuais — disse Richards, sem se alterar.

O sorrisinho desapareceu. Donahue o encarou por um instante, com súbita e vazia antipatia, depois voltou para a cabine.

Richards se virou novamente para a tela da GratuiTV. Notou que sua pulsação se mantivera perfeitamente estável. Não sentia falta de ar, suas pernas não pareciam feitas de borracha. A morte havia se transformado num fato corriqueiro.

— Está aí, sr. Richards? — perguntou Killian.

— Sim, estou.

— O problema foi resolvido?

— Sim.

— Ótimo. Então, deixe-me voltar ao que estava dizendo.

— Vá em frente.

Killian deu um suspiro, ante o tom de Richards.

— Eu ia dizendo que sabermos que o senhor está blefando piora sua situação, mas melhora sua credibilidade. Percebe por quê?

— Sim — disse Richards, com desapego. — Significa que vocês poderiam ter abatido este pássaro a qualquer momento. Ou poderiam ter mandado Holloway pousar o avião quando bem entendessem. McCone teria acabado comigo.

— Exato. Acredita agora que sabemos que está blefando?

— Não. Mas você é melhor do que o McCone. Plantar seu faxineiro foi uma bela jogada.

Killian riu.

— Ah, Richards! Você é uma graça. Uma ave raríssima, iridescente!

De novo, porém, a fala soou forçada, pressionada, tensa. Ocorreu a Richards que Killian estava retendo informações que fazia muita questão de não revelar.

— Se você tivesse mesmo o explosivo, teria puxado a argola quando McCone encostou o revólver na sua cabeça. Você sabia que ele ia matá-lo. Mas ficou sentado aí.

Richards sabia que havia acabado, sabia que eles sabiam. Um sorriso rachou-lhe as feições. Killian apreciaria isso. Era um homem de temperamento arguto e sarcástico. Mesmo assim, teriam que pagar para ver a última carta de Richards.

— Não engulo nada dessa história. Se vocês me forçarem, vai tudo pelos ares.

— E o senhor não seria o homem que é, se não levasse tudo até o fim. Sr. Donahue?

— Sim, senhor — disse a voz fria, eficiente e sem emoção de Donahue pelo interfone, soando quase simultaneamente na GratuiTV.

— Tenha a bondade de ir lá atrás e retirar a carteira da sra. Williams do bolso do sr. Richards. O senhor não deve machucá-lo de modo algum.

— Sim, senhor.

Richards teve uma insólita lembrança da perfuradora de plástico que havia marcado seu cartão de identificação original, na sede dos Jogos. *Clique-clique-clique.*

Donahue reapareceu e se aproximou. Tinha o rosto liso, frio e vazio. *Programado.* A palavra irrompeu na mente de Richards.

— Fique aí mesmo, mocinho — retrucou ele, mudando de leve a posição da mão no bolso do paletó. — O mandachuva está a salvo lá embaixo. É você que vai para a lua.

Richards pensou que os passos firmes de Donahue falsearam por um átimo de segundo e que seus olhos se espremeram infimamente, com um toque de incerteza, mas o homem recomeçou a andar. Era como se passeasse pela Côte d'Azur... ou abordasse um homossexual balbuciante no fundo de um beco.

Richards pensou rapidamente em pegar o paraquedas e fugir. Inútil. Fugir para onde? O banheiro masculino na extremidade da terceira classe era o fim da linha.

— Te vejo no inferno — disse baixinho, e fez um gesto de quem dava um puxão no bolso. Dessa vez a reação foi um pouco melhor. Donahue deu um grunhido e levantou as mãos para proteger o rosto, num gesto instintivo, tão antigo quanto a humanidade. Depois, baixou-as, ainda na terra dos vivos, com ar constrangido e muito irritado.

Richards tirou a bolsa de Amelia Williams do bolso do paletó, enlameado e roto, e a jogou longe. Ela bateu no peito de Donahue e caiu a seus pés, como um pássaro morto. A mão de Richards estava escorregadia de suor. Apoiada em seu joelho, parecia estranha, branca e alheia. Donahue apanhou a bolsa, fez um exame superficial do conteúdo e a entregou a Amelia. Richards sentiu uma espécie de tristeza estúpida ao vê-la passar. De certo modo, era como perder um velho amigo.

— Bum! — disse baixinho.

E A CONTAGEM CONTINUA...

— Seu garoto é muito bom — disse Richards, cansado, depois de Donahue voltar para a cabine. — Ele só deu uma encolhida, mas torci para que mijasse nas calças.

Ele começava a notar uma curiosa duplicação da visão, que ia e voltava. Deu uma olhadela rápida para seu tronco. O ferimento coagulava relutante, pela segunda vez.

— E agora? — perguntou. — Você mandou instalar câmeras no aeroporto, para todo o mundo ver o facínora levar a pior?

— Agora vem o acordo — disse Killian em voz baixa. Seu rosto estava ensombrecido, impenetrável. Fosse lá o que estivesse escondendo estava vindo à tona. Richards sabia. E, de repente, tornou a se encher de pavor. Sentiu vontade de estender a mão e desligar a GratuiTV. Não ouvir mais nada. Sentiu um tremor lento e terrível se avolumar em suas entranhas — um tremor de verdade, literal. Mas não pôde desligar o aparelho. Não. Afinal, era grátis.

— Fique longe, Satanás — disse, com a voz grave.

— O quê? — surpreendeu-se Killian, com ar perplexo.

— Nada. Diga o que tem a dizer.

Killian não falou. Olhou para as mãos. Tornou a erguer os olhos. Richards sentiu, num canto desconhecido da mente, o gemido de um pressentimento mediúnico. Era como se os fantasmas dos pobres e anônimos, dos bêbados que dormiam nas vielas, chamassem seu nome.

— McCone está acabado — disse Killian, baixinho. — Você sabe disso, porque foi o responsável. Quebrou-o como um ovo de casca mole. Queremos que você assuma o lugar dele.

Richards, que pensava ter ultrapassado qualquer possibilidade de se chocar, ficou boquiaberto, na mais completa e aturdida incredulidade. Era mentira. Tinha que ser. No entanto, Amelia estava com a bolsa. Não havia razão para mentirem ou oferecerem falsas ilusões. Ele estava ferido e só. McCone e Donahue estavam armados. Uma bala enfiada logo acima da orelha esquerda daria um fim tranquilo a ele, sem rebuliço, sujeira ou incômodo.

Conclusão: Killian estava dizendo a verdade.

— Você é louco — resmungou Richards.

— Não. Você é o melhor fugitivo que já tivemos. E o melhor fugitivo conhece os melhores lugares para procurar. Abra um pouco os olhos e você verá que O *Foragido* foi feito para algo além de dar prazer às massas e eliminar pessoas perigosas. Richards, a Rede está sempre buscando novos talentos no mercado. Tem que estar.

Richards tentou falar, mas não conseguiu dizer nada. O pavor continuava presente nele, mais amplo, mais acentuado, mais denso.

— Nunca houve um Caçador-Chefe que tivesse família — enunciou, finalmente. — Você deve saber por quê. As possibilidades de extorsão…

— Ben — interrompeu Killian, com infinita delicadeza —, sua mulher e sua filha estão mortas. Morreram há mais de dez dias.

... MENOS 13

E A CONTAGEM CONTINUA...

Dan Killian continuava falando. Já fazia algum tempo, talvez, mas Richards só o ouvia a distância, a voz distorcida por um estranho efeito de eco em sua cabeça. Era como estar preso num poço muito profundo e ouvir alguém chamar da superfície. Sua mente havia mergulhado no breu, e a escuridão servia de pano de fundo para uma espécie de exibição do álbum de família. Uma velha foto Kodak de Sheila, requebrando pelos corredores do Ginásio Trades, com um fichário embaixo do braço. As microssaias tinham acabado de voltar à moda na época. Uma fotografia dos dois, sentados na ponta do Píer da Baía (entrada grátis), de costas para a câmera, olhando para a água. De mãos dadas. Uma foto em cor sépia de um rapaz com um terno mal talhado e uma moça com o melhor vestido da mãe — emprestado especialmente para a ocasião —, diante de um juiz de paz com uma verruga enorme no nariz. Eles tinham rido dessa verruga na noite de núpcias. Um instantâneo em preto e branco de um homem suado, de peito nu, usando um avental de chumbo e manejando pesadas alavancas de transmissão de um motor, numa câmara subterrânea imensa que lembrava uma adega, iluminada por lâmpadas de arco voltaico. Uma fotografia colorida em tons pastel (suavizada para amenizar o ambiente árido e decrépito), mostrando uma mulher com um barrigão, em pé diante da janela, afastando a cortina esfarrapada e olhando para fora, para ver seu marido subir a rua. A luz em seu rosto era suave como uma brisa. Última fotografia:

outra Kodak dos velhos tempos, mostrando um sujeito magro que erguia um fiapo minúsculo de bebê acima da cabeça, numa curiosa mescla de triunfo e amor, com o rosto rasgado por um largo sorriso vitorioso. As fotos começaram a espocar cada vez mais depressa, girando, ainda sem trazer nenhum sentimento de luto, amor e perda, ainda não, apenas um frio entorpecimento de novocaína.

Killian garantiu que a Rede não tivera nada a ver com a morte delas, fora tudo um terrível acidente. Richards supôs acreditar nele, não só porque a história parecia demais com uma mentira para não ser verdade, mas também porque Killian sabia que, se Richards aceitasse a oferta de emprego, sua primeira parada seria na Co-Op City, onde uma única hora na rua lhe bastaria para desvendar a charada.

Ladrões. Três deles. (*Ou teriam sido clientes?*, perguntou-se Richards, angustiado. Ela havia parecido meio furtiva ao telefone, como se escondesse alguma coisa...) Era provável que estivessem chapados. Talvez tivessem ameaçado Cathy, e Sheila estivesse protegendo a filha. As duas tinham morrido de ferimentos perfurantes.

Foi o que o tirou do transe.

— Não me venha com essa merda! — gritou Richards, de repente. Amelia se encolheu lá atrás e escondeu o rosto. — O que aconteceu? Me diga o que aconteceu!

— Não há mais nada que eu possa dizer. Sua mulher levou mais de sessenta facadas.

— Cathy — disse Richards, com ar vazio, sem pensar, e Killian estremeceu.

— Ben, você gostaria de algum tempo para pensar nisso tudo?

— Sim. Sim, gostaria.

— Eu lamento muito, muito mesmo, parceiro. Juro por minha mãe que não tivemos nada a ver com isso. Nossa preferência seria afastá-las de você, com direito de visita, se você concordasse. Um homem não trabalha de bom grado para as pessoas que trucidaram sua família. Sabemos disso.

— Preciso de tempo para pensar.

— Como Caçador-Chefe — prosseguiu Killian, baixinho —, você poderia pegar esses canalhas e jogá-los num buraco bem fundo. E uma porção de outros como eles.

— Quero pensar. Até logo.

— Eu...

Richards estendeu o braço e apagou a tela da GratuiTV. Ficou sentado na poltrona, imóvel como uma pedra. As mãos pendiam frouxas entre os joelhos. O avião seguiu zunindo na escuridão.

É isso, pensou ele. Tudo se esclareceu. Tudo.

... MENOS 12

E A CONTAGEM CONTINUA...

Passou-se uma hora.

"Chegou a hora", disse a Morsa, *"De falar sem timidez, Sobre lacres, navios, sapatos, Sobre repolhos e reis... De saber por que o mar ferve, ou Se os porcos têm asas, talvez."*

As imagens vinham e iam de sua cabeça, esvoaçantes. Stacey. Bradley. Elton Parrakis e sua cara de bebê. Um pesadelo de fugas. Os jornais incendiados no porão da ACM, com aquele último palito de fósforo. Os carros a gasolina girando e guinchando, a submetralhadora cuspindo chamas. A voz azeda de Laughlin. As fotografias das duas crianças, agentes-mirins da Gestapo.

Bem, por que não?

Já não havia nenhum laço e, sem dúvida, nenhuma moral. Como é que a moral poderia ser problema para um homem sem vínculos, que vagava a esmo? Que sensatez de Killian perceber isso, mostrar a Richards, com calma e gentil brutalidade, quão sozinho ele estava! Bradley e seu discurso apaixonado contra a poluição do ar pareciam distantes, irreais, sem importância. Filtros nasais. Sim. Houvera um momento em que a ideia de filtros nasais tinha parecido grandiosa, importantíssima. Não mais.

Sempre tereis os pobres convosco.

Até os órgãos reprodutores de Richards haviam produzido um espécime para a máquina de matar. Os pobres acabariam se adaptando, sofrendo uma mutação. Dentro de dez mil anos, ou talvez cinquenta mil, os pulmões deles produziriam o próprio sistema de filtração, e eles se sublevariam, arrancariam os filtros artificiais e veriam os donos destes caírem, se debaterem e se despedirem da vida a toque de caixa, sufocando numa atmosfera em que o oxigênio desempenharia apenas um papel insignificante — e o que era o futuro para Ben Richards? Nada importava mais.

Haveria um período de luto. Eles esperariam isso, haveriam de proporcioná-lo. Haveria até momentos de raiva, de revolta. Mais tentativas abortadas de tornar público o envenenamento deliberado do ar? Talvez. Eles cuidariam disso. Cuidariam dele — prevendo o tempo em que Richards cuidaria deles. Instintivamente, ele sabia que seria capaz. Desconfiava que teria até um certo talento para o cargo. Eles o ajudariam, o curariam. Remédios e médicos. Uma mudança de mentalidade.

Depois, a paz.

A probidade arrancada, feito erva daninha.

Ele visualizou a paz com anseio, como um homem no deserto pensa na água.

Amelia Williams chorava sem parar em sua poltrona, muito depois do momento em que todas as suas lágrimas deveriam ter secado. Richards se perguntou, com indiferença, o que aconteceria com ela. Não era de fato possível devolvê-la ao marido e à família naquele estado; ela simplesmente não era a mesma mulher que havia parado num sinal luminoso rotineiro, com a cabeça cheia de jantares e reuniões, clubes e culinária. Ela havia Acendido a Luz Vermelha. Richards supôs que haveria medicamentos e terapia, um longo tratamento para que a mulher voltasse à normalidade. Voltasse ao Local Em Que A Estrada Se Bifurcou. Apontariam uma razão por que fora escolhido o caminho errado. Uma festa em meio às depressões psíquicas.

De repente, ele sentiu vontade de se aproximar dela, de consolá-la, de dizer que não estava muito ferida, que uma simples cruzinha de band-aids psíquicos daria um jeito em tudo, talvez a tornasse até melhor do que ela fora antes.

Sheila. Cathy.

Os nomes vinham e se repetiam, tilintando em sua cabeça feito sinos, como palavras repetidas até se reduzirem ao absurdo. Diga seu nome mais de duzentas vezes e descubra que você não é ninguém. O luto era impossível; ele só conseguia experimentar um sentimento confuso de irritação e vergonha: eles o haviam apanhado, prendido com rédea frouxa, e ele acabara revelando não ser nada além de um perfeito idiota, afinal. Lembrou-se de um menino dos tempos de primário, que se levantara para prestar o Juramento de Fidelidade e cujas calças haviam caído.

O avião prosseguiu no zunir de seu voo. Richards mergulhou num cochilo quase completo. As imagens iam e vinham preguiçosamente, incidentes inteiros eram vistos sem a menor coloração afetiva.

E então, uma última imagem do álbum de família: uma brilhante foto vinte por vinte e cinco, tirada por um fotógrafo policial entediado, que talvez estivesse mascando chiclete. Prova C, senhoras e senhores do júri. Um corpinho dilacerado e fatiado num berço encharcado de sangue. Respingos e filetes nas paredes baratas de estuque e no móbile quebrado da Mamãe Ganso, comprado por um centavo. Um enorme coágulo pegajoso no ursinho de pelúcia de segunda mão, que tinha um olho só.

Richards acordou de sobressalto, totalmente desperto e ereto na poltrona, com a boca escancarada num berro incoerente. A força expelida por seus pulmões foi intensa o bastante para fazer sua língua chacoalhar como a vela de um barco. Tudo, tudo no compartimento de primeira classe tornou-se claro e plangentemente real de repente, opressivo, terrível. Tinha o realismo granuloso de uma foto de tabloide sensacionalista. Laughlin sendo arrastado daquele galpão em Topeka, por exemplo. Tudo, tudo era muito real, colorido em Technicolor.

Amelia gritou assustada, formando um uníssono com ele e encolhendo-se na poltrona, com os olhos arregalados feito maçanetas rachadas de porcelana, tentando enfiar um punho inteiro na boca.

Donahue apareceu correndo, de arma em punho. Seus olhos eram continhas pretas entusiasmadas.

— Que foi? Qual é o problema? McCone?

— Não — disse Richards, sentindo o coração normalizar os batimentos o bastante para que suas palavras não soassem oprimidas e desesperadas. — Um pesadelo. Minha filhinha.

— Ah — disse Donahue, com os olhos se abrandando em falsa solidariedade. Não levava muito jeito para isso. Talvez continuasse a ser um facínora pela vida afora. Talvez aprendesse. Deu meia-volta para se afastar.

— Donahue?

Ele se virou, cauteloso.

— Dei um susto danado em você, não foi?

— Não.

Donahue se afastou depois dessa breve palavra. Tinha uma protuberância no pescoço. As nádegas, metidas no uniforme azul justo, eram bonitas como as de uma moça.

— Posso assustá-lo ainda mais — comentou Richards. — Poderia ameaçar tirar seu filtro nasal.

Exeunt Donahue.

Richards fechou os olhos, cansado. A foto brilhante vinte por vinte e cinco reapareceu. Abriu-os. Tornou a fechá-los. Sem foto brilhante. Esperou um pouco e, quando teve certeza de que ela não voltaria (de imediato), tornou a abrir os olhos e ligou a GratuiTV.

A tela se acendeu e lá estava Killian.

... MENOS 11

E A CONTAGEM CONTINUA...

— Richards.

Killian inclinou-se para a frente, sem se esforçar para disfarçar a tensão.

— Resolvi aceitar — disse Richards.

Killian recostou-se na cadeira e nada nele sorriu, exceto os olhos.

— Fico muito contente.

... MENOS 1

E A CONTAGEM CONTINUA...

— Nossa! — disse Richards. Estava parado na entrada da área do piloto.

Holloway se virou.

— Oi.

Estava falando com alguma coisa chamada VOR de Detroit. Duninger tomava café.

Os dois painéis de controle estavam sem ninguém. Mesmo assim, guinavam, inclinavam-se e giravam como que em resposta a mãos e pés fantasmas. Mostradores oscilavam, luzes acendiam. Parecia haver uma troca constante de instruções que entravam e saíam... sem ninguém.

— Quem está dirigindo o ônibus? — perguntou Richards, fascinado.

— O Auto — respondeu Duninger.

— Auto?

— Auto, o piloto automático. Sacou? Abreviatura escrota.

Duninger abriu um sorriso súbito.

— É bom tê-lo no time, rapaz. Você pode não acreditar, mas alguns de nós estávamos torcendo muito por você.

Richards assentiu, com ar evasivo.

Holloway entrou no silêncio meio constrangedor e disse:

— O Auto também me deixa meio pirado. Mesmo depois de vinte anos disto. Mas é completamente seguro. Sofisticado pra cacete.

Faria um dos antigos parecer... bem, um caixote de laranja ao lado de uma cômoda Chippendale.

— É mesmo? — disse Richards, com os olhos pousados na escuridão.

— É. Você trava no PD, o ponto de destino, e o Auto assume o controle, sempre auxiliado pelo radar de voz. Torna o piloto bastante supérfluo, exceto para decolar e aterrissar. E quando há problemas.

— Há muita coisa que se *possa* fazer quando há problemas? — perguntou Richards.

— Podemos rezar — replicou Holloway. Talvez tencionasse soar jocoso, mas a resposta saiu com uma estranha sinceridade, que ficou pairando na cabine.

— Esses manches guiam mesmo o avião?

— Só para cima e para baixo — disse Duninger. — Os pedais controlam o movimento lateral.

— Lembra os carrinhos de rolimã da meninada — comentou Richards.

— É um pouquinho mais complicado — comentou Holloway. — Digamos que há um pouco mais de botões para apertar.

— O que acontece se o Auto para de funcionar?

— Nunca acontece — disse Duninger, com um sorriso. — Se desse pane, era só assumir o controle. Mas o computador nunca erra, cara.

Richards queria sair dali, mas a visão das rodas girando e dos diminutos ajustes automáticos dos pedais e dos controles o deteve. Holloway e Duninger voltaram a cuidar de suas coisas — números obscuros e comunicações cheias de estática.

Holloway se virou para trás uma vez e pareceu surpreso por ainda vê-lo ali. Sorriu e apontou para a escuridão.

— Daqui a pouco, você vai ver Harding aparecer ali.

— Em quanto tempo?

— Vai dar para vê-la brilhar no horizonte dentro de uns cinco ou seis minutos.

Quando Holloway tornou a olhar para trás, Richards havia sumido. Ele disse a Duninger:

— Vou ficar feliz quando pusermos esse cara no chão. Ele mete medo.

Duninger baixou os olhos, com ar taciturno e o rosto banhado pelo brilho verde e luminescente dos controles.

— Ele não gostou do Auto. Sabia disso?

— Eu sei — concordou Holloway.

.. MENOS 9

E A CONTAGEM CONTINUA...

Richards voltou pelo corredor estreito, pouco mais largo que os quadris. Friedman, o operador de comunicações, não levantou os olhos. Nem Donahue. Richards entrou na cozinha e parou.

O cheiro de café era forte e bom. Ele serviu uma xícara, pôs um pouco de leite instantâneo e se sentou numa das cadeiras usadas pelas comissárias de bordo nas horas de folga. A cafeteira Silex de vidro temperado borbulhava e soltava vapor.

Havia um estoque completo de jantares de luxo congelados nos freezers transparentes. O armário das bebidas estava repleto de garrafinhas de avião.

Daria uma boa bebedeira, pensou.

Bebericou o café. Estava forte e saboroso. A cafeteira borbulhava.

Aqui estou eu, pensou, e bebeu mais um gole. É, quanto a isso, não havia dúvida. Ali estava ele, apenas bebericando.

Vasilhas e recipientes cuidadosamente guardados. A pia de aço inoxidável, reluzindo como uma joia de cromo num engaste de fórmica. E a cafeteira na chapa quente, fervendo e soltando vapor. Sheila sempre quisera uma cafeteira de vidro temperado. A Silex durava, dizia ela.

Richards estava chorando.

Havia um banheiro minúsculo, no qual somente o bumbum das aeromoças havia sentado. A porta estava entreaberta e ele pôde vê-lo, sim, até a água azul, primorosamente desinfetada, no interior do vaso sanitário. Defecar num esplendor de bom gosto, a quinze mil metros de altitude.

Tomou seu café e observou a cafeteira ferver e soltar vapor, e chorou. Foi um choro muito calmo, completamente silencioso. As lágrimas e a xícara de café acabaram ao mesmo tempo.

Richards se levantou e pôs a xícara na pia de aço inoxidável. Pegou a cafeteira, segurando-a pelo cabo de plástico marrom, e despejou o café no ralo com cuidado. Gotas minúsculas de condensação grudaram-se no vidro espesso.

Ele enxugou os olhos na manga do paletó e voltou para o corredor estreito. Entrou no compartimento de Donahue, carregando a cafeteira Silex numa das mãos.

— Quer café? — perguntou.

— Não — foi a resposta seca de Donahue, que não ergueu os olhos.

— Quer, sim — disse Richards, e bateu com a peça de vidro pesado na cabeça inclinada de Donahue com toda a força que tinha.

... MENOS 8

E A CONTAGEM CONTINUA...

O esforço reabriu a ferida do lado do tronco pela terceira vez, mas a cafeteira não quebrou. Richards se perguntou se teria sido reforçada com alguma coisa (vitamina B12, talvez?) que a impedisse de se estilhaçar em caso de grande turbulência. Ela com certeza produziu uma grande e surpreendente mancha de sangue em Donahue, que tombou em silêncio sobre a mesa de mapas. Um filete de sangue escorreu pelo revestimento plástico do mapa que estava em cima e começou a pingar.

— Recebido alto e claro, C-um-nove-oito-quatro — disse uma voz animada pelo rádio.

Richards continuava a segurar a cafeteira. Estava cheia de fios de cabelo de Donahue.

Deixou-a cair, mas não fez barulho. Até ali o piso era acarpetado. A bolha de vidro da cafeteira rolou até seus pés, um globo ocular piscante e sujo de sangue. A foto brilhante de Cathy no berço, tamanho vinte por vinte e cinco, apareceu sem ser chamada, e Richards estremeceu.

Levantou o peso morto de Donahue pelos cabelos e vasculhou o interior da jaqueta azul de aviador. Encontrou o revólver. Ele já ia deixando a cabeça de Donahue cair de novo sobre a mesa dos mapas quando fez uma pausa, e puxou-a ainda mais para cima. A boca de Donahue pendia frouxa, com um esgar idiota. O sangue pingou dentro dela.

Richards limpou o sangue de uma narina e examinou seu interior.

Lá estava ele — minúsculo, muito pequeno. O cintilar de um filtro.

— Confirme o horário estimado de pouso, C-um-nove-oito--quatro — disse o rádio.

— Ei, é com você — gritou Friedman do outro lado do corredor. — Donahue!

Richards capengou até a passagem. Sentia-se muito fraco. Friedman ergueu os olhos.

— Quer dizer ao Donahue para tirar a bunda da cadeira e confirmar...

Richards o alvejou logo acima do lábio superior. Os dentes voaram feito um colar selvagem, arrebentado. Cabelos, sangue e miolos espirraram um Rorschach na parede atrás da cadeira, onde a foto desdobrada de uma moça em 3-D abria eternamente as pernas em volta da coluna de mogno envernizado do dossel de uma cama.

Da cabine do piloto veio uma exclamação abafada, e Holloway fez uma tentativa fatídica e desesperada de se jogar contra a porta para fechá-la. Richards notou que ele tinha uma cicatriz muito pequena na testa, em forma de ponto de interrogação. Era o tipo de cicatriz que um garotinho aventureiro arranjaria ao cair de um galho baixo ao brincar de piloto.

Atingiu-o na barriga, e Holloway fez um grande barulho chocado.

— *Uuuuugh!*

Suas pernas falharam, e ele caiu de cara no chão.

Duninger havia se virado na cadeira e trazia no rosto uma expressão abobalhada.

— Não atire em mim, hein? — disse ele, sem fôlego suficiente para fazer disso uma afirmação.

— Não — disse Richards, gentilmente, e apertou o gatilho. Alguma coisa pipocou e faiscou com rápida violência atrás de Duninger, quando ele caiu.

Silêncio.

— Confirme horário estimado de pouso, C-um-nove-oito-quatro — repetiu o rádio.

De repente, Richards tossiu e vomitou uma grande golfada de café e bile. A contração muscular abriu ainda mais seu ferimento, provocando uma imensa dor latejante na lateral do corpo.

Capengou até os controles, que ainda oscilavam e deslizavam numa sequência complexa e interminável. Tantos mostradores e controles!

Será que não teriam um canal de comunicação constantemente aberto num voo tão importante? Com certeza tinham.

— Recebido — disse Richards, em tom de conversa.

— Você está com a GratuiTV ligada aí, C-um-nove-oito-quatro? Estamos recebendo uma transmissão truncada. Está tudo bem?

— Perfeito — disse Richards.

— Diga ao Duninger que ele me deve uma cerveja — disse a voz, enigmática, e depois houve apenas a estática de fundo.

Auto estava pilotando o avião.

Richards voltou para terminar sua tarefa.

... MENOS 7

E A CONTAGEM CONTINUA...

— Ah, meu Deus — gemeu Amelia Williams.

Richards se olhou com displicência. Todo o seu lado direito, da caixa torácica à canela, era de um vermelho vivo, cintilante.

— Quem imaginaria que o velho tinha tanto sangue? — comentou Richards.

De repente, McCone entrou correndo na primeira classe. Avaliou Richards numa olhadela. Estava com o revólver em punho. Os dois dispararam ao mesmo tempo.

McCone desapareceu atrás da cortina entre a primeira e a segunda classes. Richards caiu sentado. Sentia um imenso cansaço. Havia um rombo enorme em sua barriga. Ele viu seus intestinos.

Amelia gritava sem parar, puxando as bochechas para baixo, o que lhe dava uma aparência de bruxa.

McCone voltou cambaleante para a primeira classe. Estava sorrindo. Metade de sua cabeça parecia ter sido estourada, mas, mesmo assim, ele ria.

Fez dois disparos. A primeira bala passou por cima da cabeça de Richards. A segunda o atingiu pouco abaixo da clavícula.

Richards tornou a atirar. McCone deu duas voltas, numa espécie de zigue-zague sem destino. O revólver caiu de sua mão. Ele parecia observar o teto grosso de isopor da primeira classe, talvez comparando-o com o seu na segunda. Tombou para a frente. O cheiro de pólvora e carne queimada era nítido e característico, tanto quanto o cheiro marcante de maçãs numa prensa de sidra.

Amelia continuava a gritar. Richards pensou em como a mulher soava admiravelmente saudável.

... MENOS 6

E A CONTAGEM CONTINUA...

Levantou-se muito devagar, segurando os intestinos. Era como se houvesse alguém riscando fósforos em sua barriga.

Seguiu devagar pelo corredor, recurvado e com uma das mãos na barriga, como se fizesse uma reverência. Pegou o paraquedas com uma das mãos e o arrastou. Uma alça de salsicha cinzenta escapou de seus dedos e ele a empurrou de volta para dentro. Doeu empurrá-la. Trazia uma vaga sensação de ele estar se borrando.

— De-De — gemia Amelia Williams. — De-De-De... meu Deus! Ai, meu Deus! Ah, meu Deus do céu!

— Vista isso — disse Richards.

Ela continuou a se balançar e a gemer, sem lhe dar ouvidos. Ben deixou cair o paraquedas e a esbofeteou. Não conseguiu ter força. Fechou o punho e deu um soco nela. Amelia se calou. Seus olhos o fitaram, perplexos.

— Vista isso — repetiu ele. — Feito uma mochila. Entendeu? Ela assentiu.

— Eu. Não posso. Saltar. Medo.

— Nós vamos cair. Você tem que saltar.

— Não posso.

— Está bem. Então vou dar um tiro em você.

Ela pulou da cadeira, empurrou-o para o lado e começou a vestir o paraquedas com vigor desvairado, revirando os olhos. Afastou-se dele enquanto lutava com as correias.

— Não. Essa aí passa p-por baixo.

Amelia rearrumou a correia com grande rapidez, recuando em direção ao corpo de McCone, enquanto Richards se aproximava. Da boca de Ben gotejava sangue.

— Agora, prenda o grampo na argola. Em volta. Da ba-barriga.

Foi o que fez Amelia, com os dedos trêmulos, chorando ao errar o engate da primeira vez. Tinha os olhos cravados, em desvario, no rosto dele.

Pisou de leve no sangue de McCone, por um momento, e pulou por cima do corpo.

Os dois recuaram pela segunda classe até a terceira, do mesmo jeito. Os fósforos na barriga de Richards tinham sido substituídos por um isqueiro permanentemente aceso.

A porta de emergência estava travada com parafusos explosivos e uma tranca controlada pelo piloto.

Richards entregou o revólver a Amelia.

— Atire nela. Eu... não aguento o coice.

Fechando os olhos e desviando o rosto, ela apertou duas vezes o gatilho do revólver de Donahue. Depois disso, ele ficou vazio. A porta continuou fechada, e Richards sentiu um débil e revoltante desespero. Amelia Williams segurava nervosamente a corda de abertura do paraquedas, dando-lhe puxões fracos.

— Talvez se... — começou ela, e, de repente, a porta se abriu para a noite e a sugou.

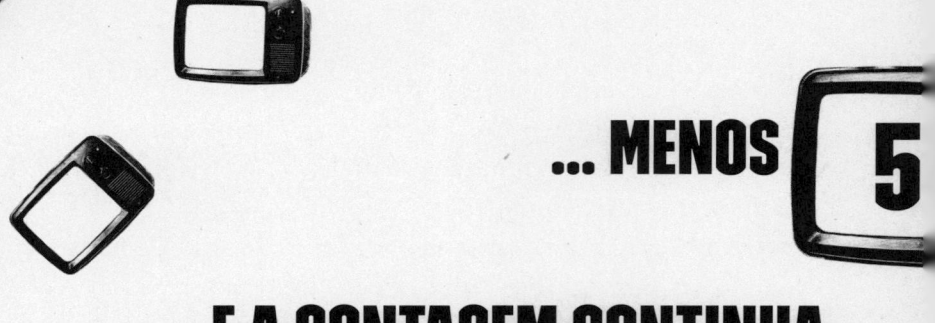

E A CONTAGEM CONTINUA...

Curvado feito uma bruxa velha, como um homem num furacão às avessas, Richards afastou-se da porta arrancada, segurando-se nos encostos dos assentos. Se estivessem a uma altitude maior, com uma diferença maior de pressão, ele também teria sido lançado para fora. Nas condições vigentes, foi violentamente fustigado, com seus pobres intestinos abrindo-se feito um acordeão e se arrastando no chão atrás dele. O ar frio da noite, fino e cortante a seiscentos metros de altitude, foi como uma bofetada de água fria. O isqueiro tinha se transformado numa tocha, e suas entranhas ardiam em fogo.

Cruzou a segunda classe. Melhor. A sucção não era tão forte. Passou por cima do corpo esparramado de McCone (*saia da frente, por favor*) e atravessou a primeira classe. O sangue corria solto de sua boca.

Richards parou na entrada da cozinha e tentou recolher os intestinos. Sabia que não gostavam do mundo do lado de fora. Nem um pouco. Estavam ficando sujos. Sentiu vontade de chorar por seus pobres, frágeis intestinos, que não tinham pedido nada daquilo.

Não conseguiu pô-los de volta no lugar. Estava tudo errado, estavam todos emaranhados. Imagens assustadoras dos livros de biologia do ginásio dançaram diante de seus olhos. Com trôpega e crescente veracidade, ele se deu conta de seu fim real, e soltou um grito angustiado pela boca inundada de sangue.

Não houve resposta da aeronave. Todos haviam partido. Todos, menos ele e Auto.

O mundo parecia esvaziar-se de cor, enquanto seu corpo era drenado de seu fluido luminoso. Torto e inclinado na entrada da cozinha, como um bêbado encostado num poste de rua, ele viu tudo ao redor passar por um acinzentamento cambiante, espectral.

Chegou a hora. Estou indo.

Tornou a gritar, repondo o mundo num foco excruciante. Ainda não. Não podia.

Atirou-se pela cozinha, com as tripas pendendo em cordas à volta. Era incrível que houvesse tantas lá dentro. Tão redondas, tão firmes, tão compactas.

Pisou numa parte de si mesmo e alguma coisa lá dentro deu um *puxão*. A explosão de dor foi inacreditável, extramundana, e ele berrou, esguichando sangue na parede oposta. Perdeu o equilíbrio e teria caído, se a parede não o detivesse a sessenta graus.

Alvejado na barriga. Fui alvejado na barriga.

Insanamente, seu cérebro respondeu: *clique-clique-clique.*

Só uma coisa a fazer.

Diziam que os tiros na barriga eram os piores. Certa vez houvera uma discussão sobre as piores maneiras de morrer, durante o intervalo da meia-noite para o lanche; fora no tempo que ele era limpador de motores. Todos robustos, vigorosos, cheios de sangue, urina e sêmen, haviam devorado sanduíches e comparado os méritos relativos do envenenamento por radiação, do congelamento, das quedas, do espancamento e do afogamento. E alguém havia mencionado um tiro na barriga. Harris, talvez. O gordo que bebia cerveja ilícita no trabalho.

Na barriga dói, dissera Harris, *demora muito*. E todos haviam assentido, concordando solenemente, sem a menor ideia do que era a dor.

Richards se arrastou pelo corredor estreito, segurando-se dos dois lados para se manter de pé. Passou por Donahue. Passou por Friedman e sua cirurgia dentária radical. A dormência subia pelos braços, mas a dor na barriga (no que *tinha sido* sua barriga) continuava a piorar. Em meio a tudo isso, no entanto, ele continuava a avançar, e seu corpo destroçado procurava executar as ordens do Napoleão insano encerrado em seu crânio.

Santa Mãe de Deus, este é o fim de Rico?

Ele mal conseguia acreditar que guardasse na lembrança tantos clichês do leito de morte. Era como se sua mente se voltasse para dentro, devorando a si mesma nos últimos segundos febris.

Mais. Uma. Coisa.

Caiu sobre o corpo esparramado de Holloway e ali ficou, subitamente sonolento. Um cochilo. Sim. Isso mesmo! Muito difícil se levantar. Auto zunia. Embalando o sono do aniversariante. Psssiu. Psssiu. Psssiu. A ovelha está no campo; a vaca, no milharal.

Levantou a cabeça — um esforço tremendo, porque a cabeça era de aço, ferro-gusa e chumbo — e olhou para os controles gêmeos, que iam cumprindo seu papel. Para além dele, nas janelas de plexiglas, a cidade de Harding.

Longe demais.

Ele está sob o monte de feno, e dorme a sono solto.

.. MENOS 4

E A CONTAGEM CONTINUA...

O rádio reclamava, preocupado:

— Responda, C-um-nove-oito-quatro. Você está baixo demais. Responda. Responda. Devemos presumir que é para controlar seu curso? Responda. Responda. Res...

— Dane-se — sussurrou Richards.

Começou a engatinhar em direção aos controles, que afundavam e oscilavam. Baixavam e subiam os pedais. Os manches iam para lá e para cá. Richards deu um grito, à explosão de uma nova agonia. Uma alça de seus intestinos ficara presa sob o queixo de Holloway. Ele engatinhou de volta. Soltou-a. Recomeçou a engatinhar.

Sentiu os braços frouxos e, por um momento, flutuou sem peso, com o nariz no carpete macio e fofo. Empurrou-se para cima e recomeçou a se arrastar.

Levantar-se até o assento de Holloway foi como escalar o monte Everest.

... MENOS 3

E A CONTAGEM CONTINUA...

Lá estava ele. Um imenso quadrado avultando na noite, com a silhueta negra elevando-se acima de todo o resto. O luar o transformara em alabastro.

Richards deu uma ligeira inclinada no manche. O piso tombou para a esquerda. Ele se inclinou no assento de Holloway e quase caiu. Girou a roda no sentido inverso, tornou a corrigir demais e o piso tombou para a direita. O horizonte se inclinava loucamente.

Os pedais. Isso. Melhor.

Empurrou o manche com vigor. Um mostrador à sua frente passou de seiscentos para quatrocentos e sessenta metros num piscar de olhos. Deixou o manche voltar um pouquinho. Quase não enxergava. Seu olho direito estava quase completamente cego. Era estranho que acabassem assim, um de cada vez.

Tornou a empurrar o manche. Agora o avião parecia flutuar sem peso. O mostrador caiu de quatrocentos e sessenta para trezentos e setenta, para duzentos e vinte. Voltou a puxá-lo.

— C-um-nove-oito-quatro — disse a voz, agora muito alarmada. — Qual é o problema? Responda!

— Diga, garoto — grunhiu Richards. — Au! Au!

... MENOS 2

E A CONTAGEM CONTINUA...

O grande avião varou a noite como uma estilha de gelo, e a Co-Op City espalhava-se lá embaixo feito um gigantesco caixote quebrado. Ele estava chegando, chegando ao Edifício dos Jogos.

... MENOS

E A CONTAGEM CONTINUA...

O jato sobrevoou o canal, aparentemente sustentado pela mão de Deus, gigantesco, rugindo. Um viciado parado num vão de porta olhou para cima e julgou estar tendo uma alucinação — o derradeiro sonho dos chapados, que viera buscá-lo, talvez para levá-lo ao paraíso da General Atomics, onde toda a comida era grátis e todos os reatores eram geradores limpos.

O som das turbinas empurrou as pessoas para as portas, com os rostos inclinados para cima, como chamas pálidas. Vitrines envidraçadas retiniram e caíram para o lado de dentro. O lixo da sarjeta foi violentamente sugado aos rodopios pelas ruas estreitas entre os prédios. Um policial deixou cair seu cacetete elétrico, cobriu a cabeça com as mãos e gritou, mas não conseguiu ouvir a própria voz.

O avião continuava a perder altitude, e sobrevoava os telhados como um morcego prateado e veloz; a ponta da asa direita escapou por menos de quatro metros de bater na lateral da loja Glamour Column.

Em toda a cidade de Harding, as telas da GratuiTV ficaram brancas de interferência, e as pessoas as fitavam com incredulidade estúpida e amedrontada.

O trovão enchia o mundo.

Killian ergueu os olhos da escrivaninha e olhou para a enorme janela que ocupava um lado inteiro da sala.

A vista faiscante da cidade, desde South City até Crescent, havia desaparecido. A janela inteira estava tomada por um jato TriStar Lockheed que se aproximava. Suas luzes de navegação acendiam e apagavam e, por um breve momento, um momento insano de completa surpresa, horror e incredulidade, Killian pôde ver Richards a encará-lo. Tinha o rosto manchado de sangue e os olhos pretos ardendo como os de um demônio.

Richards sorria.

E lhe mostrava o dedo médio.

— Meu Deus... — Foi tudo que Killian teve tempo de dizer.

... MENOS O

E A CONTAGEM CONTINUA...

Ligeiramente inclinado, o Lockheed chocou-se de frente com o Edifício dos Jogos, a três quartos do topo. Os tanques do avião ainda levavam mais de um quarto do combustível. A velocidade era um pouco superior a oitocentos quilômetros por hora.

A explosão foi tremenda, iluminando a noite como a ira divina, e choveu fogo a vinte quarteirões de distância.

A IMPORTÂNCIA DE SER BACHMAN

Esta é minha segunda introdução aos chamados Livros de Bachman — expressão que passou a significar (pelo menos na minha cabeça) os primeiros romances publicados com o nome de Richard Bachman, aqueles que saíram em brochura como originais não anunciados, sob o selo da Signet. A primeira introdução não foi muito boa; para mim, soa como um caso clássico de obscurecimento do autor. Mas isso não surpreende. Quando foi escrita, o alter ego de Bachman (eu, em outras palavras) não estava no que eu chamaria de um estado de ânimo contemplativo ou analítico; na verdade, eu me sentia roubado. Bachman não foi criado como um pseudônimo de curto prazo; era para existir até o fim, e, quando meu nome apareceu associado ao dele, fiquei surpreso, aflito e irritado. O que não é um estado conducente à redação de bons ensaios. Desta vez, talvez, eu tenha me saído um pouco melhor.

A coisa mais importante que posso dizer sobre Richard Bachman, provavelmente, é que *ele se tornou real*. Não de todo, é claro (disse ele, com um sorriso nervoso); não escrevo isto num estado delirante. Só que... bem... talvez escreva. Afinal, a fantasia é algo que os escritores de ficção procuram estimular em seus leitores, pelo menos durante o tempo em que o livro ou o conto está aberto diante deles, e o autor não fica propriamente imune a esse estado de... como devo chamá-lo? Que tal "fantasia dirigida"?

Seja como for, Richard Bachman não começou sua carreira como uma fantasia, mas como um lugar protegido em que eu podia publicar alguns trabalhos iniciais que achava que os leitores poderiam gostar. Depois, ele começou a crescer e ganhar vida, como tantas vezes fazem as criaturas nascidas da imaginação de um escritor. Comecei a imaginar a vida dele de produtor de laticínios... sua esposa, a bela Claudia Inez Bachman... suas manhãs solitárias em New Hampshire, ordenhando as vacas, entrando no bosque e pensando em suas histórias... as noites que ele passava escrevendo, sempre com um copo de uísque ao lado de sua máquina Olivetti. Certa vez conheci um escritor que dizia que seu conto ou romance atual estava "engordando", quando as coisas corriam bem. Exatamente do mesmo modo, meu pseudônimo literário começou a engordar.

Depois, quando foi desmascarado, Richard Bachman morreu. Fiz pouco disso, nas raras entrevistas que me senti obrigado a conceder sobre o assunto, dizendo que ele morrera de câncer do pseudônimo; na verdade, porém, foi o choque que o matou: o reconhecimento de que algumas pessoas simplesmente se recusam a nos deixar em paz. Dito em termos mais grosseiros (porém nada inexatos), Bachman era o lado vampiro de minha vida, morto pelo sol da revelação. Meus sentimentos a respeito disso tudo foram bastante confusos (e bastante *férteis*) para fazer surgir um livro (um livro de Stephen King, bem entendido), *A metade sombria*. Era sobre um escritor cujo pseudônimo, George Stark, realmente ganha vida. É um romance que minha esposa sempre detestou, talvez porque, para Thad Beaumont, o sonho de ser escritor suplanta a realidade de ser homem; para Thad, o pensamento fantasioso domina por completo a racionalidade, com consequências pavorosas.

Mas eu não tinha esse problema. De verdade. Pus Bachman de lado e, embora lamentasse ter que matá-lo, estaria mentindo se não dissesse que também senti um certo alívio.

Os livros desta antologia foram escritos por um rapaz enraivecido, cheio de energia e profundamente apaixonado pela arte e pelo ofício de escrever. Não foram escritos como livros de Bachman em si (afinal, Bachman ainda não fora inventado), mas num estado de ânimo bachmaniano: raiva surda, frustração sexual, um bom humor louco e um desespero fervilhante. Ben Richards, o protagonista magrelo e pré-tuberculoso de O *concorrente* (mais ou menos tão distante quanto se poderia ser do personagem de Arnold Schwarzenegger no filme de 1987), atira seu avião sequestrado contra o arranha-céu da Rede de Jogos e se mata, mas leva com ele centenas (talvez milhares) de executivos da GratuiTV; essa é a versão de final feliz de Richard Bachman. Os desfechos dos outros romances bachmanianos são ainda mais lúgubres. Stephen King sempre entendeu que os mocinhos não levam a melhor todas as vezes (ver *Cujo*, O *cemitério* e, quem sabe, *Christine*), mas também sempre compreendeu que, em geral, eles vencem. Todos os dias, na vida real, os mocinhos vencem. Essas vitórias quase nunca são noticiadas (HOMEM CHEGA A SALVO DO TRABALHO MAIS UMA VEZ não venderia muitos jornais), mas mesmo assim são reais… e a ficção deve refletir a realidade.

No entanto…

No primeiro rascunho de *A metade sombria*, fiz Thad Beaumont citar Donald E. Westlake, um escritor engraçadíssimo que assinara uma série de romances policiais muito sombrios com o nome de Richard Stark. Solicitado a explicar a dicotomia entre Westlake e Stark, o autor em questão disse, certa vez: "Escrevo histórias de Westlake nos dias ensolarados. Quando chove, sou Stark". Acho que isso não entrou na versão final de *A metade sombria*, mas sempre gostei da ideia (e me *identifiquei* com ela, como virou moda dizer). Bachman — uma criação ficcional que se tornou mais real para mim a cada livro publicado com o nome dele — era o tipo de sujeito para dias chuvosos, se é que algum dia houve alguém assim.

Os bons sujeitos quase sempre saem ganhando, a coragem geralmente vence o medo, o cachorro da família quase nunca contrai raiva; essas são coisas que eu sabia aos vinte e cinco anos e que ainda sei agora, aos vinte e cinco vezes dois. Mas sei também uma outra coisa: há na maioria de nós um lugar em que a chuva é muito constante, as sombras são sempre grandes e os bosques são repletos de monstros. É bom dispor de uma voz em que seja possível articular os horrores desse lugar e descrever parcialmente sua geografia, sem negar o sol e a claridade que enchem uma parte muito grande de nossa vida comum.

Em *A maldição do cigano*, Bachman falou pela primeira vez como ele mesmo — foi o único dos primeiros romances bachmanianos que teve seu nome no rascunho inicial, em vez do meu —, e me pareceu realmente injusto que, no exato momento em que ele começava a falar com a própria voz, tivesse que ser confundido comigo. E a sensação foi exatamente a de um erro, porque, àquela altura, Bachman se tornara uma espécie de id para mim; dizia as coisas que eu não podia dizer, e a ideia dele, lá em sua produção de laticínios em New Hampshire — não como um autor campeão de vendas que tem seu nome incluído numa lista idiota qualquer da revista *Forbes*, composta de artistas ricos demais para seu próprio bem, ou cujo rosto aparece no programa *Today* ou que faz participações especiais em filmes —, a ideia de Bachman, dizia eu, ao escrever seus livros com tranquilidade, dava-lhe permissão para pensar de um jeito que eu não podia pensar e falar de um modo que eu não podia falar. E aí saíram aquelas matérias noticiando que "Bachman é na verdade King", e não houve ninguém — nem mesmo eu — para defender o morto, ou para assinalar o óbvio: que King também era na verdade Bachman, ao menos durante parte do tempo.

Injustiça, pensei na época, e injustiça, penso agora, mas às vezes a vida nos pisoteia um pouquinho, só isso. Resolvi tirar Bachman de meus pensamentos e de minha vida, e foi o que fiz, durante vários anos. E então, quando estava escrevendo um romance (um romance de *Stephen King*) chamado *Desespero*, de repente Richard Bachman ressurgiu em minha vida.

Na época, eu usava um processador de texto Wang especial, que parecia o *visiphone* de uma coleção antiga do Flash Gordon. Ele tinha como par uma impressora a laser um pouco mais avançada, e, vez por outra, quando me ocorria uma ideia, eu escrevia uma frase ou um suposto título num pedaço de papel e o prendia com fita adesiva na lateral da impressora. Quando ia me aproximando da marca dos três quartos de *Desespero*, peguei um papel com uma única palavra escrita: JUSTICEIROS. Eu tivera uma grande ideia para um romance, algo que tinha a ver com brinquedos, armas, televisão e bairros residenciais. Não sabia se iria escrevê-lo algum dia — uma porção daquelas "notas da impressora" nunca dava em nada —, mas com certeza era uma boa coisa em que pensar.

E então, num dia chuvoso (um dia no estilo Richard Stark), quando entrava em minha garagem, tive uma ideia. Não sei de onde veio; era totalmente desvinculada de qualquer das banalidades que tropeçavam por minha cabeça na época. A ideia foi pegar os personagens de *Desespero* e inseri-los em *Os justiceiros*. Em alguns casos, pensei, eles poderiam fazer o papel das mesmas pessoas; noutros, mudariam; em nenhum dos dois casos fariam as mesmas coisas ou teriam as mesmas reações, porque as histórias diferentes ditariam cursos de ação diferentes. Seriam, imaginei, como os integrantes de uma companhia teatral de repertório fixo, atuando em duas peças diferentes.

Aí me ocorreu uma ideia ainda mais empolgante. Se eu podia usar o conceito da companhia teatral com os *personagens*, também poderia usá-lo com a própria trama — poderia superpor uma porção de elementos de *Desespero* numa configuração totalmente nova e criar uma espécie de mundo especular. Antes mesmo de começar, eu sabia que muitos críticos chamariam esse emparelhamento de truque para chamar a atenção... e não estariam exatamente errados. *Mas poderia ser um bom truque*, pensei. Talvez até um truque esclarecedor, que servisse de mostruário do vigor e da versatilidade de uma história, de sua capacidade quase ilimitada de adaptar alguns elementos básicos a variações infindavelmente agradáveis, de seu encanto travesso.

Mas os dois livros não poderiam *soar* iguais e não poderiam *significar* a mesma coisa, não mais do que uma peça de Edward Albee e uma de William Inge podem ter o mesmo som e significado, ainda que sejam encenadas em noites sucessivas pela mesma companhia teatral. De que modo eu poderia criar uma voz diferente?

A princípio, achei que não poderia, e que seria melhor destinar a ideia à caixa Rube Goldberg* que guardo no fundo da mente —

---

* Alusão a Reuben ("Rube") Lucius Goldberg (1883-1970), cartunista norte-americano que encantava os leitores com desenhos de engenhocas que usavam meios complicados para fazer coisas muito simples. (N. T.)

aquela com a inscrição ENGENHOCAS INTERESSANTES, MAS INVIÁVEIS. Ocorreu-me, então, que eu soubera a resposta o tempo todo: Richard Bachman poderia escrever *Os justiceiros*. Sua voz soava superficialmente igual à minha, mas havia por baixo um mundo de diferenças — toda a diferença que há entre o sol e a chuva, digamos. E sua visão das pessoas era sempre diferente da minha, a um tempo mais engraçada e mais impiedosa (Bart Dawes, em *A autoestrada*, meu favorito entre os primeiros livros de Bachman, é um exemplo excelente).

É claro que Bachman estava morto, eu mesmo havia anunciado isso, mas a morte, na verdade, é um problema menor para um romancista — perguntem a Paul Sheldon, que ressuscitou Misery Chastain para Annie Wilkes, ou a Arthur Conan Doyle, que trouxe Sherlock Holmes de volta das cataratas de Reichenbach, quando os fãs de todo o império britânico clamaram por ele. De qualquer modo, não ressuscitei Richard Bachman dos mortos, propriamente; apenas visualizei uma caixa de manuscritos esquecidos em seu porão, com *Os justiceiros* no alto da pilha. E assim, transcrevi o livro que Bachman já tinha escrito.

Essa transcrição foi um pouco mais difícil... mas também viria a ser imensamente revigorante. Foi maravilhoso ouvir de novo a voz de Bachman, e o que eu esperava que pudesse acontecer *aconteceu*: surgiu um livro que era uma espécie de gêmeo fraterno do que eu escrevera com meu próprio nome (e os dois foram literalmente escritos em cadeia, com o livro de King terminando num dia e o de Bachman começando no dia seguinte). Eram tão pouco parecidos quanto os próprios King e Bachman. *Desespero* tem a ver com Deus; *Os justiceiros* é sobre a televisão. Acho que isso faz ambos referirem-se a forças superiores, mas, de qualquer modo, muito diferentes.

A importância de ser Bachman sempre foi a importância de encontrar uma boa voz e um ponto de vista válido que fossem um pouquinho diferentes dos meus. Não *de fato* diferentes: não sou tão esquizoide a ponto de acreditar nisso. Mas creio, sim, que existem truques que todos nós usamos para mudar de perspectiva e de percepção — para nos vermos renovados, usando roupas diferentes e penteando o cabelo em estilos diferentes —, e que esses truques podem ser muito úteis, podem ser um modo de revitalizar e renovar antigas estratégias para viver a vida, observar a vida e criar arte. Nenhum destes comentários pretende sugerir que eu tenha feito algo de grandioso nos livros de Bachman, e eles decerto não foram escritos como argumentos em defesa do mérito artístico. Mas gosto demais do que faço para querer ficar com um texto batido, se puder evitar. Bachman foi uma forma pela qual tentei renovar meu ofício e me impedir de ficar excessivamente refestelado e acomodado.

Estes primeiros livros mostram uma certa progressão da persona de Bachman, espero, e espero que também mostrem a essência dessa persona. Sombrio no tom, desesperado até quando ri (desesperado *principalmente* quando ri, na verdade), Richard Bachman não é um sujeito que eu desejasse ser o tempo todo, mesmo que ele ainda *estivesse* vivo… mas é bom ter essa opção, essa janela para o mundo, por mais polarizada que seja. Entretanto, à medida que o leitor ou leitora for abrindo caminho por essas histórias, é possível que descubra que Dick Bachman tem uma coisa em comum com o alter ego de Thad Beaumont, George Stark: não é muito bom sujeito.

E eu me pergunto se haverá outros bons manuscritos, concluídos ou quase concluídos, na caixa encontrada pela viúva de Bachman no porão de sua fazenda em New Hampshire.

Às vezes, penso muito nisso.

Stephen King
Lovell, Maine
16 de abril de 1996

ESTA OBRA FOI COMPOSTA PELA ABREU'S SYSTEM EM BERLING LT STD
E IMPRESSA EM OFSETE PELA GRÁFICA BARTIRA SOBRE PAPEL PÓLEN NATURAL DA
SUZANO S.A. PARA A EDITORA SCHWARCZ EM JULHO DE 2025

FSC
www.fsc.org
MISTO
Papel | Apoiando
o manejo florestal
responsável
FSC® C105484

A marca FSC® é a garantia de que a madeira utilizada na fabricação do papel deste livro provém de florestas que foram gerenciadas de maneira ambientalmente correta, socialmente justa e economicamente viável, além de outras fontes de origem controlada.